KT-376-385

**10**
**18**

12, AVENUE D'ITALIE. PARIS XIII<sup>e</sup>

## Sur l'auteur

Mary Ann Shaffer est née en 1934 en Virginie-Occidentale. C'est lors d'un séjour à Londres, en 1976, qu'elle commence à s'intéresser à Guernesey. Sur un coup de tête, elle prend l'avion pour gagner cette petite île oubliée où elle reste coincée à cause d'un épais brouillard. Elle se plonge alors dans un ouvrage sur Jersey qu'elle dévore : ainsi naît sa fascination pour les îles Anglo-Normandes. *Le Cercle littéraire des amateurs d'épluchures de patates* est son unique roman, écrit en collaboration avec sa nièce, Annie Barrows, elle-même auteur de livres pour enfants. Mary Ann Shaffer est décédée en février 2008, peu de temps après avoir appris que son livre allait être publié et traduit en plusieurs langues.

MARY ANN SHAFFER
ANNIE BARROWS

# LE CERCLE LITTÉRAIRE
# DES AMATEURS
# D'ÉPLUCHURES DE PATATES

Traduit de l'américain
par Aline AZOULAY

**10⁄18**

« *Domaine étranger* »
créé par Jean-Claude Zylberstein

NiL

Titre original :
*The Guernsey Literary and Potato Peel Pie Society*

© The Trust Estate of Mary Ann Shaffer
& Annie Barrows, 2008.
© NiL Éditions, 2009, pour la traduction française.
ISBN 978-2-264-05351-0

*Première partie*

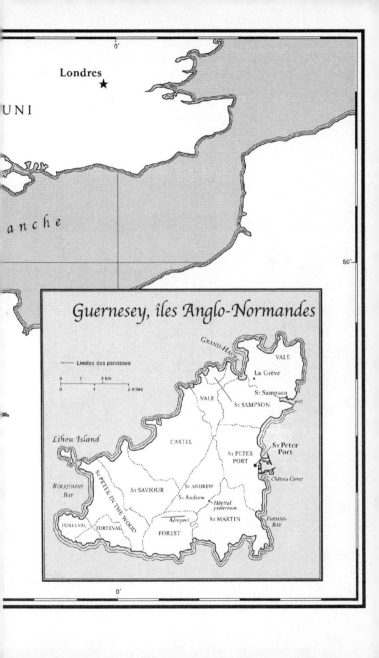

Mr. Sidney Stark, Éditeur
Stephens & Stark Ltd.
21 St. James Place
Londres SW1
Angleterre

Cher Sidney,

Susan Scott est une perle. Nous avons vendu plus de quarante exemplaires du livre, ce qui est plutôt réjouissant, mais le plus merveilleux, de mon point de vue, a été la partie ravitaillement. Susan nous a déniché des tickets de rationnement pour du *sucre glace* et de vrais œufs afin de nous confectionner des meringues. Si tous ses déjeuners littéraires atteignent ces sommets, je suis partante pour une tournée dans tout le pays. Penses-tu qu'un somptueux bonus l'encouragerait à nous trouver du beurre ? Essayons, tu n'auras qu'à déduire la somme de mes droits d'auteur.

À présent, les mauvaises nouvelles. Tu m'as demandé si mon nouveau livre progressait. Non, Sidney, il ne progresse pas.

*Les Faiblesses anglaises* s'annonçaient pourtant si prometteuses. Après tout, on devrait pouvoir écrire des tartines sur la société anglaise pour dénoncer la glorification du Lapinou anglais. J'ai exhumé une photo du Syndicat des exterminateurs de nuisibles, défilant dans Oxford Street avec des pancartes : « À bas Beatrix Potter ! » Mais que peut-on ajouter à cela ? Rien. Rien du tout.

Je n'ai plus envie d'écrire ce livre. Je n'ai plus ni

la tête ni le cœur à l'écrire. Aussi chère que m'a été (et m'est encore) Izzy Bickerstaff, je ne veux plus rien écrire sous ce nom. Je ne veux plus être considérée comme une journaliste humoriste. Je suis consciente que faire rire – ou au moins glousser – les lecteurs en temps de guerre n'était pas un mince exploit, mais c'est terminé. J'ai le sentiment d'avoir perdu le sens des proportions ces derniers temps, et Dieu sait qu'on ne peut rien écrire de drôle sans cela.

En attendant, je suis très heureuse que Stephens & Stark gagne de l'argent avec *Izzy Bickerstaff s'en va-t-en guerre*. Le fiasco de ma biographie d'Anne Brontë me pèse moins sur la conscience.

Merci pour tout,
Affectueusement,
Juliet

*P.S.* : Je suis en train de lire la correspondance de Mrs. Montagu. Sais-tu ce que cette femme lamentable a écrit à Jane Carlyle ? « Ma chère petite Jane, tout le monde naît avec une vocation, et la vôtre est d'écrire de charmantes petites notes. » J'espère que Jane lui a craché au visage.

# De Sidney à Juliet

*10 janvier 1946*

Chère Juliet,

Félicitations ! Susan Scott dit que tu as captivé ton public du déjeuner comme du rhum un ivrogne, et qu'il te l'a bien rendu, alors, je t'en prie, cesse de t'inquiéter pour ta tournée de la semaine prochaine. Je ne doute pas de ton succès. Ayant assisté à ton interprétation électrisante du *Petit berger qui chante dans la vallée de l'humiliation*, il y a dix-huit ans, je sais que tu auras tous tes auditeurs à tes pieds en un rien de temps. Un conseil : tu pourrais peut-être t'abstenir de jeter le livre au public quand tu auras fini, cette fois.

Susan est impatiente de t'escorter de librairie en librairie, de Bath à Yorkshire. Et, bien sûr, Sophie fait pression pour que ta tournée se prolonge et te mène jusqu'en Écosse. J'ai pris mon ton de grand frère excédé pour lui dire que rien n'a encore été décidé dans ce sens. Je sais que tu lui manques terriblement, mais Stephens & Stark se doit de demeurer insensible à de telles considérations.

Je viens de recevoir les chiffres des ventes d'*Izzy* à Londres et dans les comtés limitrophes. Ils sont excellents ! Encore bravo !

Ne te fais pas de bile pour les *Faiblesses anglaises* ; mieux vaut que ton enthousiasme s'éteigne maintenant qu'après avoir passé six mois à écrire sur les lapinous. Les possibilités bassement commerciales de cette idée étaient séduisantes, mais

13

je suis d'accord : cette histoire aurait vite viré à la farce. Un autre sujet – plus de ton goût – te viendra.
On dîne avant ton départ ? Dis-moi quand.

Je t'embrasse, Sidney

*P.S.* : Tu écris de charmantes petites notes.

# De Juliet à Sidney

*11 janvier 1946*

Cher Sidney,

Dînons, oui, avec plaisir. Et si nous nous retrouvions quelque part sur la rivière ? Je veux des huîtres, du champagne et du rosbif, si on peut s'en procurer ; sinon, un poulet fera l'affaire. Je suis très heureuse qu'*Izzy* se vende bien. Se vend-il assez bien pour que je ne sois pas obligée de faire mes bagages et de quitter Londres ?

Puisque S & S a fait de moi un auteur relativement prospère, le dîner est pour moi.

Je t'embrasse,
Juliet

*P.S.* : Je n'ai pas jeté mon exemplaire du *Jeune berger qui chante dans la vallée de l'humiliation* au public. Je l'ai jeté à mon professeur de diction. Je visais ses pieds, mais j'ai manqué ma cible.

# De Juliet à Sophie Strachan

*12 janvier 1946*

Chère Sophie,

Évidemment que j'adorerais te voir, mais je ne suis qu'un pantin sans âme ni volonté. Sidney m'a ordonné d'aller à Bath, Colchester, Leeds et dans divers autres endroits verdoyants dont j'ai oublié les noms. Je ne peux pas laisser tout cela en plan pour te rejoindre en Écosse. Son front se plisserait, ses yeux lanceraient des éclairs, et il gronderait. Tu sais combien il est éprouvant d'être grondée par Sidney.

J'aimerais pouvoir gagner ta ferme en douce et m'y laisser dorloter. Tu me laisserais mettre les pieds sur le canapé, dis ? Et tu me borderais ? Tu m'apporterais du thé ? Alexander accepterait-il d'avoir un résident permanent sur son canapé ? Tu m'as dit que c'était un homme patient, mais ça l'agacerait peut-être.

Pourquoi suis-je si mélancolique ? Je devrais me réjouir de la perspective de lire *Izzy* à un auditoire conquis. Tu sais que j'aime parler des livres, et que j'adore recevoir des compliments. Je devrais être enthousiaste. Mais la vérité est que je suis d'humeur morose – plus encore que pendant la guerre. Tout semble si *effondré*, Sophie : les routes, les bâtiments, les gens. Les gens, surtout.

C'est sans doute le contrecoup de ma terrifiante soirée d'hier soir. Le repas était affreux, mais il fallait s'y attendre. Ce sont les convives qui m'ont mis les nerfs à vif. L'assortiment d'individus le plus démoralisant que j'aie jamais rencontré. Ça ne parlait que de bombes et de famine. Tu te souviens de Sarah Morecroft ? Elle était là, elle aussi – sa peau granuleuse sur les os, et ce rouge à lèvres écarlate. A-t-elle jamais été belle ? N'était-elle pas raide dingue de ce gars qui faisait du cheval, parti pour Cambridge ? En tout cas, je ne l'ai pas reconnue dans la foule. Elle est mariée à un médecin blafard qui fait claquer sa langue chaque fois qu'il s'apprête à parler. Un prince charmant comparé à mon voisin de table. Un célibataire. Sans doute le dernier sur terre. Seigneur, pourquoi suis-je si affreusement mesquine ?

Il y a quelque chose qui ne tourne pas rond chez moi, Sophie. C'est l'évidence. Tous les hommes que je rencontre me sont insupportables. Peut-être devrais-je viser moins haut ? Pas aussi bas que le médecin grisâtre claqueur de langue, mais un peu moins haut. Je ne peux même pas mettre cela sur le compte de la guerre, je n'ai jamais été douée en matière d'hommes, pas vrai ?

Crois-tu que le réparateur de chaudières de St. Swithin était l'amour de ma vie ? Dans la mesure où je ne lui ai jamais adressé la parole, on peut en douter, et, néanmoins, c'est une passion innocente que je peux évoquer sans amertume. Il avait de si beaux cheveux noirs. Après, j'ai enchaîné sur mon Année des Poètes. Tu te souviens ? Sidney se montrait grincheux à leur égard. Je ne vois pas pourquoi d'ailleurs, c'est lui qui me les avait présentés. Et ce pauvre Adrien. Enfin, pas besoin de t'énumérer cette affreuse liste. Dis, Sophie, qu'est-ce qui ne va pas chez moi ? Suis-je trop difficile ? Je n'ai aucune envie de me marier pour me marier. Passer le restant de mes jours avec un être à qui je n'aurais rien à dire, ou pire, avec qui je ne pourrais pas partager de silences ? Je n'imagine pas d'existence plus solitaire.

Ciel, que cette lettre est triste et larmoyante. Tu vois ? J'ai réussi : à présent, tu dois être soulagée à l'idée que je ne viendrai pas en Écosse. Quoique. Il se peut que je m'y arrête tout de même. Mon destin est entre les mains de Sidney. Embrasse Dominic pour moi et dis-lui que j'ai vu un rat de la taille d'un fox-terrier l'autre jour.

Mes amitiés à Alexander et plus encore à toi,
Juliet

## De Dawsey Adams, Guernesey,
## îles Anglo-Normandes, à Juliet

*12 janvier 1946*

Miss Juliet Ashton
81 Oakley Street
Chelsea Londres SW3

Chère Miss Ashton,

Je m'appelle Dawsey Adams et j'habite une ferme de la paroisse de St. Martin, sur l'île de Guernesey. Je connais votre existence parce que je possède un vieux livre vous ayant jadis appartenu, *Les Essais d'Elia, morceaux choisis*, d'un auteur dont le véritable nom était Charles Lamb. Votre nom et votre adresse étaient inscrits au verso de la couverture.

Je n'irai pas par quatre chemins : j'adore Charles Lamb. Aussi, en lisant *morceaux choisis*, je me suis demandé s'il existait une œuvre plus vaste dont auraient été tirés ces extraits. Je veux lire ces autres textes. Seulement, bien que les Allemands aient quitté l'île depuis longtemps, il ne reste plus aucune librairie à Guernesey.

J'aimerais solliciter votre gentillesse. Pourriez-vous m'envoyer le nom et l'adresse d'une librairie à Londres ? Je voudrais commander d'autres ouvrages de Charles Lamb par la poste. Je voudrais aussi savoir si quelqu'un a déjà écrit l'histoire de sa vie, et, si oui, essayer de m'en procurer un exemplaire. Pour brillant et spirituel qu'il était, Mr. Lamb

19

a dû traverser des moments de profonde tristesse au cours de son existence.

Charles Lamb m'a fait rire pendant l'Occupation, surtout son passage sur le cochon rôti. Le Cercle des amateurs de littérature et de tourte aux épluchures de patates de Guernesey est né à cause d'un cochon rôti que nous avons dû cacher aux soldats allemands – raison pour laquelle je me sens une affinité particulière avec Mr. Lamb.

Je suis désolé de vous importuner, mais je le serai encore plus si je n'arrive pas à en apprendre davantage sur cet homme dont les écrits ont fait de moi son ami.

En espérant ne pas vous causer d'embarras,
Dawsey Adams

*P.S.* : Mon amie Mrs. Maugery a, elle aussi, acheté un pamphlet qui vous a jadis appartenu. Il s'intitule *Le buisson ardent est-il une invention ? La Défense de Moïse et des dix commandements*. Elle aime votre annotation dans la marge, « Parole divine ou contrôle des masses ??? » Avez-vous tranché ?

# De Juliet à Dawsey

Cher Mr. Adams,

Je n'habite plus Oakley Street, mais je suis très heureuse d'avoir votre lettre entre les mains et de savoir mon livre entre les vôtres. Cela a été un déchirement que de me séparer des *Essais d'Elia, morceaux choisis*. J'en possédais deux exemplaires et je manquais de place sur mes étagères. Néanmoins, je me suis fait l'effet d'une traîtresse en le vendant. Vous avez apaisé ma conscience.

Je me demande comment cet ouvrage est arrivé à Guernesey. Peut-être les livres possèdent-ils un instinct de préservation secret qui les guide jusqu'à leur lecteur idéal. Comme il serait délicieux que ce soit le cas.

Puisqu'il n'est rien que je ne fasse plus volontiers qu'écumer les librairies, je me suis rendue chez Hastings & Sons dès réception de votre lettre. Je fréquente cette librairie depuis des années et j'y ai toujours trouvé le livre que je cherchais – et trois autres dont j'avais envie à mon insu. J'ai expliqué à Mr. Hastings que vous aimeriez qu'il vous trouve un exemplaire des *Essais d'Elia, autres morceaux choisis* en bon état (et non une édition rare). Il vous l'enverra directement (avec la facture) et a été ravi d'apprendre que vous êtes, vous aussi, un amoureux de Charles Lamb. Selon lui, la meilleure biographie de Lamb a été écrite par E.V. Lucas. Il va essayer de vous la dégoter – ce qui risque de prendre un certain temps.

En attendant, accepterez-vous ce petit présent de ma part ? Il s'agit de sa *Correspondance*. Je pense qu'elle vous en apprendra plus sur lui qu'aucune biographie. E.V. Lucas me paraît trop sérieux pour qu'il cite mon passage préféré de Lamb : « Bzzz, bzzz, bzzz, boum, boum, boum, fuit, fuit, fuit, plonk, plonk, plonk, ding, ding, ding, ploc ! Je finirai certainement condamné. J'ai bu à l'excès deux jours durant. Je retrouve mon sens moral au dernier stade de la tuberculose et ma foi vacille. » Vous le trouverez dans *Correspondance* (page 244). C'est par ces écrits que j'ai connu Lamb, et j'ai honte d'avouer que je n'ai acheté ce livre que parce que j'avais lu quelque part qu'un certain Charles Lamb avait rendu visite à son ami, Leigh Hunt, emprisonné pour avoir diffamé le prince de Galles.

Au cours de cette visite, Lamb a aidé Hunt à peindre un ciel bleu avec des nuages blancs sur le plafond de sa cellule, et un rosier grimpant sur l'un des murs. J'ai découvert que Lamb avait proposé d'aider financièrement sa famille – alors que lui-même était dans le dénuement le plus total. Il a aussi appris à la benjamine de Hunt à réciter le Notre-Père à l'envers. Il est naturel de vouloir en savoir le plus possible sur un tel homme.

C'est ce que j'aime dans la lecture. Un détail minuscule attire votre attention et vous mène à un autre livre, dans lequel vous trouverez un petit passage qui vous pousse vers un troisième livre. Cela fonctionne de manière géométrique, à l'infini, et c'est du plaisir pur.

La tache rouge qui ressemble à du sang sur la couverture est bien du sang. Une maladresse avec mon coupe-papier. La carte postale glissée à l'intérieur est une reproduction d'un portrait de Lamb par son ami William Hazlitt.

Si vous avez le temps de correspondre avec moi, pourriez-vous répondre à quelques questions ? Trois en fait. Pourquoi avoir dû tenir secret un dîner de cochon rôti ? Comment un cochon a-t-il pu vous inciter à créer un cercle littéraire ? Et surtout, qu'est-ce qu'une tourte aux épluchures de patates, et pourquoi est-elle mentionnée dans le nom de votre cercle ?

Je sous-loue un appartement au 23 Glebe Place, Chelsea, Londres SW3. Celui d'Oakley Street a été bombardé en 1945. Il me manque toujours. Oakley Street était une rue merveilleuse. Je voyais la Tamise depuis trois de mes fenêtres, et, surtout, je l'entendais toute la journée. Je sais que j'ai de la chance d'avoir trouvé à me loger à Londres, mais je préfère geindre que de dénombrer mes bonheurs. Je suis contente que vous ayez fait appel à moi pour aller à la chasse à *Elia*.

Cordialement,
Juliet Ashton

*P.S.* : Je n'ai jamais réussi à me décider à propos de Moïse. La question me tracasse toujours.

# De Juliet à Sidney

*18 janvier 1946*

Cher Sidney,

Ceci n'est pas une lettre mais un acte de contrition. Je te prie de me pardonner de m'être lamentée sur les thés et les déjeuners que tu as organisés pour *Izzy*. T'ai-je traité de tyran ? Je retire l'accusation. J'adore Stephens & Stark pour m'avoir envoyée loin de Londres.

Bath est une ville glorieuse : de magnifiques maisons blanches alignées en arc de cercle, au lieu des immeubles noirs et moroses de Londres ou, pire, des tas de décombres qui les remplacent. Quel bonheur de respirer cet air frais, sans fumée de charbon ni poussière. Il fait froid, mais ce n'est pas le froid humide de Londres. Même les passants paraissent différents. Plus dignes, comme leurs maisons, et non gris et voûtés comme les Londoniens.

Susan me dit que les invités du thé de la librairie Abbot se sont beaucoup amusés – tout comme moi. Au bout de deux minutes, j'ai réussi à décoller ma langue de mon palais et j'ai commencé à savourer le moment.

Nous partons demain pour les librairies de Colchester, Norwich, King's Lynn, Bradford et Leeds.

Avec mon affection et ma reconnaissance,
Juliet

# De Juliet à Sidney

Cher Sidney,

Voyager en train de nuit est redevenu un bonheur ! Finies les attentes de plusieurs heures dans les couloirs ; finis les stationnements en voie de garage pour laisser la place à un train militaire ; et, par-dessus tout, finis les rideaux tirés du couvre-feu. Toutes les fenêtres des habitations étaient allumées et j'ai pu me remettre à espionner. Ça m'a tellement manqué pendant la guerre. J'avais l'impression que nous nous étions transformés en taupes, cavalant dans des tunnels séparés. Mais je ne me considère pas comme un voyeur pour autant. Eux s'intéressent aux chambres à coucher, moi ce sont les familles dans leur salon ou dans leur cuisine qui me fascinent. Mon œil glisse sur des étagères, des bureaux, des bougies allumées ou des coussins de canapé de couleur vive, et je peux m'imaginer toute une vie.

Il y avait un homme désagréable et condescendant à la librairie Tillman, aujourd'hui. Quand j'ai eu fini de parler d'*Izzy*, j'ai proposé de répondre aux éventuelles questions. Il a littéralement bondi de sa chaise, il a collé son nez au mien et il m'a demandé comment moi, une simple femme, j'avais osé abâtardir le nom d'Isaac Bickerstaff ? « Le célèbre journaliste, que dis-je, le cœur et l'esprit sacré de la littérature du XVIIIe siècle : mourir et voir son nom ainsi profané par vous. »

Je n'ai pas eu le temps de songer à une réponse qu'une femme assise au dernier rang s'est écriée : « Oh ! rasseyez-vous ! On ne peut pas profaner une personne qui n'a jamais existé ! Il n'est pas mort, puisqu'il n'a jamais vécu ! Isaac Bickerstaff était le pseudonyme de Joseph Addison lorsqu'il écrivait pour le *Spectator* ! Miss Ashton peut choisir les faux noms qui lui chantent, alors bouclez-la ! » Quelle vaillante défenseuse ! L'homme a filé aussitôt.

Sidney, connais-tu un certain Markham V. Reynolds Jr. ? Si ce nom ne te dit rien, pourrais-tu le chercher dans le *Who's Who*, le *Domesday Book*, ou à Scotland Yard ? Si tes recherches se révèlent infructueuses, il se peut que tu le trouves tout bêtement dans l'annuaire. Il m'a envoyé un magnifique bouquet de fleurs printanières à mon hôtel de Bath, une douzaine de roses blanches m'attendaient dans le train, et un autre tas de roses rouges à Norwich – chaque fois avec sa carte gravée et sans message.

À ce propos, comment sait-il où Susan et moi résidons et quels trains nous prenons ? Toutes ces fleurs me sont parvenues juste à mon arrivée. Je ne sais si je dois me sentir flattée ou traquée.

Affectueusement,
Juliet

# De Juliet à Sidney

Cher Sidney,

Susan m'a donné les chiffres des ventes d'*Izzy*, j'ai du mal à y croire. Je pensais sincèrement que tout le monde serait trop usé par la guerre pour en vouloir des réminiscences – dans un livre, qui plus est. Heureusement, encore une fois, je me trompais et tu avais raison (c'est presque insupportable d'avoir à l'admettre).

Voyager, s'adresser à un public captivé, dédicacer des livres et rencontrer des étrangers *est* grisant. Des femmes m'ont raconté des histoires si étonnantes sur la guerre que j'aurais presque envie de me remettre à écrire ma chronique. Hier, j'ai passé un moment très agréable à bavarder avec une dame de Norwich. Elle a quatre filles adolescentes. La semaine dernière, son aînée a été invitée à prendre le thé à l'école des cadets locale. Parée de sa plus belle robe et de gants blancs immaculés, elle a marché jusqu'à l'école, en a franchi le seuil, a jeté un coup d'œil à la marée des visages luisants des cadets qui s'étendait devant elle, et est tombée en syncope ! La pauvre enfant n'avait jamais vu tant de mâles dans une seule pièce de toute sa vie. Tu imagines, toute une génération qui a grandi sans soirées dansantes, ni thés, ni flirts.

J'adore faire les librairies et rencontrer les libraires. C'est vraiment une espèce à part. Aucun être doué de raison ne deviendrait vendeur en librairie pour l'argent, et aucun commerçant doué de raison ne voudrait en posséder une, la marge de profit est trop faible. Il ne reste donc plus que l'amour des lecteurs et de la lecture pour les y pousser. Et l'idée d'avoir la primeur des nouveaux livres.

Tu te souviens de notre premier emploi à Londres à ta sœur et à moi ? Chez Mr. Hawke, ce bouquiniste grincheux ? Je l'adorais. Il ouvrait un carton de livres, nous en tendait un ou deux, et disait : « Pas de cendre de cigarette, mains propres et, pour l'amour de Dieu, Juliet, épargnez-nous vos notes dans les marges ! Sophie, très chère, ne la laissez pas boire de café quand elle lit. » Et nous disparaissions avec nos nouvelles lectures.

Je trouvais incroyable à l'époque – et encore aujourd'hui – qu'une si grande partie de la clientèle qui traîne dans les librairies ne sache pas vraiment ce qu'elle cherche, mais vienne juste jeter un œil aux étagères avec l'espoir de tomber sur un livre qui répondra à son attente. Puis, quand ils sont assez futés pour ne pas croire au baratin de l'éditeur, ils vous posent les fameuses trois questions : 1. De quoi ça parle ? 2. Vous l'avez lu ? 3. C'est bien ?

Les vendeurs bibliophiles pur jus – comme Sophie et moi l'étions – sont incapables de mentir. Nos visages nous trahissent immédiatement. Un sourcil arqué ou un coin de lèvre relevé suffit à trahir le livre honteux, et incite les clients futés à demander autre chose. Nous les conduisons alors de force vers un opus précis que nous leur ordonnons de lire. S'il leur déplaît, ils ne reviendront jamais ; mais, s'ils l'apprécient, ils seront clients à vie.

Tu prends des notes ? Tu devrais. Les éditeurs devraient envoyer plusieurs services de presse aux libraires, au lieu d'un seul, afin que tout le personnel puisse en profiter.

Mr. Seton m'a fait remarquer aujourd'hui qu'*Izzy Bickerstaff* était le cadeau idéal pour un être cher, et pour un être qui ne vous est pas cher mais à qui vous devez tout de même faire un cadeau. Il affirme que trente pour cent des livres sont achetés pour être offerts. Trente pour cent ??? Tu crois qu'il ment ?

Susan t'a-t-elle parlé de son autre réussite, en dehors de notre tournée ? Moi. Je ne la connaissais que depuis une demi-heure quand elle a déclaré que mon maquillage, mes vêtements et mes chaussures étaient tristes, résolument tristes. La guerre était finie, n'étais-je pas au courant ?

Elle m'a emmenée me faire couper les cheveux chez une certaine Mrs. Helena. Ils ne sont plus longs et plats, mais courts et bouclés, maintenant. J'ai eu droit à un rinçage éclaircissant aussi, Susan et Mrs. H. ont prétendu que ça ferait ressortir les reflets dorés de « mes magnifiques boucles châtain ». Mais je ne suis pas dupe, le but était de couvrir les cheveux blancs (quatre, si j'ai bien compté) qui ont commencé à émerger. J'ai acheté un pot de crème de jour, une délicieuse lotion parfumée pour les mains, un nouveau rouge à lèvres et un recourbe-cils, qui me fait loucher chaque fois que je l'utilise.

Ensuite, Susan a suggéré que je m'achète une nouvelle robe. Je lui ai rappelé que la reine était toujours très contente de sa garde-robe de 1939, alors pourquoi pas moi ? Elle m'a répondu que la reine n'avait pas besoin de faire bonne impression à des étrangers, tandis que moi si. J'avais le sentiment de trahir la Couronne et mon pays – aucune femme convenable ne possède de nouveaux vêtements –, mais à l'instant où je me suis regardée dans le miroir, j'ai tout oublié. Ma première robe neuve depuis quatre ans. Et quelle robe ! Elle a exactement la même couleur qu'une pêche mûre et ondule magnifiquement autour de mes jambes. La vendeuse a dit qu'elle avait un « chic gallique », et que je l'aurais moi aussi si je l'achetais. Alors je l'ai fait. Il va falloir attendre pour les nouvelles chaussures, j'ai dilapidé presque une année de mes tickets d'habillement.

Grâce à Susan, mes cheveux et ma robe, je n'ai plus l'air d'une femme de trente-deux ans apathique et dépenaillée. J'ai l'air d'une superbe trentenaire dynamique et haute-couturée (ça devrait être un verbe).

Parlant de robe neuve sans chaussures assorties : n'est-il pas choquant que nous soyons encore plus strictement rationnés aujourd'hui que pendant la guerre ? Je me rends compte que nous sommes des centaines de milliers de personnes dans toute l'Europe à devoir nous nourrir, nous loger et nous vêtir ; mais je suis secrètement en colère que certains de nous soient allemands.

Je n'ai toujours pas d'idée de prochain livre. Cela commence à me déprimer. As-tu des suggestions ?

Dans la mesure où je me trouve dans ce que je considère comme le nord du pays, je vais en profiter pour passer un appel longue distance en Écosse, ce soir. As-tu un message à transmettre à ta sœur ? à ton beau-frère ? à ton neveu ?

C'est la lettre la plus longue que j'aie jamais écrite – tu n'es pas obligé d'être aussi prolixe dans ta réponse.

Affectueusement,
Juliet

# De Susan Scott à Sidney

*25 janvier 1946*

Cher Sidney,

N'accorde aucune foi à ce que disent les journaux. Juliet n'a pas été arrêtée et emmenée avec les menottes. Elle a juste été réprimandée par un gendarme de Bradford – qui avait grand mal à garder son sérieux.

Elle a bien jeté une théière à la tête de Gilly Gilbert, mais il ment lorsqu'il prétend qu'elle l'a ébouillanté : le thé était froid. Et, bien loin de l'avoir frappé de plein fouet, elle l'a tout juste effleuré. Le directeur de l'hôtel a refusé d'être dédommagé pour la théière. Elle était à peine ébréchée. Néanmoins, les hurlements de Gilly l'ont obligé à appeler les gendarmes.

Voici l'affaire dont je me tiens pour l'unique responsable. J'aurais dû refuser à Gilly son entretien avec Juliet. Je n'ignorais pas que cet individu méprisable était une des limaces mielleuses qui travaillent pour *The London Hue and Cry*[1]. Je savais, en outre, que Gilly et le *LH & C* sont jaloux comme des poux du succès de l'article du *Spectator* sur Izzy Bickerstaff, et de celui de Juliet.

Nous venions de regagner l'hôtel après avoir assisté à la fête organisée par la librairie Brady's Booksmith en l'honneur de Juliet. Nous étions toutes

---

1. Journal à scandales.

deux fatiguées – et contentes de nous – quand Gilly a bondi d'une chaise du salon. Il nous a suppliées de prendre le thé avec lui et de lui accorder un bref entretien avec « notre merveilleuse Miss Ashton – ou devrais-je dire : notre Izzy Bickerstaff nationale ? ». Son obséquiosité aurait dû suffire à m'alerter, mais j'avais envie de m'asseoir, de savourer le succès de Juliet avec un thé accompagné de scones.

Aussi avons-nous accepté. La conversation roulait plutôt aimablement et mon esprit s'était mis à vagabonder quand j'ai entendu Gilly déclarer « ... vous êtes vous-même veuve de guerre, si je ne m'abuse ? Ou *presque* veuve de guerre, si je puis m'exprimer ainsi. Ne deviez-vous pas épouser le lieutenant Rob Dartry ? N'aviez-vous pas organisé la cérémonie ? »

Juliet a répondu : « Plaît-il ? » Tu connais ses bonnes manières. « Je ne pense pas être dans l'erreur. Vous et le lieutenant Dartry avez bien déposé une demande de certificat de mariage. Vous avez bien pris rendez-vous auprès du Bureau des mariages de Chelsea pour vous unir le 13 décembre 1942 à 11 heures. Vous avez bien réservé une table au Ritz, pour le déjeuner. Il se trouve juste que vous n'avez honoré aucun de ces rendez-vous. Il est manifeste que vous avez laissé le lieutenant Dartry en plan devant l'autel, et que vous avez renvoyé à son navire ce pauvre homme délaissé et humilié, qui a traîné son cœur meurtri jusqu'en Birmanie, où il a été tué moins de trois mois plus tard. »

Je me suis dressée comme un piquet, bouche bée. Impuissante, j'ai regardé Juliet faire un effort pour rester courtoise : « Je ne l'ai pas laissé en plan *devant l'autel*, mais la veille du mariage. Et il n'était pas humilié, il était soulagé. Je lui ai juste dit que je ne voulais plus me marier. Croyez-moi, Mr. Gilbert, cet homme est parti le cœur léger, ravi d'être débarrassé de moi. Il ne s'en est pas retourné tristement à son navire, délaissé et trahi, il est allé droit au CCB Club où il a dansé toute la nuit avec Belinda Twining. »

Eh bien, Sidney, aussi surpris fût-il, Gilly ne s'est pas démonté pour autant. Les rats de son espèce sont tenaces, n'est-ce pas ? Il a aussitôt pensé qu'il tenait un article encore plus juteux qu'il ne l'imaginait.

« Oh, oh ! s'est-il exclamé avec un petit sourire fat. C'était quoi, alors ? L'alcool ? Les femmes ? Un soupçon de ce cher Oscar Wilde ? »

C'est à cet instant que Juliet a lancé la théière. Tu peux imaginer le tohu-bohu qui a suivi. Le salon était plein d'autres clients attablés devant leur thé – raison pour laquelle, j'en suis sûre, les journaux ont eu vent de l'incident.

J'ai trouvé son titre – « *IZZY BICKERSTAFF S'EN RETOURNE EN GUERRE ! Un journaliste blessé lors d'une bagarre de salon de thé* » – un peu outrancier, mais pas mauvais. Par contre, « *JULIET ABANDONNE ROMÉO – UN HÉROS TOMBÉ EN BIRMANIE* » était abject, même pour un Gilly Gilbert et pour le *Hue and Cry*.

Juliet s'inquiète d'avoir fait du tort à Stephens & Stark, mais elle a trouvé révoltant qu'on puisse lui jeter le nom de Rob Dartry à la tête de la sorte. Tout ce que j'ai réussi à tirer d'elle est que Rob Dartry était un homme bien, qu'il n'était responsable de rien, et qu'il ne méritait pas ça !

Le connaissais-tu ? Il est évident que ces histoires d'alcool-Oscar Wilde sont pures balivernes, néanmoins, pourquoi Juliet a-t-elle annulé son mariage ? Le sais-tu ? Et me le dirais-tu si tu le savais ? Sûrement pas, je me demande bien pourquoi je me donne la peine de t'interroger.

Les commérages vont finir par s'essouffler, mais Juliet doit-elle absolument rentrer à Londres alors que l'affaire bat son plein ? Ne devrions-nous pas prolonger notre tournée et monter jusqu'en Écosse ? J'avoue que je suis partagée sur la question ; les ventes là-bas sont spectaculaires, mais Juliet a travaillé si dur au cours de ces thés et de ces déjeuners. Ce n'est pas facile de se lever devant une salle pleine d'étrangers pour se vanter et vanter son propre livre. Elle n'est pas comme moi. Elle n'est pas habituée à ce remue-ménage et est, je crois, très fatiguée.

Nous serons à Leeds dimanche, alors tiens-moi au courant pour l'Écosse.

Il va de soi que Gilly Gilbert est un être méprisable et vil auquel je souhaite le sort qu'il mérite, néanmoins son papier a propulsé *Izzy Bickerstaff s'en va-t-en guerre* sur la liste des meilleures ventes, je suis tentée de lui envoyer un mot de remerciements.

Fidèlement,
Susan

*P.S.* : As-tu déjà découvert qui est Markham V. Reynolds ? Il a envoyé une forêt de camélias à Juliet, aujourd'hui.

# De Sidney à Juliet

*26 janvier 1946*

Chère Juliet,

Ne t'inquiète pas pour Gilly, tu n'as causé aucun tort à S & S ; je suis juste désolé que le thé n'ait pas été plus chaud et que tu n'aies pas visé plus bas. La presse me poursuit pour me soutirer un commentaire sur la dernière infamie de Gilly, alors je vais leur en servir un. Ne te fais pas de souci, je parlerai du journalisme en ces temps décadents – pas de toi, ni de Rob Dartry.

Je viens de discuter de la possibilité de prolonger votre tournée avec Susan et, même si je sais que Sophie ne me le pardonnera jamais, je me suis prononcé contre. Les chiffres des ventes d'*Izzy* grimpent – en flèche – et je pense qu'il est temps que tu rentres à la maison.

Le *Times* voudrait que tu écrives un long article pour son supplément du week-end. Le premier d'une série de trois, qu'ils envisagent de publier dans trois numéros successifs. Je leur laisse le soin de te surprendre quant au sujet, mais je peux d'emblée te promettre trois choses : ils veulent que les articles soient signés Juliet Ashton, et non Izzy Bickerstaff ; il s'agit d'un sujet sérieux ; et la rémunération suggérée devrait te permettre de remplir ton appartement de fleurs fraîches chaque jour de l'année, de t'offrir un duvet en satin (lord Woolton prétend que nul n'est besoin d'avoir été bombardé pour s'offrir de nouveaux couvre-lits), et de t'acheter une paire de chaussures en cuir véritable, si tu parviens à en trouver. Tu peux avoir mes tickets de rationnement.

Ils n'auront pas besoin de l'article avant la fin du printemps, ce qui nous laisse du temps pour réfléchir à ton prochain livre éventuel. Que de bonnes raisons pour rentrer au plus vite – la plus valable est que tu me manques.

À présent, venons-en à Markham V. Reynolds Jr. Il se trouve que je sais qui il est, et que le *Domesday Book* ne m'aurait été d'aucune utilité puisque cet homme est américain. Il est le fils et l'héritier de Markham V. Reynolds Senior, qui, jadis, détenait le monopole de la fabrication du papier aux États-Unis, et qui, à ce jour, ne possède plus que la grande majorité des usines de papier. Reynolds Jr. ayant une sensibilité plus artistique, il ne se salit pas les mains à fabriquer du papier, il préfère imprimer dessus. Il est éditeur. Le *New York Journal*, le *World*, le *View*, sont tous des publications lui appartenant, de même que divers magazines de moindre envergure. J'étais au courant qu'il s'était installé à Londres. Officiellement, il est ici pour ouvrir le bureau londonien de *View*, mais, à en croire la rumeur, il aurait décidé de se lancer dans l'édition de livres et serait ici pour appâter les meilleurs auteurs de l'Angleterre en leur promettant une vie opulente et la prospérité en Amérique. J'ignorais que sa technique incluait l'envoi de roses et de camélias, mais je ne suis guère surpris. Il n'a jamais manqué de ce que nous qualifions ici d'impudence éhontée et de ce que les Américains appellent l'esprit d'entreprise. Attends de le voir. Il a causé la perte de femmes plus solides que toi, ma secrétaire comprise. Je suis désolé de t'annoncer que c'est elle qui lui a communiqué ton itinéraire et ton adresse. Cette sotte trouvait qu'il avait l'air romantique avec « son beau costume et ses chaussures cousues main ». Dieu tout puissant ! Comme elle n'avait pas l'air de saisir le concept de divulgation d'informations confidentielles, j'ai dû me séparer d'elle.

Il t'a prise en chasse, Juliet, aucun doute là-dessus. Dois-je le provoquer en duel ? Je préférerais éviter, il est certain qu'il me tuerait. Très chère, je ne peux te promettre ni l'opulence, ni la prospérité, ni même du beurre, mais tu sais que tu es l'auteur le plus cher au cœur de Stephens & Stark – et que tu l'es plus encore à celui de Stark.

Nous dînons le soir de ton retour ?

Affectueusement,
Sidney

# De Juliet à Sidney

Cher Sidney,

Dînons, oui, avec plaisir. Je porterai ma nouvelle robe et je me goinfrerai comme un porc.

Je suis si contente de n'avoir causé aucun tort à S & S avec cette histoire de théière, j'étais préoccupée à ce sujet. Susan m'a suggéré de faire une « déclaration pleine de dignité » à la presse, pour leur parler de Rob Dartry et leur donner la raison pour laquelle le mariage a été annulé. Je ne m'y suis pas résolue. En toute honnêteté, je ne craindrais pas de passer pour une folle, si je ne risquais de faire passer Rob pour plus fou encore. Ce qui ne manquerait pas de se produire. Or il n'avait rien d'un fou. C'est juste l'impression qu'il donnerait. Je préfère de loin me taire et passer pour une garce irresponsable et volage.

Toutefois, j'aimerais que toi, tu connaisses la vérité. Je voulais t'en parler plus tôt, mais tu étais dans la marine en 1942, et tu n'as jamais rencontré Rob. Pas plus que Sophie, d'ailleurs, qui était montée à Bedford cet automne-là. Je lui ai fait jurer le secret à son retour. Je pensais que, plus je repousserais le moment de t'en parler, moins cela revêtirait d'importance à tes yeux de savoir ; surtout quand on considère l'éclairage que cela jette sur ma personne – c'était stupide et un peu dingue de m'être fiancée ainsi.

Je croyais être amoureuse (c'est le plus pathétique

39

dans l'histoire). Prête à partager ma demeure avec un époux, je lui ai fait de la place dans l'appartement afin qu'il n'ait pas le sentiment d'être une tante en visite. J'ai vidé la moitié des tiroirs de ma commode, la moitié de mon placard, la moitié de mon armoire à pharmacie et la moitié de mon bureau. J'ai donné mes cintres rembourrés et j'ai acheté un lot de ces lourds cintres en bois. J'ai retiré ma poupée de chiffon du lit et je l'ai rangée au grenier. Et voilà, j'avais un appartement pour deux personnes au lieu d'une.

L'après-midi précédant le mariage, Rob devait déposer ses dernières affaires pendant que je rendais un article signé Izzy au *Spectator*. L'article déposé, je me suis ruée à la maison, j'ai monté l'escalier en courant, j'ai ouvert la porte à la volée, et j'ai découvert Rob assis sur un tabouret bas, devant ma bibliothèque, entouré de cartons. Il scellait le dernier avec du ruban adhésif et de la corde. Il y avait huit cartons au total. *Huit cartons* entiers de mes livres, attachés, prêts à être descendus à la cave !

Il a levé la tête et il s'est exclamé : « Bonjour, ma chérie. Ne t'inquiète pas pour le désordre, le portier a dit qu'il m'aiderait à tout descendre. » Il a désigné ma bibliothèque du menton et il a lancé : « Magnifique, n'est-ce pas ? »

J'avais le souffle coupé ! J'étais trop horrifiée pour parler. Toutes les étagères, Sidney, toutes mes étagères de livres étaient couvertes de trophées de sport : coupes d'argent, coupes d'or, rosettes bleues, rubans rouges. Des récompenses pour tous les sports qui se jouent avec un instrument en bois : batte de cricket, raquettes de squash, raquettes de tennis, rames, clubs de golf, raquettes de ping-pong, arcs et flèches, queues de billard, crosses de lacrosse, crosses de hoquet et maillets de polo. Il y avait des statuettes illustrant tout ce qu'un homme peut sauter, seul ou à cheval. Et, à côté, des certificats encadrés – a tué le plus grand nombre d'oiseaux tel et tel jour, vainqueur de diverses courses à pied, dernier homme à être resté debout dans un infâme corps à corps contre l'Écosse.

Je n'ai pas pu m'empêcher de crier : « Comment oses-tu ! Qu'as-tu FAIT ?! Remets mes livres à leur place ! »

Et c'est ce qui a tout déclenché. J'ai fini par prononcer des paroles suggérant que je ne pourrais jamais épouser un homme dont l'idée de la félicité se résumait à frapper des petites balles et à tirer sur des petits oiseaux. Rob a riposté par une remarque acerbe sur les bas-bleus et les mégères, et les choses ont dégénéré. Notre seul point d'accord était sans doute : De quoi diable avons-nous pu parler durant les quatre derniers mois ? De quoi, en effet ? Il a soupiré, soufflé, reniflé et il est parti. J'ai remis mes livres à leur place.

Tu te souviens de cette nuit, l'année dernière, où tu es venu me chercher au train pour m'annoncer que ma maison avait été bombardée ? Tu croyais mon fou rire hystérique ? Eh bien non, il était ironique. Si j'avais laissé Rob entreposer mes livres dans la cave, je les aurais encore, jusqu'au dernier.

Sidney, tu n'as pas besoin de faire le moindre commentaire à la presse par égard pour notre longue amitié. En réalité, je préférerais que tu ne le fasses pas.

Merci d'avoir suivi la trace de Markham V. Reynolds Jr. Jusqu'ici, ses flatteries sont exclusivement florales, et je vous demeure fidèle à toi et à l'Empire. Néanmoins, j'éprouve de la compassion pour ta secrétaire. Je ne suis pas certaine que mes scrupules sauraient résister à la vue de chaussures cousues main. J'espère qu'il lui a envoyé des roses pour sa peine. Si je le rencontre un jour, je prendrai soin de ne pas regarder ses pieds, ou je m'attacherai à un mât avant d'y jeter un petit coup d'œil, comme Ulysse.

Sois béni de m'avoir demandé de rentrer. Je suis impatiente d'en apprendre davantage sur la proposition du *Times*. Peux-tu me jurer sur la tête de Sophie qu'il ne s'agit pas d'un sujet frivole ? Ils ne vont pas me demander d'écrire la louange de la duchesse de Windsor, dis ?

Affectueusement,
Juliet

# De Juliet à Sophie Strachan

*31 janvier 1946*

Chère Sophie,

Merci pour ta visite éclair à Leeds. Les mots sont faibles pour exprimer combien j'avais besoin de voir un visage amical à ce moment précis. En toute sincérité, j'étais sur le point de m'enfuir aux Shetlands pour y vivre en ermite. C'était adorable de ta part de venir.

Le dessin du *London Hue and Cry* me représentant menottée par les gendarmes était outrancier. Je n'ai même pas été arrêtée. Je me doute que Dominic préférerait de loin savoir sa marraine en prison, mais il faudra qu'il se contente d'une aventure bien moins spectaculaire, pour cette fois.

J'ai expliqué à Sidney que face aux accusations mensongères et odieuses de Gilly, je n'avais réussi qu'à me draper dans un silence digne. Il m'a répondu que je pouvais me le permettre, mais pas Stephens & Stark !

Il a convoqué une conférence de presse pour défendre l'honneur d'Izzy Bickerstaff, de Juliet Ashton et du journalisme, menacés par des ordures de l'espèce de Gilbert. La nouvelle est-elle montée jusqu'en Écosse ? Dans le cas contraire, en voici les grandes lignes. Il a traité Gilbert d'individu sournois à l'esprit tortueux (ce ne sont peut-être pas ses mots exacts, mais c'était clairement l'idée), trop fainéant pour écouter les faits et trop stupide pour comprendre les torts que ses mensonges causaient aux nobles traditions du journalisme. C'était délicieux.

Sophie, deux filles (devenues femmes) pouvaient-elles rêver meilleur champion que ton frère ? Je ne le crois pas. Il nous a fait un magnifique discours. Néanmoins, je ne suis pas totalement apaisée. Gilly Gilbert est si fourbe que je n'arrive pas à me persuader qu'il va disparaître sans demander son reste. D'un autre côté, Susan pense que ce minable est si lâche qu'il n'osera pas réagir. J'espère qu'elle a raison.

Pensées affectueuses à tous,
Juliet

*P.S.* : Qui tu sais m'a envoyé une autre botte d'orchidées. Je suis en train d'attraper un tic nerveux à force d'attendre qu'il sorte de sa cachette pour se faire connaître. Tu crois que c'est sa stratégie ?

# De Dawsey à Juliet

*31 janvier 1946*

Chère Miss Ashton,

Votre livre est arrivé hier ! Vous êtes très gentille et je vous remercie de tout cœur.

Je travaille actuellement à St. Peter Port. Je décharge les navires, aussi puis-je lire pendant mes pauses-thé. C'est une bénédiction d'avoir du véritable thé, du pain et du beurre. Et votre livre, maintenant. J'aime sa couverture souple, aussi. Je peux le glisser dans ma poche où que j'aille – mais je prends garde à ne pas l'user trop vite. Et je suis content de posséder une photo de Charles Lamb. Il a un beau visage, vous ne trouvez pas ?

Je serais ravi de correspondre avec vous. Je répondrai à vos questions du mieux que je peux. Même si beaucoup sont de meilleurs conteurs que moi, je vais vous raconter notre dîner de porc rôti.

Je possède un cottage et une ferme hérités de mon père. Avant la guerre, j'élevais des cochons et je cultivais des légumes que je vendais au marché de St. Peter Port, et je faisais pousser des fleurs pour celui de Covent Garden. Il m'arrivait également souvent de travailler comme charpentier et couvreur.

Il ne reste plus guère de cochons, à présent. Les Allemands les ont pris pour nourrir leurs soldats sur le continent. Ils m'ont ordonné de cultiver des patates, à la place. Nous devions planter ce qu'ils nous ordonnaient, et rien d'autre. Au début, avant que je n'en vienne à connaître les Allemands, je pensais pouvoir dissimuler quelques cochons, pour mon usage personnel. Mais l'officier agricole les a dénichés et emportés. C'était un coup dur, pourtant je me suis dit que je m'en sortirais : les patates et les navets poussaient à foison, et nous avions encore de la farine à l'époque. C'est étrange comme l'esprit peut se focaliser sur la nourriture. Au bout de six mois de navets – agrémentés d'un bout de cartilage de temps à autre –, j'avais du mal à détourner mes pensées de l'idée d'un bon repas nourrissant.

Un après-midi, ma voisine, Mrs. Maugery, m'a envoyé une note. « Venez vite. Et apportez un couteau de boucher », disait-elle. J'ai tenté de museler mes folles espérances, mais je suis sorti aussitôt et je me suis rendu au manoir d'un pas alerte. C'était incroyable mais vrai ! Elle avait un cochon et elle me conviait à me joindre au festin qu'elle donnait à ses amis !

Enfant, je ne parlais guère en raison d'un fort bégaiement, et je n'étais pas habitué aux grands dîners. En fait, celui de Mrs. Maugery était mon tout premier. L'idée du cochon rôti m'a poussé à accepter l'invitation, même si j'aurais préféré prendre mon morceau de viande et l'emporter chez moi pour le manger dans mon coin.

C'est une chance que mon vœu n'ait pas été exaucé, car c'est ce soir-là que s'est tenue la première réunion du Cercle des amateurs de littérature et de tourte aux épluchures de patates de Guernesey – même si nous l'ignorions sur le moment. Le repas a été un rare délice, et la compagnie s'est révélée plus délicieuse encore. De bouchées en conversations, nous avions oublié les horloges et le couvre-feu quand Amelia (Mrs. Maugery) a entendu le carillon de neuf heures. Nous l'avions manqué d'une heure. Ma foi, la bonne chère avait enhardi nos cœurs, et quand Elizabeth McKenna a suggéré qu'il valait mieux regagner nos pénates que de traîner toute la nuit dans le petit salon d'Amelia, nous lui avons donné raison. Cependant, manquer le couvre-feu était un acte répréhensible – j'avais entendu parler de personnes envoyées dans des camps pour cela –, et dissimuler un cochon était un crime plus grave encore. Aussi avons-nous décidé de couper à travers champs le plus silencieusement possible.

Tout se serait bien passé sans John Booker. Il avait davantage bu que mangé au dîner, et nous atteignions la route quand il s'est oublié et a entonné une chanson ! Je l'ai attrapé pour le faire taire, mais il était trop tard : six officiers de patrouille sont soudain sortis des arbres, leurs lugers pointés et ont crié : « Que faites-vous dehors après le couvre-feu ? Où étiez-vous ? Que faisiez-vous ? »

Comment réagir ? Une chose était sûre : si je me mettais à courir, ils tireraient. J'avais la bouche sèche comme du papier de verre et l'esprit vide. Alors je me suis accroché à Booker et j'ai prié.

C'est à cet instant qu'Elizabeth s'est avancée. Elizabeth n'est pas grande, si bien que leurs pistolets étaient pointés sur ses yeux, mais elle n'a pas cillé. Elle s'est comportée comme si elle ne les voyait pas, elle s'est approchée de l'officier supérieur et lui a débité sans reprendre son souffle un tissu de mensonges comme vous n'en avez jamais entendu. Nous étions vraiment désolés de n'avoir pas respecté le couvre-feu. Nous assistions à une réunion du cercle littéraire de Guernesey et la discussion du soir sur *Elizabeth et son jardin allemand* était si captivante que nous en avions tous perdu la notion du temps. Un livre merveilleux – l'avait-il lu ?

Aucun de nous n'a eu la présence d'esprit de corroborer ses dires, cependant l'officier n'a pu s'empêcher de lui rendre son sourire. C'est l'effet que produit Elizabeth sur les gens. Il a noté nos noms et nous a ordonné très poliment de nous signaler au commandant le lendemain matin. Sur quoi, il s'est incliné en nous souhaitant bonne nuit. Elizabeth lui a rendu son salut le plus gracieusement possible, et nous nous sommes dispersés en essayant de ne pas détaler comme des lapins. Même en traînant Booker, je suis arrivé à la maison en un rien de temps.

À présent, vous connaissez l'histoire de notre dîner de cochon rôti.

J'aimerais vous poser une question, moi aussi. Des navires accostent à St. Peter Port tous les jours pour nous apporter ce qui nous fait encore défaut à Guernesey. Ravitaillement, vêtements, graines, charrues, nourriture pour animaux, outils, médicaments – et plus important encore depuis que nous avons de quoi nous alimenter : des chaussures. Je ne crois pas qu'il en restait une seule paire en état d'être portée sur toute l'île, à la fin de la guerre.

Certaines de ces marchandises sont emballées avec des pages de journaux et de magazines. Mon ami Clovis et moi les lissons, puis les emportons chez nous pour les lire, avant de les donner à des voisins qui, comme nous, sont avides de nouvelles et de photos du monde datées des cinq dernières années. Et pas de n'importe quelles nouvelles : Mrs. Saussey cherche des recettes, Mrs. LePell des articles de mode (elle est couturière), Mr. Moraud lit les nécrologies (il nourrit des espoirs que nous ignorons), Mr. Turnot aimerait voir des reines de beauté en tenue de bain, et mon amie Isola est friande d'articles de mariages.

Nous étions si assoiffés de nouvelles durant la guerre. Il nous était interdit de recevoir des lettres et des journaux d'Angleterre – ou d'ailleurs. En 1942, les Allemands ont réquisitionné les postes de radio portatifs. Bien sûr, nous en avions caché quelques-uns que nous écoutions en secret, mais se faire prendre sur le fait, c'était risquer de se retrouver dans un camp. Pour ces raisons, nous avons du mal à comprendre ce que nous pouvons lire aujourd'hui.

J'aime beaucoup regarder les dessins humoristiques de l'époque, toutefois, il en est un qui me déconcerte. Il a paru dans un *Punch* de 1944. On y voit une dizaine de personnes marchant dans une rue de Londres. Les personnages principaux sont deux hommes avec chapeau melon, attaché-case et parapluie. L'un dit à l'autre : « C'est ridicule de dire que ces bourdonneurs ont affecté les gens le moins du monde. » J'ai mis plusieurs secondes à me rendre

compte que tous les personnages du dessin possédaient une oreille beaucoup plus grande que l'autre.
Peut-être pourriez-vous m'expliquer cela ?

Cordialement,
Dawsey Adams

# De Juliet à Dawsey

Cher Mr. Adams,

Je suis si heureuse que vous appréciiez les lettres de Lamb et son portrait. Je me le représentais tel qu'on le voit sur cette carte, et je suis contente que ce soit également votre cas.

Je vous remercie beaucoup de m'avoir raconté l'histoire du cochon rôti, mais n'allez pas vous imaginer que je n'ai pas remarqué que vous n'avez répondu qu'à une seule de mes questions. J'ai grande envie d'en apprendre davantage sur ce Cercle d'amateurs de littérature et de tourte aux épluchures de patates, et pas seulement pour satisfaire ma curiosité malsaine – il est désormais de mon devoir professionnel de fourrer mon nez là-dedans.

Vous ai-je dit que je suis écrivain ? J'écrivais une chronique hebdomadaire pour le *Spectator* durant la guerre. Les éditions Stephens & Stark ont réuni tous mes articles dans un opus qu'ils ont publié sous le titre d'*Izzy Bickerstaff s'en va-t-en guerre*. Izzy est le *nom de plume*[1] que m'avait choisi le *Spectator*. Aujourd'hui cette pauvre âme a gagné le repos et je peux à nouveau signer mes textes de mon véritable nom. Je souhaiterais écrire un livre, mais j'ai du mal à trouver un sujet avec lequel je pourrais cohabiter joyeusement pendant plusieurs années.

---

1. En français dans le texte.

En attendant, le *Times* m'a commandé un article pour son supplément littéraire. Ils veulent présenter les vertus pratiques, morales et philosophiques de la lecture, dans trois numéros successifs, en faisant appel à trois auteurs différents. Je suis supposée couvrir l'aspect philosophique de la question, et jusqu'ici, mon unique argument est que la lecture vous empêche de devenir gaga. Vous voyez comme j'ai besoin d'aide.

Pensez-vous que votre cercle littéraire accepterait d'être associé à un tel article ? Je suis certaine que son histoire passionnerait les lecteurs du *Times*, et j'adorerais en apprendre davantage sur vos réunions. Toutefois, si vous préférez ne pas en parler, ne vous inquiétez pas, je comprendrais et je serais néanmoins heureuse de continuer à avoir de vos nouvelles.

Je me souviens du dessin du *Punch* que vous avez fort bien décrit, et je crois que c'est le mot « bourdonneur » qui vous a dérouté. C'était un nom forgé par le ministère de l'Information, il était supposé être moins terrifiant que « fusées V-1 et V-2 d'Hitler » ou « missiles balistiques ».

Nous étions habitués aux raids aériens nocturnes et aux visions qui s'ensuivaient, mais ces bombes-là étaient différentes de toutes celles que nous connaissions.

Elles frappaient en plein jour et arrivaient si vite que la sirène d'alarme des raids aériens n'avait pas le temps de retentir et que nous n'avions pas le temps de nous mettre à l'abri. On les apercevait à l'œil nu. Elles ressemblaient à de fins crayons noirs pointés vers le bas et faisaient un bruit sporadique et monotone au-dessus de votre tête – semblable à celui d'une voiture qui tombe en panne d'essence. Tant que vous les entendiez toussoter et faire teuf-teuf, tout allait bien, vous pouviez vous dire : « Dieu merci, elle m'a dépassée. »

Mais, quand le bruit s'arrêtait, vous saviez qu'il ne restait que trente secondes avant qu'elle ne tombe à pic. Alors nous tendions sans cesse l'oreille. À l'affût de ce bruit de moteur. J'ai vu un bourdonneur tomber, une fois. J'étais à une distance raisonnable, alors je me suis jetée dans le caniveau et je me suis recroquevillée contre le bord du trottoir. Des femmes travaillant au dernier étage d'un grand immeuble de bureaux, au bout de la rue, s'étaient mises à la fenêtre. Elles ont été aspirées par le souffle de l'explosion.

Il paraît incroyable, aujourd'hui, qu'un dessinateur ait pu faire une plaisanterie sur les bourdonneurs et que tout le monde, moi comprise, en ait ri. C'est pourtant le cas. Le vieil adage : « L'humour est le meilleur moyen de rendre supportable l'insupportable » est sans doute vrai. Les missiles V-2 ont cessé de tomber lorsque les Alliés ont atteint leurs sites de lancement, aux Pays-Bas, et les ont détruits.

Mr. Hastings a-t-il déjà trouvé la biographie de Lucas pour vous ?

Cordialement,
Juliet Ashton

# De Juliet à Markham Reynolds

Mr. Markham Reynolds
63 Halkin Street
Londres SW1

Cher Mr. Reynolds,

J'ai surpris votre coursier en flagrant délit de dépôt d'œillets roses sur mon palier. Je l'ai attrapé au col et je l'ai menacé jusqu'à ce qu'il me révèle votre adresse. Vous voyez, Mr. Reynolds, vous n'êtes pas le seul à user de la tactique de l'intimidation sur d'innocents employés. J'espère que vous ne le renverrez pas, il avait l'air d'un gentil garçon, et il n'a guère eu le choix : je l'ai menacé de *La Recherche du temps perdu*.

Maintenant, je peux vous remercier pour les douzaines de bouquets de fleurs que vous m'avez envoyés, cela faisait des années que je n'avais vu de roses, de camélias et d'orchidées d'une telle beauté, et vous n'imaginez pas le réconfort que m'offre leur vue en cet hiver glacial. Que me vaut le plaisir de vivre sous une tonnelle, quand chacun se satisfait d'arbres dépenaillés et de neige fondue ? Je l'ignore, mais je suis ravie de mon sort.

Sincèrement,
Juliet Ashton

# De Markham Reynolds à Juliet

*5 février 1946*

Chère Miss Ashton,

Je n'ai pas renvoyé mon coursier, je lui ai donné une promotion. Il m'a offert ce que je n'arrivais à obtenir par moi-même : une entrée en matière. À mon sens, votre note a la valeur d'une poignée de main et les préliminaires sont désormais derrière nous. J'espère que vous serez du même avis, ce qui m'épargnera le souci de devoir soutirer une invitation au prochain dîner de Lady Bascomb dans l'espoir de vous y rencontrer. Vous avez des amis bien soupçonneux. En particulier le dénommé Stark, qui m'a dit qu'il n'était pas de son ressort d'inverser le sens du programme prêt-bail[1] et a refusé de vous emmener au cocktail que j'ai donné dans les bureaux de *View*.

Pourtant, Dieu sait que mes intentions sont pures – ou du moins, non mercenaires. La vérité est que vous êtes la seule écrivain femme à avoir réussi à me faire rire. Vos articles signés Izzy Bickerstaff sont les œuvres les plus brillantes qu'ait générées la guerre, et je veux rencontrer leur auteur.

Si je jure de ne pas vous enlever, me ferez-vous

---

1. Allusion à la loi prêt-bail signée en 1941, autorisant le président des États-Unis à fournir du matériel de guerre à des pays amis sans entrer directement dans le conflit. *(N.d.T.)*

l'honneur de dîner avec moi la semaine prochaine ?
Choisissez la date qui vous conviendra, je suis à
votre entière disposition.

Bien à vous,
Markham Reynolds

# De Juliet à Markham Reynolds

*6 février 1946*

Cher Mr. Reynolds,

Je ne suis pas imperméable aux compliments, surtout à ceux qui concernent mes écrits. Je serai ravie de dîner avec vous. Jeudi prochain ?

Bien à vous,
Juliet Ashton

# De Markham Reynolds à Juliet

*7 février 1946*

Chère Juliet,
Jeudi paraît si loin. Lundi ? Au Claridge ? À sept heures ?

Cordialement,
Mark

*P.S.* : Je suppose que vous n'avez pas de téléphone ?

# De Juliet à Markham

Cher Mr. Reynolds,

D'accord. Lundi, au Claridge, à sept heures.

Si, j'ai un téléphone. Il se trouve dans Oakley Street sous les décombres qui furent jadis mon appartement. À présent, je suis sous-locataire, et ma propriétaire, Mrs. Olive Burns, possède le seul téléphone des lieux. Si le cœur vous dit de discuter avec elle, je peux vous donner son numéro.

Cordialement,
Juliet Ashton

# De Dawsey à Juliet

*7 février 1946*

Chère Miss Ashton,

Je suis sûr que le cercle littéraire de Guernesey apprécierait d'être associé à votre article pour le *Times*. J'ai demandé à Mrs. Maugery de vous écrire pour vous parler de nos réunions ; c'est une dame instruite et ses mots paraîtront plus à leur place dans un article de journal que les miens. Je ne pense toutefois pas que nous puissions nous comparer aux cercles littéraires londoniens.

Mr. Hastings n'a pas encore trouvé la biographie de Lucas, mais j'ai reçu de sa part une carte postale disant : « Difficile à pister. Je ne renonce pas. » Gentil, n'est-ce pas ?

Je décharge des ardoises pour le nouveau toit du Crown Hotel. Les propriétaires espèrent le retour des touristes cet été. Je suis content d'avoir du travail, mais je serai heureux de me remettre à cultiver ma terre très prochainement.

C'est agréable de rentrer à la maison le soir et d'y trouver une lettre de vous.

Je vous souhaite bonne chance dans votre quête d'un sujet qui vous donnera envie d'écrire un livre dessus.

Cordialement,
Dawsey

# D'Amelia Maugery à Juliet

*8 février 1946*

Chère Miss Ashton,

Je viens juste de recevoir la visite de Dawsey. Je ne l'avais jamais vu dans l'état de ravissement où l'ont plongé votre cadeau et votre lettre. Il était si occupé à me convaincre de vous écrire avant la prochaine levée qu'il en a oublié sa timidité. Je ne pense pas qu'il en ait conscience, mais Dawsey possède un rare don de persuasion. Il ne réclame jamais rien pour lui-même, si bien que tout le monde s'empresse de lui accorder ce qu'il demande pour les autres.

Il m'a parlé de l'article qui vous a été commandé et m'a demandé si j'accepterais de vous écrire pour vous parler du cercle littéraire que nous avons formé pendant – et à cause de – l'Occupation allemande. Je serais ravie de le faire, sous certaines conditions.

Un ami d'Angleterre m'a envoyé un exemplaire d'*Izzy Bickerstaff s'en va-t-en guerre*. Nous n'avons eu aucune nouvelle du monde extérieur pendant cinq ans, aussi, vous pouvez vous imaginer ma satisfaction d'apprendre de quelle manière l'Angleterre a enduré ces années. Votre livre est à la fois informatif, distrayant et amusant ; mais c'est ce ton humoristique qui me pousse à chicaner.

Je suis consciente que « Le Cercle des amateurs de littérature et de tourte aux épluchures de patates de Guernesey » est un nom inhabituel qui pourrait facilement être tourné en ridicule. Pouvez-vous

61

m'assurer que vous ne serez pas tentée de le faire ? Les membres de notre cercle sont très chers à mon cœur, et je ne voudrais pas qu'ils soient perçus par vos lecteurs comme matière à plaisanteries.

Accepteriez-vous de me parler de vos intentions relatives à cet article, ainsi que de vous-même ? Si mes questions revêtent pour vous quelque importance, je serais ravie de vous parler du Cercle. J'espère recevoir de vos nouvelles très prochainement.

Cordialement,
Amelia Maugery

# De Juliet à Amelia

*10 février 1946*

Mrs. Amelia Maugery
Windcross Manor
La Ricou Road
St. Martin's Parish
Guernesey

Chère Mrs. Maugery,

Je vous remercie de votre lettre. Je répondrai à vos questions avec grand plaisir.

J'ai tourné de nombreuses situations en ridicule durant la guerre ; le *Spectator* avait le sentiment qu'un traitement léger des mauvaises nouvelles pourrait avoir l'effet d'un antidote et que l'humour remonterait peut-être le moral de Londres, qui était bien bas. Je suis heureuse qu'Izzy ait rempli son office, mais, Dieu merci, il n'est plus besoin de rire pour ne pas pleurer. Il ne me viendrait jamais à l'idée de tourner un amoureux de la lecture en ridicule. Mr. Adams moins que tout autre. J'ai été ravie d'apprendre que mon livre était tombé en de si bonnes mains.

Puisque vous souhaitez en savoir davantage sur ma personne, j'ai demandé au révérend Simon Simpless, de la paroisse de St. Hilda, près de Bury St. Edmunds, dans le Suffolk, de vous écrire. Il me connaît depuis l'enfance et m'aime beaucoup. J'ai également demandé à Lady Bella Taunton de me fournir une lettre de recommandation. Nous étions

63

dans la même équipe de guetteuses d'incendies durant le Blitz et elle nourrit une profonde antipathie à mon égard. La somme des deux lettres devrait vous donner une bonne idée de ma personnalité.

Je vous joins un exemplaire de la biographie d'Anne Brontë dont je suis l'auteur, afin que vous puissiez constater que je suis capable d'écrire des textes très différents. Elle ne s'est pas très bien vendue – pas du tout, en fait –, mais j'en suis bien plus fière que je ne le suis d'*Izzy Bickerstaff s'en va-t-en guerre*.

Si je peux faire quoi que ce soit d'autre pour vous assurer de ma bonne volonté, je serai heureuse de vous agréer.

Sincèrement,
Juliet Ashton

# De Juliet à Sophie

*12 février 1946*

Sophie chérie,

Markham V. Reynolds, l'homme aux camélias, s'est enfin matérialisé. Il s'est présenté, m'a complimentée et m'a invitée à dîner. Au Claridge, excusez du peu. J'ai accepté majestueusement – le Claridge, oh oui, j'en ai entendu parler – puis j'ai passé les trois jours suivants à m'inquiéter de ma coiffure. Une chance que j'aie ma belle robe neuve, je n'ai pas eu à perdre un temps précieux à chercher une tenue correcte.

Mais, comme l'a dit Mrs. Helena, « Ces cheveux sont un désastre ». J'ai tenté un chignon, il est retombé. Une torsade à la française, idem. J'étais sur le point de nouer un énorme ruban de velours rouge au sommet de mon crâne quand ma voisine, Evangeline Smythe, est arrivée à mon secours ; bénie soit-elle. Elle a fait des miracles. Deux minutes plus tard, j'étais l'élégance incarnée. Elle a relevé toutes mes boucles et les a arrangées de sorte qu'elles tourbillonnent au-dessus de ma nuque. Et j'arrivais tout de même à bouger la tête. Je suis sortie avec le sentiment d'être irrésistible. Même le marbre du hall du Claridge n'a pas réussi à m'intimider.

C'est alors que Markham V. Reynolds s'est avancé, et que la bulle a éclaté. Il est éblouissant, Sophie. Du jamais vu. Même le réparateur de chaudières ne lui arrive pas à la cheville. Hâlé, des yeux bleus ardents, des chaussures en cuir magnifiques, un costume en laine élégant, une pochette d'un blanc aveuglant à la poitrine. Et, comme tous les Américains, il est grand et possède un de ces sourires redoutables, plein de dents étincelantes et de bonne humeur, sans toutefois être cordial. Il est plutôt intimidant et habitué à donner des ordres aux gens – bien qu'il le fasse si naturellement qu'ils ne le remarquent même pas. Il a tendance à confondre son opinion avec la vérité, mais ne se montre pas d'une insistance désagréable. Il est trop sûr d'avoir raison pour se donner la peine d'être discourtois.

Nous nous sommes installés dans une alcôve drapée de velours et, une fois que tous les serveurs et autres maîtres d'hôtel ont eu fini de s'affairer autour de nous, je lui ai demandé de but en blanc pourquoi il m'avait envoyé ces cargaisons de fleurs sans y glisser le moindre message.

Il a ri. « Pour vous intriguer. Si je vous avais écrit directement pour vous demander de me rencontrer, qu'auriez-vous répondu ? » J'ai admis que j'aurais décliné son offre. Il a arqué un sourcil : était-ce sa faute s'il m'avait percée à jour ?

Je me sentais affreusement offensée, mais, encore une fois, il a éclaté de rire. Puis il s'est mis à parler de la guerre, de la littérature victorienne – il sait que j'ai écrit une biographie d'Anne Brontë –, de New York et du rationnement ; et bientôt, je me suis surprise à me repaître de son attention. J'étais sous le charme.

Tu te souviens de nos spéculations sur les raisons pour lesquelles Markham V. Reynolds était obligé de demeurer mystérieux, quand tu m'as rejointe à

Leeds ? La vérité est bien décevante. Nous nous trompions complètement. Il n'est pas marié. Et il n'est certainement pas timide. Il n'est pas défiguré par une balafre qui l'oblige à fuir la lumière du jour. Je ne pense pas que ce soit un loup-garou (il n'a pas de poils sur les phalanges, en tout cas). Et ce n'est pas un nazi en cavale (il aurait un accent).

Maintenant que j'y pense, c'est peut-être un loup-garou. Je l'imagine tout à fait bondissant à travers la lande à la poursuite de sa proie, et je suis certaine qu'il n'y réfléchirait pas à deux fois avant de dévorer un passant innocent. Je le surveillerai étroitement à la prochaine pleine lune. Il veut m'emmener danser samedi prochain. Je devrais peut-être porter un col roulé ? Non, ça ce sont les vampires.

Je crois que je suis un peu gaie.


Affectueusement,
Juliet

# De Lady Bella Taunton à Amelia

*12 février 1946*

Chère Mrs. Maugery,

J'ai la lettre de Juliet Ashton sous la main et je suis ébahie par son contenu. Dois-je comprendre qu'elle souhaite que je vous fasse l'exposé de son caractère ? Ma foi, allons-y ! Du caractère, je ne peux contester qu'elle en possède ; quant au bon sens... elle n'en a aucun.

La guerre, comme vous le savez, forme d'improbables tandems, et Juliet et moi nous sommes d'emblée trouvées réunies lors du Blitz. Nous étions guetteuses d'incendies, un travail qui consistait à passer ses nuits sur divers toits d'immeubles londoniens pour guetter les éventuelles bombes incendiaires qui pourraient tomber du ciel. Quand cela arrivait, nous devions nous précipiter dessus avec des pompes à main et des seaux de sable pour étouffer les flammes avant qu'elles ne se répandent. Juliet et moi formions une équipe. Nous nous abstenions de discuter, comme le faisaient des guetteurs moins consciencieux. J'insiste sur notre vigilance de chaque instant. Néanmoins, j'ai appris quelques fragments de la vie qu'elle menait avant la guerre.

Son père était un fermier respectable du Suffolk. Sa mère, ai-je cru comprendre, une épouse de fermier typique, qui trayait les vaches et plumait les poulets, lorsqu'elle n'était pas occupée par la librairie qu'elle possédait à Bury St. Edmunds. Ils moururent tous deux dans un accident de la route quand Juliet avait douze ans. On l'a alors envoyée vivre à St. John's Wood, chez son grand-oncle, un lettré de renom. Là, elle a contrarié ses études et la maisonnée en fuguant, à deux reprises.

En désespoir de cause, son oncle l'a inscrite dans une pension sélecte. Son diplôme en main, elle a dédaigné les études supérieures et est venue à Londres où elle a partagé un studio avec son amie Sophie Stark. Elle travaillait dans une librairie, le jour, et écrivait un livre sur l'une de ces misérables sœurs Brontë – j'ai oublié laquelle –, la nuit. Je crois que cet ouvrage a été publié par le frère de Sophie, qui possède la maison d'édition Stephens & Stark ; et bien qu'aucun lien biologique ne les unisse, force m'est de supposer qu'une sorte de népotisme a présidé à la publication dudit livre.

Quoi qu'il en soit, elle a commencé à rédiger des articles pour divers journaux et magazines. Son esprit frivole lui a rallié un large public parmi les moins enclins aux lectures intellectuelles – qui, je le crains, sont nombreux. Elle a dilapidé son héritage pour s'offrir un appartement à Chelsea. Ce quartier d'artistes, de mannequins, de libertins et de socialistes – une brochette d'irresponsables, dont Juliet se montrerait à la hauteur dans son rôle de guetteuse d'incendies.

J'en viens aux détails de notre association.

Juliet et moi formions une des nombreuses équipes assignées aux toits de l'Inner Temple des Inns Court. Permettez-moi de commencer par vous dire que la réactivité et un esprit clair sont les qualités indispensables à une guetteuse d'incendies. Il faut être aux aguets de tout ce qu'il se passe autour de vous. *Tout*.

Une nuit de mai 1941, une bombe à explosif brisant a été lâchée sur le toit de la bibliothèque de l'Inner Temple. Ce toit se trouvait à une certaine distance du poste de guet de Juliet, mais elle était si horrifiée à l'idée que ses précieux livres allaient être détruits qu'elle s'est élancée vers les flammes comme si elle allait pouvoir à elle seule soustraire la bibliothèque à son destin ! Bien entendu, ses illusions n'ont fait qu'aggraver les dommages, les pompiers ayant perdu un temps précieux à lui porter secours.

Je crois que Juliet a souffert de brûlures mineures à l'issue de la débâcle, mais cinquante mille livres sont partis en fumée. Son nom a été rayé de la liste des guetteurs d'incendies, cela va sans dire. J'ai découvert plus tard qu'elle s'était portée volontaire pour travailler au Service d'aide aux pompiers. Au lendemain d'un raid aérien, le SAP était à pied d'œuvre pour offrir thé et réconfort aux équipes de sauvetage. Le SAP venait également en aide aux survivants, réunissant des familles, leur fournissant des logements temporaires, des vêtements, des vivres et des fonds. Je crois que Juliet s'est montrée à la hauteur de cette tâche de jour et n'a provoqué aucune catastrophe parmi les tasses de thé.

Étant désormais libre d'occuper ses nuits à sa convenance, je ne doute pas qu'elle en ait consacré une partie à l'écriture et au journalisme frivole, puisque le *Spectator* lui a commandé un article hebdomadaire sur l'état de la nation en ces temps de guerre – elle le signait sous le pseudonyme d'Izzy Bickerstaff.

J'ai lu un de ces articles, puis j'ai résilié mon abonnement. Elle s'en prenait au bon goût de notre défunte et néanmoins chère reine Victoria. Vous connaissez sans doute l'immense mémorial que Victoria fit ériger pour son époux bien-aimé, le prince consort Albert. C'est un joyau des jardins de Kensington, un monument au goût raffiné de la reine autant qu'à la gloire du défunt. Juliet félicitait le ministère de l'Agriculture et de la Pêche d'avoir ordonné que des petits pois soient plantés dans les pelouses entourant ce mémorial, et écrivait qu'il n'était de meilleur épouvantail dans toute l'Angleterre que le prince Albert.

Bien que je doute de son bon goût, de son jugement et de son sens des priorités, je lui reconnais une qualité : elle est honnête. Si elle affirme qu'elle honorera le nom de votre cercle littéraire, vous pouvez la croire. Je n'ai rien à ajouter.

Sincèrement,
Lady Bella Taunton

# Du révérend Simon Simpless à Amelia

*13 février 1946*

Chère Mrs. Maugery,

Oui, vous pouvez avoir toute confiance en Juliet. Je suis formel sur ce point. Ses parents étaient non seulement mes amis, mais aussi mes paroissiens, à St. Hilda. Il se trouve que je dînais chez eux le soir de sa naissance.

Juliet était une enfant têtue mais douce, respectueuse et joyeuse, manifestant un sens de l'intégrité inhabituel chez un si jeune être.

Je vais vous raconter un incident qui s'est produit alors qu'elle n'avait que dix ans. Juliet chantait la quatrième strophe de *His Eye Is on The Sparrow*[1] quand elle a refermé son recueil et refusé de chanter une note de plus. Elle a expliqué à notre chef de chœur que ces paroles calomniaient Dieu. Que nous ne devrions pas les chanter. Désemparé (le chef de chœur, pas Dieu), il l'a escortée à mon bureau afin que je lui fasse entendre raison.

Je ne m'en suis pas très bien sorti. Juliet a argué : « Mais il n'aurait pas dû écrire : "Son œil est sur le moineau." Qu'est-ce qu'il y a de bien là-dedans ? Est-ce que ça a empêché l'oiseau de tomber du nid ? Est-ce qu'Il s'est contenté de dire : "Oups" ? Ça suggère que Dieu s'amuse à observer les oiseaux pendant que les vrais gens ont besoin de lui. »

---

1. *Son œil est sur le moineau.* Célèbre chant de gospel. *(N.d.T.)*

Je me suis senti obligé de lui donner raison sur ce point – pourquoi n'y avais-je jamais pensé moi-même ? Le chœur n'a plus chanté *Son œil est sur le moineau*, ni ce jour-là, ni depuis.

Les parents de Juliet sont morts quand elle avait douze ans et on l'a envoyée vivre chez son grand-oncle, le Dr. Roderick Ashton, à Londres. Sans être dénué de gentillesse, il était trop absorbé par ses études gréco-romaines pour avoir du temps à consacrer à la fillette. Il ne possédait, en outre, aucune imagination ; une grave lacune quand on doit éduquer un enfant.

Elle a fugué à deux reprises. La première fois elle n'est pas allée plus loin que la gare de King's Cross – la police l'a retrouvée avec un fourre-tout en tapisserie et la canne à pêche de son père, attendant le train pour Bury St. Edmunds. On l'a ramenée chez son oncle d'où elle a fugué une deuxième fois. Le Dr. Ashton m'a alors téléphoné pour que je l'aide à la retrouver.

Je savais exactement où me rendre. Je l'ai trouvée devant la ferme de ses parents, assise sur une petite colline boisée, indifférente à la pluie. Elle était là, trempée, à fixer son ancienne demeure (vendue).

J'ai envoyé un télégramme à son oncle et je l'ai ramenée à Londres en train, le lendemain. Je pensais retourner à ma paroisse par le train suivant, mais j'ai découvert que son imbécile d'oncle avait envoyé sa cuisinière la récupérer à la gare. J'ai insisté pour les accompagner et j'ai fait irruption dans le bureau de Mr. Ashton, avec qui j'ai eu une conversation animée. Nous sommes convenus que Juliet serait sans doute mieux en internat – ses parents avaient laissé des fonds généreux pour parer à cette éventualité.

Par chance, je connaissais une très bonne école à St. Swithin. Un internat offrant un enseignement de bon niveau dont la directrice n'était pas taillée dans le roc. Je suis heureux de vous dire que Juliet s'y est beaucoup plu. Elle a trouvé ses études stimulantes, certes, mais je crois que c'est à son amitié avec Sophie Stark et avec sa famille qu'elle doit d'avoir retrouvé sa joie de vivre. Elle passait souvent les vacances de printemps chez les Stark. Juliet et Sophie ont également fait deux séjours au presbytère où je vis avec ma sœur. Que de bons souvenirs de moments partagés : pique-niques, promenades à bicyclette, parties de pêche. Le frère de Sophie, Sidney Stark, s'est joint à nous, une fois. En dépit de ses dix années de plus que les filles et de sa tendance à se montrer autoritaire à leur égard, il a complété heureusement notre joyeux quintette.

Cela a été très gratifiant de voir grandir Juliet ; comme ça l'est à présent de la savoir adulte. Je suis très heureux qu'elle m'ait demandé de vous écrire une lettre de recommandation.

J'ai inclus l'histoire de notre relation afin que vous vous rendiez compte que je connais mon sujet. Si Juliet dit qu'elle fera une chose, elle sera faite. Quand elle dit non, c'est sans appel.

Très sincèrement vôtre,
Simon Simpless

# De Susan Scott à Juliet

*17 février 1946*

Chère Juliet,

Est-il possible que ce soit *toi* que j'ai aperçue dans le *Tatler* de cette semaine, dansant la rumba avec Mark Reynolds ? Tu étais splendide – presque aussi splendide que lui –, mais puis-je te suggérer de te réfugier dans un abri antiraid avant que Sidney ne mette la main sur le magazine ?

Tu peux acheter mon silence par des détails torrides, tu sais ?

Amitiés,
Susan

## De Juliet à Susan Scott

Chère Susan,
Je nie tout.
Amitiés,
Juliet

# D'Amelia à Juliet

*18 février 1946*

Chère Miss Ashton,

Merci d'avoir considéré mes réserves avec un tel sérieux. Lors de notre réunion d'hier soir, j'ai parlé de votre article pour le *Times* à tous les membres du Cercle et j'ai engagé ceux qui le désiraient à correspondre avec vous, pour vous parler des livres qu'ils ont lus et du plaisir que leur ont procuré ces lectures.

La réponse a été si enthousiaste qu'Isola Pribby, notre huissière, a été obligée d'abattre son maillet pour obtenir le silence (je reconnais qu'Isola n'a guère besoin d'encouragements pour jouer du maillet). Je pense que vous allez recevoir un bon nombre de lettres de notre part. J'espère qu'elles vous seront de quelque utilité pour votre article.

Dawsey vous a dit que le Cercle a été créé pour tromper les Allemands et les empêcher d'arrêter mes convives – à savoir lui-même, Isola, Eben Ramsey, John Booker, Will Thisbee – lors d'un dîner, et que c'est notre chère Elizabeth McKenna qui a inventé cette histoire sur le moment, bénies soient sa vivacité d'esprit et sa langue déliée.

Bien entendu, j'ignorais qu'ils se trouvaient en si mauvaise posture. Sitôt après leur départ, je m'étais hâtée d'aller enterrer les reliefs de notre repas dans ma cave. La première fois que j'ai entendu parler de notre cercle littéraire, c'était au petit matin, à sept heures, quand Elizabeth est entrée dans ma cuisine et m'a demandé : « Combien de livres astu ? »

J'en possédais un certain nombre, mais Elizabeth a secoué la tête en étudiant mes étagères. « Il nous en faut davantage. Il y a trop de choses sur le jardinage, là. » Elle avait raison, bien sûr – j'apprécie un bon livre sur le jardinage, de temps à autre. « Je vais te dire ce que nous allons faire, a-t-elle repris. Quand j'en aurai terminé avec le commandant, nous irons à la librairie Fox et nous achèterons tout le magasin. Si nous voulons être le cercle littéraire de Guernesey, il faut que nous ayons l'air littéraires. »

J'ai attendu toute la matinée, folle d'inquiétude, redoutant leur entrevue avec le commandant. Et si nous finissions tous dans la prison de Guernesey ? Ou pire encore, dans un camp de prisonniers sur le continent ? Les Allemands exerçaient leur justice de manière imprévisible, vous ne saviez jamais quelle sentence vous attendait. Mais rien de tel ne s'est produit.

Aussi improbable que cela puisse paraître, les Allemands autorisaient, voire encourageaient, les initiatives artistiques et culturelles insulaires. Ils voulaient prouver aux Britanniques que l'Occupation allemande était un modèle d'occupation. On ne nous a pas expliqué comment ce message serait véhiculé au monde extérieur puisque les câbles téléphoniques et télégraphiques avaient été coupés le jour de juin 1940 où ils avaient atterri sur l'île. Mais aussi tordu que fût leur raisonnement, ils traitèrent les îles Anglo-Normandes avec davantage d'indulgence que le reste de l'Europe conquise – au début du moins.

Au bureau du commandant, mes amis ont dû payer une petite amende et fournir le nom de notre cercle et la liste de ses membres. Le commandant a déclaré que lui aussi était un amoureux de la littérature ; pourrait-il parfois assister à nos réunions avec des officiers partageant la même inclination ?

Elizabeth a répondu qu'ils étaient les bienvenus. Puis nous avons filé chez Fox, accompagnées d'Eben. Nous avons choisi de pleines brassées de livres et nous sommes retournés au manoir les disposer sur mes étagères. Ensuite, nous avons couru de maison en maison, l'air aussi insouciant et décontracté que possible, pour avertir les autres qu'ils devaient passer dans la soirée, choisir un livre et le lire. C'était une torture de marcher lentement, de s'arrêter pour papoter ici et là, quand nous brûlions de galoper ! Le temps était compté. Elizabeth craignait que le commandant n'apparaisse à notre prochaine réunion, moins de deux semaines plus tard. (Il n'est pas venu. Quelques officiers allemands y ont assisté au fil des ans, mais ils repartaient tous désemparés et ne revenaient jamais.)

Et c'est ainsi que tout a commencé. Si je connaissais tous les membres de notre groupe, je ne les connaissais pas tous intimement. Dawsey était mon voisin depuis plus de trente ans, mais je ne crois pas que je lui avais jamais parlé d'autre chose que du temps et de sa ferme. Isola et Eben étaient des amis proches, Will Thisbee une simple connaissance et John Booker un quasi étranger, puisqu'il était arrivé sur l'île à la même époque que les Allemands. Elizabeth était notre point commun à tous. Sans elle, je n'aurais jamais pensé à les inviter à partager mon cochon, et le Cercle des amateurs de littérature et de tourte aux épluchures de patates de Guernesey n'aurait jamais vu le jour.

Ce soir-là, quand ils sont arrivés chez moi pour choisir un livre, ceux qui n'avaient guère lu que la Bible, des catalogues de semences et la *Gazette de l'éleveur de cochon* se sont retrouvés face à un tout autre genre d'ouvrages. C'est là que Dawsey a découvert son cher Charles Lamb et qu'Isola est tombée sur *Les Hauts de Hurlevent*. Pour ma part, j'ai choisi *Les Papiers posthumes du Pickwick club*, en pensant que ça me remonterait le moral – à raison.

Puis chacun a regagné son domicile et s'est mis à lire. Nous avons commencé à nous réunir à cause du commandant, c'est vrai, mais nous avons continué pour le plaisir. Aucun de nous n'ayant la moindre expérience en matière de cercle littéraire, nous avons inventé nos propres règles : chacun notre tour, nous parlions aux autres d'un livre que nous avions lu. Au début, nous tentions de garder notre calme et de demeurer objectifs, mais cela n'a guère duré ; rapidement, les orateurs n'ont plus eu pour ambition que de persuader leur auditoire de lire l'ouvrage en question. Et, quand deux membres avaient lu le même livre, ils en débattaient devant nous pour notre plus grand plaisir. À force de lire, de parler de livres et de nous disputer à cause d'eux, nous en sommes venus à nous lier étroitement les uns aux autres. D'autres insulaires ont voulu se joindre à nous et nos soirées se sont transformées en moments chaleureux et animés. À tel point que, de temps en temps, nous arrivions presque à oublier la noirceur du dehors. Nous nous réunissons toujours tous les quinze jours.

Will Thisbee est responsable de l'Association de la tourte aux épluchures de patates au nom de notre cercle. Allemands ou pas, il n'avait pas l'intention d'assister à la moindre réunion s'il n'y avait rien à manger ! Si bien que nous avons inclus un encas à notre programme. Et comme il ne nous restait qu'un tout petit peu de beurre, encore moins de farine et pas de sucre du tout à Guernesey, Will nous a concocté une tourte aux épluchures de patates. Purée de patates pour le fourrage, betterave rouge pour sucrer et épluchures de patates pour le craquant. Les recettes de Will sont souvent douteuses, mais celle-ci est devenue une favorite.

Je serais ravie d'avoir de vos nouvelles et de savoir comment votre article progresse.

Mes plus sincères salutations,
Amelia Maugery

# D'Isola Pribby à Juliet

*19 février 1946*

Chère Miss Ashton,

Ça alors. J'apprends que vous avez écrit un livre sur Anne Brontë, la sœur de Charlotte et d'Emily. Amelia Maugery, qui sait ma tendresse pour les sœurs Brontë – les pauvres petites – m'a dit qu'elle me le prêterait. Dire qu'elles étaient toutes poitrinaires et sont toutes mortes si jeunes ! Quelle tristesse.

Leur paternel était un sacré égoïste, pas vrai ? Il ne s'intéressait pas du tout à ses filles et passait son temps enfermé dans son bureau à beugler qu'on lui apporte son châle. Il ne se levait jamais pour se servir seul. Et il restait assis dans sa chambre pendant qu'elles tombaient comme des mouches.

Leur frère Branwell ne valait guère mieux. Toujours à boire et à vomir sur les tapis. Elles devaient sans cesse nettoyer dans son sillage. Joli travail pour de grandes dames de la littérature !

À mon avis, avec de tels hommes à domicile et aucun moyen d'en rencontrer d'autres, Emily a dû créer Heathcliff de toutes pièces ! Et quel beau boulot ! Les hommes sont plus intéressants dans les livres qu'ils ne le sont en réalité.

Amelia nous a dit que vous aimeriez en apprendre davantage sur notre cercle littéraire et sur ce qu'il se dit lors de nos réunions. J'ai fait une intervention sur les sœurs Brontë, une fois – c'était mon tour de prendre la parole. Je regrette de ne pas pouvoir vous envoyer mes notes sur Charlotte et Emily, je les ai utilisées pour allumer ma cuisinière. Il ne restait plus de papier dans la maison. J'avais déjà brûlé mes annuaires des marées, l'Apocalypse de Jean et l'histoire de Job.

Vous voudrez sans doute savoir pourquoi j'admire ces filles. J'aime les histoires de rencontres passionnées. N'en ayant jamais vécu moi-même, je peux à présent m'en faire une idée. Au début, je n'ai pas aimé *Les Hauts de Hurlevent*, mais à la minute où le spectre de Cathy s'est mis à gratter la vitre de ses doigts osseux, j'ai senti ma gorge se nouer, et le nœud ne s'est pas relâché avant la fin du livre. J'avais l'impression d'entendre les sanglots déchirants d'Heathcliff à travers la lande. Je ne crois pas qu'après avoir lu un auteur de si grand talent qu'Emily Brontë, je serais capable d'éprouver du plaisir à relire *Malmenée à la lueur de la bougie* de Miss Amanda Gillyflower. Lire de bons livres vous empêche d'apprécier les mauvais.

Et maintenant, je vais vous parler de moi. Je possède un cottage et une petite exploitation voisins du manoir et de la ferme d'Amelia Maugery. Nous vivons toutes deux au bord de la mer. Je m'occupe de mes poules et de ma chèvre, Ariel, et cultive mon jardin. J'ai également une demoiselle perroquet à charge. Elle s'appelle Zenobia et elle n'aime pas les hommes.

Chaque semaine, je vends au marché mes conserves, mes légumes et les élixirs que je concocte pour restaurer l'ardeur masculine. Kit McKenna, la fille de ma chère amie Elizabeth, m'aide à préparer mes potions. Elle n'a que quatre ans et doit monter sur un tabouret pour remuer le contenu de ma marmite, mais elle fait néanmoins beaucoup d'écume.

Je n'ai pas un physique très plaisant. J'ai un grand nez – que je me suis cassé en tombant du toit de mon poulailler –, un œil qui a tendance à fuir vers le haut, et des mèches rebelles qui refusent de se laisser aplatir. Je suis grande et charpentée.

Je vous écrirai à nouveau, si vous le désirez. Pour vous parler de la lecture, qui nous a bien remonté le moral quand nous étions occupés. La seule fois où les livres ne nous ont été d'aucune utilité, c'est quand Elizabeth a été arrêtée par les Allemands pour avoir caché un pauvre travailleur esclave polonais et qu'ils l'ont envoyée en prison en France. Aucun livre n'a pu me réchauffer le cœur après ça, et pour longtemps. J'avais toutes les peines du monde à me retenir de gifler tous les Allemands que je croisais. Je l'ai fait pour Kit. Elle n'était qu'un tout petit bout de chou et elle avait besoin de nous. Elizabeth n'est toujours pas revenue. Nous sommes inquiets à son sujet. Remarquez, ça ne fait pas long-temps que la guerre est finie, il est encore possible qu'elle revienne. Je prie, aussi, parce qu'elle me manque affreusement.

Votre amie,
Isola Pribby

# De Juliet à Dawsey

*20 février 1946*

Cher Dawsey,

Comment saviez-vous que les lilas blancs étaient mes fleurs préférées ? Depuis toujours. Ils trônent sur mon bureau. Ils sont magnifiques, j'adore leur parfum, l'agréable surprise que m'offre leur vue. Au début, je me suis demandé : comment diable a fait Dawsey pour s'en procurer en février ? Puis je me suis souvenue que les îles Anglo-Normandes ont la chance de bénéficier du Gulf Stream.

Mr. Dilwyn est apparu à ma porte avec votre cadeau, au petit matin. Il a dit qu'il était à Londres pour le compte de sa banque. Il m'a assuré que ça ne l'avait pas du tout dérangé de me livrer ces fleurs – et qu'il y avait peu de chose qu'il vous refuserait étant donné que vous aviez donné un morceau de savon à Mrs. Dilwyn pendant la guerre. Elle a toujours les larmes aux yeux quand elle y repense. Quel homme charmant, je suis désolée qu'il n'ait pas pu rester pour boire un café.

Grâce à vos bons offices, j'ai reçu de longues lettres adorables de Mrs. Maugery et d'Isola Pribby. J'ignorais que les Allemands empêchaient toutes les nouvelles du monde extérieur d'atteindre Guernesey, lettres comprises. Cela m'a étonnée au plus haut point. Je savais que les îles Anglo-Normandes avaient été occupées, mais à aucun moment je n'avais songé aux implications. De l'ignorance volontaire, sans doute. Me voilà donc sur le point de me rendre à la Bibliothèque de Londres pour combler mes lacunes. Elle a terriblement souffert d'un bombardement, mais on peut à nouveau en fouler le sol sans risque. Tous les livres qui ont pu être sauvés sont de retour sur leurs étagères et je sais qu'ils ont conservé tous les *Times* de 1900 à... hier. Je souhaite m'instruire sur l'Occupation.

J'aimerais aussi trouver des récits de voyage ou des livres sur l'histoire des îles Anglo-Normandes. Est-il exact que, par une journée claire, on peut apercevoir les automobiles rouler le long des côtes françaises ? C'est ce que prétend mon encyclopédie, mais je l'ai achetée d'occasion et je ne m'y fie guère. J'y ai également lu que Guernesey mesure « quelque onze kilomètres de long sur cinq kilomètres de large et compte 42 000 habitants ». Efficace sur le plan strictement informatif, mais insuffisant.

Isola m'a appris que votre amie Elizabeth McKenna avait été envoyée dans un camp de prisonniers sur le continent et qu'elle n'en était toujours pas revenue. Cela m'a coupé le sifflet. Depuis votre lettre sur le dîner de cochon rôti, je me la représentais parmi vous. Sans en être pleinement consciente, je m'attendais à recevoir une lettre écrite de sa main, un jour ou l'autre. Je suis désolée. J'espère qu'elle rentrera très bientôt.

Merci encore pour les fleurs, Dawsey. C'était adorable de votre part.

Mes amitiés,
Juliet

*P.S.* : Vous considérerez peut-être cela comme une question rhétorique, mais pourquoi Mrs. Dilwyn pleure-t-elle quand elle repense à un morceau de savon ?

# De Juliet à Sidney

*21 février 1946*

Très cher Sidney,

Je n'ai aucune nouvelle de toi depuis des lustres. Ton silence glacial a-t-il le moindre rapport avec Mark Reynolds ? Une idée de livre m'est venue : un roman sur une belle écrivain dont le cœur sensible est brisé par son éditeur despotique. Intéressé ?

Avec mon éternelle affection,
Juliet

# De Juliet à Sidney

*Le 23 février 1946*

Cher Sidney,
Je plaisantais.
Je t'embrasse,
Juliet

# Juliet à Sidney

Sidney ?
Je t'embrasse,
Juliet

# De Juliet à Sidney

Cher Sidney,

Tu pensais que je ne m'apercevrais pas de ton départ ? Tu te trompais. Après trois lettres sans réponse, je me suis rendue en personne à St. James Place, où j'ai rencontré la glaciale Miss Tilley, qui m'a informée que tu avais quitté la ville. Très édifiant, n'est-ce pas ? En insistant, je lui ai soutiré que tu étais parti pour l'Australie ! Miss Tilley a enduré mes exclamations de surprise sans ciller et a refusé de me révéler le lieu exact de ton séjour – elle m'a juste dit que tu ratissais la brousse à la recherche de nouveaux talents pour Stephens & Stark. Elle te fera suivre tout ton courrier, à sa discrétion.

Je ne suis pas dupe de ta Miss Tilley. Pas plus que de toi. Je sais exactement où tu te trouves et ce que tu y fais. Tu as filé retrouver Piers Langley et tu lui tiens la main en attendant qu'il dessoûle. J'espère que c'est ce que tu fais, du moins. C'est un ami si cher et un poète tellement doué. J'espère qu'il sera bientôt sur pied pour se remettre à écrire. J'ajouterais bien « et qu'il oubliera la Birmanie et les Japonais », mais je sais que c'est impossible.

Tu aurais dû me prévenir. Je sais me montrer discrète si je m'en donne la peine (tu ne m'as jamais pardonné d'avoir fourché pour Mrs. Atwater et toi sous la pergola, pas vrai ? Je me suis pourtant amplement excusée, à l'époque).

Je préférais ton ancienne secrétaire. Dire que tu l'as virée pour rien : Markham Reynolds et moi avons quand même fini par nous rencontrer. Bon, d'accord, nous avons fait plus que cela. Nous avons dansé la rumba ensemble. Mais évite d'en faire un plat. Il n'a pas parlé de *View*, sauf en passant, et n'a pas essayé une seule fois de m'attirer à New York. Nous avons abordé des sujets plus nobles, comme la littérature victorienne. Il n'a rien du dilettante superficiel que tu m'as décrit, Sidney. C'est un spécialiste de Wilkie Collins, entre autres grands auteurs. Savais-tu que W. Collins avait entretenu deux foyers avec deux maîtresses et deux nichées d'enfants ? Il devait avoir des soucis d'organisation terrifiants. Pas étonnant qu'il se soit adonné au laudanum.

Je pense que tu apprécierais Mark si tu le connaissais mieux, et il se peut que tu en aies l'occasion. Mais mon cœur et ma plume appartiennent à Stephens & Stark.

L'article pour le *Times* s'est transformé en formidable partie de plaisir. Je me suis fait un groupe de nouveaux amis originaires des îles Anglo-Normandes. Ils forment le Cercle des amateurs de littérature et de tourte aux épluchures de patates de Guernesey. N'est-ce pas adorable ? Si Piers a besoin de distraction, je peux vous envoyer une bonne grosse lettre sur son origine. Sinon, je t'en parlerai à ton retour. (Quand rentres-tu ?)

Ma voisine, Evangeline Smythe, va accoucher de

jumeaux en juin. Comme elle ne semble pas transportée de joie à cette idée, je vais lui demander de m'en donner un.

Je vous embrasse tous les deux,
Juliet

# De Juliet à Sophie

*28 février 1946*

Très chère Sophie,

Je suis tout aussi surprise que toi. Il ne m'en avait pas soufflé mot. Mardi dernier, n'ayant reçu aucune nouvelle de Sidney depuis plusieurs jours, je me suis rendue chez Stephens & Stark pour exiger un peu de considération et j'ai découvert qu'il avait pris la clé des champs. Cette nouvelle secrétaire qu'il s'est dégotée est un monstre. À chacune de mes questions elle a répondu : « Je ne peux divulguer aucune information de nature personnelle, vraiment, Miss Ashton. » J'avais une furieuse envie de la gifler.

J'étais sur le point d'en conclure que Sidney avait été contacté par le MI6 et envoyé en mission en Sibérie, quand l'horrible Miss Tilley m'a avoué qu'il était en Australie. Tout s'est alors éclairé : il est allé chercher Piers. Teddy Lucas semblait persuadé que Piers se soûlerait jusqu'à ce que mort s'ensuive dans cette maison de repos, à moins qu'on ne l'en empêche. Comment lui en tenir rigueur après ce qu'il a enduré ? Dieu merci, Sidney ne le laissera pas faire.

Tu sais que j'aime Sidney de tout mon cœur, néanmoins, il y a quelque chose de terriblement libératoire dans la phrase : *Sidney est en Australie.* Depuis trois semaines, Mark Reynolds est ce que tante Sylvia qualifierait de « constant dans ses attentions », et même quand je me goinfre de homard en éclusant du champagne, je ne peux me retenir de jeter des regards furtifs par-dessus mon épaule, à la recherche de Sidney. Il est convaincu que Mark essaie de priver Londres – et Stephens & Stark – de ma personne, et rien de ce que je pourrais dire ne le fera changer d'avis. Il est clair qu'il ne l'aime pas – je crois qu'il a employé les termes « agressif » et « sans scrupules » pour le décrire, la dernière fois que nous nous sommes vus –, mais, franchement, je trouve qu'il joue un peu trop les roi Lear dans cette histoire. Je suis une grande fille (la plupart du temps) et je peux siffler du champagne avec qui bon me semble.

Lorsque je ne soulève pas les nappes pour voir si Sidney se cache sous la table, je passe des instants merveilleux. J'ai l'impression d'avoir émergé d'un tunnel noir pour me retrouver au cœur d'un carnaval. Je n'ai jamais été particulièrement attirée par les carnavals, mais, après un long tunnel, c'est délicieux. Mark vadrouille presque tous les soirs. S'il n'a pas une soirée prévue (ce qui est rare), nous allons au cinéma ou au théâtre. Ou dans une boîte de nuit. Ou dans un troquet malfamé (il prétend m'initier aux idéaux démocratiques). C'est très enthousiasmant.

As-tu remarqué comme certaines personnes – les Américains surtout – semblent peu altérées par la guerre, ou au moins, n'en sont pas ressorties broyées ? Je ne sous-entends pas que Mark était un tire-au-flanc. Il était dans l'aviation américaine. Cependant, la guerre ne l'a pas brisé. Aussi, quand je suis en sa compagnie, je me sens moins abîmée moi-même. C'est une illusion, je le sais. D'ailleurs, j'aurais honte de ne pas avoir été touchée par la guerre. Mais n'est-il pas excusable de s'amuser un peu ?

Dominic est-il trop vieux pour un diable qui sort de sa boîte ? J'en ai vu un redoutable dans une boutique, hier. Il bondit et se balance en lançant des regards sournois, et sa moustache luisante forme deux boucles au-dessus de ses dents crochues. L'incarnation de la méchanceté. Le choc passé, Dominic adorerait.

Affectueusement,
Juliet

# De Juliet à Isola

*28 février 1946*

Chère Isola,

Un très grand merci pour m'avoir parlé de vous et d'Emily Brontë. J'ai ri en lisant qu'elle vous avait saisie à la gorge au moment où le pauvre fantôme de Cathy frappe à la fenêtre. Elle m'a eue à cet instant précis, moi aussi.

Notre professeur nous avait demandé de lire *Les Hauts de Hurlevent* pendant les vacances de printemps. De retour à la maison, mon amie Sophie Stark et moi nous étions lamentées deux jours entiers sur cette injustice, avant que son frère Sidney nous conseille de la boucler et d'en finir avec cette corvée. J'ai commencé à le lire en fulminant, jusqu'à ce que le fantôme de Cathy apparaisse à la fenêtre. Je n'avais jamais éprouvé une telle frayeur. Je ne me suis jamais laissé impressionner par les histoires de monstres et de vampires, mais les histoires de fantômes, c'est une autre paire de manches.

Sophie et moi avions passé le reste de nos vacances à naviguer du lit au hamac et du hamac au fauteuil, avec *Jane Eyre*, *Agnes Grey*, *Shirley* et *La Châtelaine de Wildfell Hall*.

Quelle famille. J'ai choisi d'écrire sur Anne Brontë, parce qu'elle est la moins connue des trois sœurs et, selon moi, tout aussi talentueuse que Charlotte. Dieu seul sait comment elle a réussi à écrire une seule ligne dans l'ombre d'une femme aussi pieuse que sa tante Branwell. Emily et

Charlotte étaient assez sensées pour ignorer cette femme sinistre, mais pas cette pauvre Anne. Imaginez-vous cette vieille bique pernicieuse, prêchant que Dieu a volontairement créé la femme pour qu'elle soit faible, douce et un tantinet mélancolique. C'était tellement plus facile de tenir la maison ainsi.

J'espère recevoir encore de vos nouvelles,
Bien à vous,
Juliet

# De Eben Ramsey à Juliet

*28 février 1946*

Chère Miss Ashton,

J'habite Guernesey et je m'appelle Eben Ramsey. Mes ancêtres étaient tailleurs de pierres tombales et dépeceurs – spécialisés dans l'agneau. Ce sont les choses que j'aime faire pour occuper mes soirées, mais je vis de la pêche.

Mrs. Maugery dit que vous voudriez recevoir des lettres sur nos lectures pendant l'Occupation. Je comptais ne plus parler – ni me souvenir, si possible – de ces années, mais Amelia affirme que vous êtes une personne de confiance, et je la crois. Sans compter que vous avez eu la gentillesse d'envoyer un livre à mon ami Dawsey, qui n'est pour vous qu'un inconnu. J'ai donc décidé de vous écrire en espérant que cela vous aidera pour votre article.

Mieux vaut commencer par préciser que nous n'étions pas un vrai cercle littéraire, au début. En dehors d'Elizabeth, de Mrs. Maugery, et de Booker peut-être, presque aucun de nous n'avait remis la main sur un livre depuis l'école. Quand nous les choisissions sur les étagères de Mrs. Maugery, nous avions peur d'abîmer du si beau papier. Je n'avais aucun goût pour ce genre d'activité, à l'époque. Je ne me serais jamais résolu à ouvrir mon premier livre, si je n'avais eu à l'esprit l'image du commandant et de la prison.

Il s'intitulait *Shakespeare, morceaux choisis*. Plus tard, j'en suis venu à comprendre que MM. Dickens et

Wordsworth pensait à des hommes comme moi en écrivant. Mais, d'eux tous, je crois que c'est William Shakespeare qui y pensait le plus. Remarquez, je n'arrive pas encore à tout comprendre, mais ça viendra.

J'ai le sentiment que, moins il en dit, plus c'est beau. Savez-vous quelle est sa phrase que j'admire le plus ? « Le jour radieux décline, et nous entrons dans les ténèbres[1]. »

J'aurais aimé connaître ces mots le jour où j'ai regardé les avions allemands atterrir les uns après les autres, et leurs navires déverser des soldats jusque dans notre port ! Je n'arrêtais pas de me répéter : « Maudits soient-ils, maudits soient-ils. » Je crois que penser au « jour radieux décline, et nous entrons dans les ténèbres » m'aurait un peu consolé. Je me serais senti mieux préparé pour affronter la situation ; au lieu de quoi mon cœur s'est liquéfié.

Ils sont arrivés un dimanche. Le 30 juin 1940. Ils nous avaient bombardés deux jours auparavant. Ils ont prétendu que c'était une erreur, qu'ils avaient pris nos camions de tomates pour des camions de l'armée. Comment est-ce possible ? Cela dépasse l'entendement. Leurs bombes ont tué une trentaine d'hommes, de femmes et d'enfants – dont le fils de mon cousin. Il s'est caché sous son camion quand il a vu les bombes tomber. Le véhicule a explosé et pris feu. Ils ont tué des hommes embarqués sur des canots de sauvetage. Ils ont mitraillé les ambulances

---

1. *Antoine et Cléopâtre*, traduction de J.-M. Déprats et Gisèle Venet, Gallimard, collection « Bibliothèque de la Pléiade », 2002.

de la Croix-Rouge qui emportaient nos blessés. Puis, voyant que personne ne ripostait, ils ont compris que les Britanniques nous avaient laissés sans moyen de nous défendre. Deux jours plus tard, ils ont débarqué tranquillement et nous ont occupés pendant cinq ans.

Au début, ils se sont montrés aussi agréables que possible. Ils étaient si fiers d'avoir conquis une petite parcelle de l'Angleterre. Ils s'imaginaient qu'ils n'avaient plus qu'un petit saut à faire pour atterrir à Londres. Quand ils se sont rendu compte de leur bêtise, leur méchanceté naturelle a repris le dessus.

Ils avaient des règles pour tout – faites ci, ne faites pas ça –, mais ils n'arrêtaient pas de changer d'avis. Ils s'efforçaient de paraître amicaux, comme si nous étions des ânes qu'une carotte suffit à amadouer ; puis, comme nous n'étions pas des ânes, ils redevenaient cruels.

Par exemple, ils ne cessaient d'avancer le couvre-feu. Huit heures, puis sept, puis cinq – quand ils étaient de méchante humeur. Ce qui nous empêchait de rendre visite à nos amis, et même de nous occuper de notre bétail.

Au début, nous étions remplis d'espoir. Nous pensions qu'ils ne resteraient pas plus de six mois. Mais les jours passaient, et ils étaient toujours là. Les vivres ont commencé à manquer, et bientôt le bois de chauffage. Nos jours étaient gris de labeur et nos soirées noires d'ennui. Nous devenions tous maladifs, à force de si peu manger, et l'idée que ça ne s'arrêterait jamais nous rendait maussades. Nous nous accrochions à nos livres et à nos amis, qui nous rappelaient l'autre part de nous. Elizabeth nous lisait souvent un poème. Je ne me le rappelle pas en entier, mais il commençait ainsi : « Est-ce une chose si infime que d'avoir vécu la lumière du printemps, d'avoir aimé, d'avoir pensé, d'avoir agi, d'avoir servi de véritables amis ? » Non, ça ne l'est pas. J'espère que, où qu'elle se trouve, elle l'a en mémoire.

À la fin de l'année 1944, l'heure du couvre-feu n'avait plus d'importance. De toute façon, nous nous couchions vers cinq heures, pour nous réchauffer. On nous avait rationnés à deux bougies par semaine, puis à une. C'était profondément ennuyeux de rester assis au lit sans lumière pour lire.

Après le jour J, les Allemands ont cessé d'envoyer des navires de ravitaillement de France, à cause des bombardiers alliés. Si bien qu'ils ont fini par être aussi affamés que nous, et par tuer des chiens et des chats pour se nourrir. Ils volaient dans nos jardins, déterraient nos patates, mangeant même les plus pourries. Quatre soldats sont morts d'avoir dévoré de pleines poignées de ciguë qu'ils avaient prise pour du persil.

Les officiers ont alors décrété que tous les soldats surpris en train de nous voler seraient abattus. Un pauvre gars s'est fait prendre avec une patate. Il a grimpé dans un arbre pour se cacher. Ils l'ont retrouvé et l'ont fait descendre à coups de fusil. Ça ne les a pas empêchés de continuer à voler pour se nourrir. Je ne leur jette pas la pierre, parce que certains des nôtres faisaient pareil. J'imagine que la faim vous pousse à des actes désespérés quand elle vous tenaille chaque matin à votre réveil.

Mon petit-fils Eli a été évacué vers l'Angleterre quand il avait sept ans. Il est de retour à la maison, maintenant. Il a douze ans et il a beaucoup poussé, mais je ne pardonnerai jamais aux Allemands de m'avoir fait manquer toute une part de son enfance.

Je dois aller traire ma vache, mais je vous écrirai encore si vous le désirez.

Mes meilleurs vœux de bonne santé,
Eben Ramsey

# De Miss Adelaide Addison à Juliet

*1ᵉʳ mars 1946*

Chère Miss Ashton,

Pardonnez la présomption d'une lettre écrite par une inconnue, cependant un devoir s'impose à moi. Dawsey Adams m'a donné à entendre que vous comptiez écrire un long article sur les vertus de la lecture pour le supplément littéraire du *Times*, et que vous aviez l'intention d'y parler du Cercle des amateurs de littérature et de tourte aux épluchures de patates de Guernesey.

Je ris.

Peut-être reconsidérerez-vous la question quand vous saurez que sa fondatrice, Elizabeth McKenna, n'est même pas originaire de l'île. En dépit de ses grands airs, ce n'est qu'une parvenue qui travaillait comme servante à la résidence londonienne de sir Ambrose Ivers, R. A. (Royal Academy). Vous avez sûrement entendu parler de lui. C'est un peintre portraitiste d'un certain renom – j'ignore bien pourquoi, son portrait de la comtesse de Lambeth en Boadicée fouettant ses chevaux était honteux. Quoi qu'il en soit, Elizabeth McKenna est la fille de sa gouvernante, excusez du peu.

Pendant que sa mère époussetait la maison, sir Ambrose permettait à l'enfant de traîner dans son atelier. Il s'est même arrangé pour qu'elle aille à l'école plus longtemps que nécessaire pour les personnes de sa condition. Sa mère est morte quand Elizabeth avait quatorze ans. Vous pensez que sir Ambrose l'aurait envoyée dans une institution afin qu'elle y reçoive l'éducation indispensable à trouver une occupation convenable ? Non. Il a préféré la garder avec lui dans sa demeure de Chelsea. Il a même posé sa candidature afin qu'elle étudie à la Slade School of Art.

Je ne prétends pas que sir Ambrose ait engendré la petite – nous connaissons trop bien ses penchants pour le supposer –, mais il l'a choyée de telle manière qu'il a encouragé son travers déplorable : le manque d'humilité. Le déclin des usages est la plaie de notre temps. Elizabeth McKenna en est une illustration patente.

Sir Ambrose possédait une résidence à Guernesey au bord des falaises, près de Petit Port. Il y venait chaque été avec la fillette et sa gouvernante. Elizabeth était un petit être sauvage et débraillé qui passait ses journées à vagabonder dans l'île, même le dimanche. Elle n'avait aucune corvée à accomplir, ne portait ni gants, ni chaussures, ni bas. Elle montait à bord des bateaux de pêcheurs grossiers et espionnait les gens convenables avec son télescope. Une véritable honte.

Quand il est devenu clair que la guerre allait vraiment éclater, sir Ambrose a envoyé Elizabeth fermer sa résidence d'été. C'est à cette occasion qu'elle a payé le tribut de ses manières peu orthodoxes. Elle rabattait les volets quand l'armée allemande a atterri devant l'entrée de la grande demeure. Quoi qu'il en soit, elle est demeurée sur l'île de son plein gré et certains événements qui ont suivi (que je ne m'abaisserai pas à mentionner ici) ont prouvé qu'elle n'est pas l'héroïne dévouée que d'aucuns s'imaginent.

Ce prétendu cercle littéraire est un scandale. Il est des gens cultivés et bien élevés à Guernesey qui se refuseraient à participer à cette mascarade (même si on les y invitait). Je ne connais que deux individus respectables dans ce groupe : Eben Ramsey et Amelia Maugery. Ses autres membres sont un chiffonnier, un aliéniste déchu qui boit trop, un porcher bègue, un valet de pied qui se prend pour un lord, Isola Pribby, une sorcière qui, de son propre aveu, distille et vend des potions de son cru, et deux ou trois énergumènes ramassés en chemin. On devine aisément à quoi ressemblent leurs « soirées littéraires ».

Vous ne pouvez pas écrire sur ces individus et leurs lectures. Dieu seul sait ce qu'ils jugent digne d'être lu !

Dans un souci purement chrétien,
Votre très consternée,
Adelaide Addison (Miss)

# De Mark à Juliet

Chère Juliet,
Je viens de m'approprier les billets d'opéra de mon critique d'art lyrique. Covent Garden à huit heures. D'accord ?
Bien à vous,
Mark

# De Juliet à Mark

Cher Mark,
Ce soir ?
Juliet

## De Mark à Juliet

Oui !
M.

# De Juliet à Mark

Merveilleux ! Mais je suis désolée pour votre critique. Ces billets sont une denrée rare.
Juliet

## De Mark à Juliet

Il se consolera avec des places au poulailler. Il pourra écrire un article sur l'effet stimulant de l'opéra sur les pauvres, etc.

Je passe vous prendre à sept heures.
M.

# De Juliet à Eben

Cher Mr. Ramsey,

C'est très gentil à vous de m'avoir écrit sur votre expérience de l'Occupation. À la fin de la guerre, je me suis également promis de ne plus jamais en parler. Je l'ai vécue et j'en ai parlé pendant six ans, je brûle de m'intéresser à autre chose, n'importe quoi d'autre. Mais cela reviendrait à chercher à oublier qui je suis. La guerre fait partie de mon histoire, de notre histoire à tous, il n'y a pas moyen de s'y soustraire.

Je suis contente que vous ayez retrouvé votre petit-fils. Vit-il avec vous ou avec ses parents ? N'avez-vous reçu aucune nouvelle de lui pendant l'Occupation ? Les enfants de Guernesey sont-ils tous rentrés en même temps ? Si c'est le cas, quelle fête cela a dû être !

Je ne veux pas vous assommer de questions, mais j'en aurais encore quelques-unes, si vous êtes d'humeur à y répondre. Je sais que vous avez participé au dîner de cochon rôti qui a mené à la création du Cercle des amateurs de littérature et de tourte aux épluchures de patates, ce que j'ignore c'est comment Mrs. Maugery en est venue à posséder un cochon ? Comment peut-on cacher un cochon ?

Elizabeth McKenna s'est montrée si courageuse, cette nuit-là ! Elle possède une véritable grâce dans l'urgence, une qualité qui me remplit d'admiration et d'envie. Je devine que l'inquiétude de tous les membres du Cercle monte à mesure que les mois s'écoulent sans nouvelles d'elle, mais il ne faut pas perdre espoir. Des amis m'ont raconté que l'Allemagne est comme une ruche éventrée où fourmillent des milliers et des milliers de personnes déplacées cherchant à rentrer chez elles. Un de mes vieux amis, abattu en Birmanie en 1943, a réapparu en Australie le mois dernier. Pas dans le meilleur des états, mais en vie et désireux de le rester.

Merci encore pour votre lettre.

Cordialement,
Juliet Ashton

# De Clovis Fossey à Juliet

Chère Miss,

Au début, je n'avais aucune envie d'assister à des réunions littéraires. Ma ferme me donne beaucoup de travail et je n'avais pas de temps à gaspiller à lire des choses que des personnes qui n'ont jamais existé n'ont jamais faites.

Puis, en 1942, je me suis mis à courtiser la veuve Hubert. Quand nous nous promenions ensemble, elle marchait toujours quelques pas devant moi et ne me laissait jamais lui tenir le bras. En apprenant que Ralph Murchey l'avait prise par le bras, lui, j'ai compris que j'avais échoué.

Ralph, qui est un peu fanfaron quand il a bu, avait raconté à tout le monde dans la taverne : « Les femmes aiment la poésie. Un mot doux et elles fondent. Elles se transforment en flaques devant vous. » Ce n'est pas des manières de parler des dames. J'ai tout de suite compris qu'il ne voulait pas la veuve Hubert pour elle-même, comme moi, mais pour son pâturage et ses vaches. Alors je me suis dit : s'il lui faut des rimes à la veuve, je lui en trouverai.

Je suis allé chez Mr. Fox et je lui ai demandé des poèmes d'amour. Il ne lui restait plus beaucoup de livres car les gens les achetaient pour les brûler (quand il a fini par comprendre ce qu'il se passait, il a fermé boutique). Il m'a donné un livre d'un certain Catulle. Un Romain. Vous savez le genre de choses qu'il disait dans ses poèmes ? J'ai tout de suite compris que je ne pourrais pas réciter un seul de ces vers devant une dame.

Il était fou d'une certaine Lesbia qui l'a éconduit après l'avoir accepté dans son lit. Pas étonnant : il n'aimait pas qu'elle câline son petit moineau duveteux. Jaloux d'un tout petit moineau, qu'il était ! De retour chez lui, il a pris son stylo pour écrire son angoisse de l'avoir vu bercer l'oisillon contre sa poitrine. Il l'a si mal supporté qu'il n'a plus jamais aimé les femmes après ça, et qu'il s'est mis à écrire d'affreux poèmes sur elles.

En plus de ça, il était radin. Vous voulez lire le poème qu'il a écrit sur une fille de mauvaise vie qui lui avait fait payer ses faveurs ? La pauvre. Je vous le copie :

« Ameana, cette femme usée par le plaisir, m'a demandé dix mille sesterces bien comptés, elle, cette beauté au nez difforme, l'amie du banqueroutier de Formies ! Parents chargés de veiller sur cette femme, convoquez amis et médecins : car la pauvre fille est "malade". Ne demandez pas ce qu'elle a : elle est sujette à des visions[1] ! »

Est-ce que ce sont là des signes d'amour ? J'ai dit à mon ami Eben que je n'avais jamais rien lu d'aussi méchant. Il m'a répondu qu'il fallait juste que je choisisse les bons poèmes. Là, il m'a emmené chez lui et il m'a prêté un petit livre à lui.

---

1. Catulle XLI, « Contre l'amie du banqueroutier de Formies », traduit du latin par Maurice Rat, Librairie Garnier Frères, 1931.

Des poèmes de Wilfred Owen. Il était capitaine pendant la Première Guerre mondiale. Il connaissait beaucoup de choses et savait les décrire avec les mots justes. J'y étais, moi aussi. À Paschendale. J'ai connu ce qu'il a connu, mais je n'aurais jamais réussi à trouver les mots, moi.

Après ça, je me suis dit qu'il y avait sans doute du bon dans la poésie, en fin de compte. J'ai commencé à aller aux réunions, et je suis content de l'avoir fait, sinon, je n'aurais jamais lu les œuvres de William Wordsworth, et il serait demeuré un inconnu pour moi. Je connais beaucoup de ses poèmes par cœur.

Bref, finalement, c'est moi qui ai conquis le cœur de la veuve Hubert. Ma Nancy. Je l'ai emmenée faire une promenade sur les falaises, un soir, et je lui ai dit : « Regarde, Nancy, juste là. *La clémence des cieux plane au-dessus de la mer – Écoute, le Tout-Puissant s'éveille.* » Elle m'a laissé l'embrasser. Et maintenant, c'est ma femme.

Cordialement,
Clovis Fossey

*P.S.* : Mrs. Maugery m'a prêté un livre la semaine dernière. Il s'intitule *Anthologie Oxford de la poésie moderne, 1892-1935*. Ils ont laissé un certain Yeats sélectionner les poèmes. Eh bien, ils n'auraient pas dû. Qui est-ce ? Qu'est-ce qu'il y connaît à la poésie ?

J'ai feuilleté le recueil à la recherche de poèmes de Wilfred Owen ou de Siegfried Sassoon. Il n'y en avait aucun. Pas un seul. Et vous savez pourquoi ?

Mr. Yeats dit (il ose dire) : « J'ai délibérément EXCLU les poèmes de la Première Guerre mondiale. Je les abhorre. La souffrance passive n'est pas un thème qui sied à la poésie. »

La souffrance passive ? La souffrance passive ! Ça m'a atterré. De quoi souffrait cet homme ? Le capitaine Owen a écrit : « Quel glas pour ceux qui tombent comme des bêtes ? Que la furie monstrueuse des canons[1]. » Qu'est-ce qu'il y a de passif là-dedans, j'aimerais bien le savoir. C'est exactement la manière dont on mourait. J'ai vu ça de mes propres yeux, alors je n'ai que faire de Mr. Yeats.

Votre ami,
Clovis Fossey

---

1. *Poèmes de guerre*, traduction d'Emmanuel Malherbet, Éditions Cazimi, 2004.

# De Eben à Juliet

Chère Miss Ashton,

Merci pour votre lettre et vos gentilles questions concernant mon petit-fils. Eli est l'unique enfant qu'a laissé ma fille Jane. Elle et son nouveau-né sont morts à l'hôpital le jour où les Allemands nous ont bombardés – le 28 juin 1940. Le père d'Eli a été tué en Afrique du Nord en 1942. C'est donc moi qui en ai la garde à présent.

Eli a quitté Guernesey le 20 juin, avec les milliers de bébés et d'enfants évacués vers l'Angleterre. Nous savions que les Allemands arrivaient et Jane craignait qu'il ne soit plus en sécurité ici. L'accouchement étant imminent, le docteur ne l'a pas autorisée à embarquer avec lui.

Nous sommes restés sans nouvelles des enfants pendant six mois. Puis j'ai reçu une carte postale de la Croix-Rouge m'informant qu'Eli se portait bien, sans me révéler où il se trouvait. Nous ne savions jamais où séjournaient nos enfants, alors nous priions pour que ce ne soit pas dans des grandes villes. Une période encore plus longue s'est écoulée avant que je ne puisse lui répondre. J'hésitais. Je redoutais de lui annoncer la mort de sa mère et du bébé. Je ne supportais pas l'image de mon petit-fils lisant ces mots au dos d'une carte postale. Et, pourtant, j'ai dû me résoudre à le faire. Et je l'ai refait quand j'ai appris la mort de son père.

Eli n'est pas rentré avant la fin de la guerre. Eh

oui, ils nous ont renvoyé tous les enfants d'un coup. Quelle journée ! Encore plus merveilleuse que le jour où les soldats britanniques ont libéré Guernesey. Eli a été le premier garçon à descendre la passerelle. Il avait beaucoup poussé en cinq ans. Je crois que je n'aurais pas pu m'arrêter de le serrer contre moi si Isola ne m'avait poussé pour le prendre dans ses bras.

J'ai loué le Seigneur quand j'ai su qu'il avait été accueilli par une famille de fermiers du Yorkshire. Ils ont été très bons envers lui. Eli m'a donné une lettre qu'ils avaient écrite à mon intention. Ils m'y racontaient des petits moments de son enfance, parlaient de sa scolarité, de l'aide qu'il leur apportait à la ferme, de sa détermination à se montrer courageux quand il avait reçu mes cartes.

Il pêche avec moi et m'aide à m'occuper de ma vache et de mon jardin, mais ce qu'il aime le plus, c'est sculpter du bois. Dawsey et moi lui enseignons cette discipline. Il a taillé un beau serpent dans un bout de barrière cassée la semaine dernière – je soupçonne ce bout de barrière d'être en réalité un chevron de la grange de Dawsey. Quand je l'ai interrogé, Dawsey s'est contenté de sourire. Le bois est difficile à trouver sur l'île en ce moment. Nous avons dû abattre la plupart des arbres et scier nos balustrades et nos meubles pour nous chauffer, quand il n'est plus resté ni charbon ni paraffine. Eli et moi replantons des arbres sur mon terrain, mais il va falloir attendre un long moment avant qu'ils ne soient grands. Les feuillages et l'ombre nous manquent à tous.

À présent, venons-en au cochon rôti. Les Allemands étaient pointilleux en matière de bétail. Ils tenaient un compte rigoureux des cochons et des vaches. Guernesey devait nourrir leurs troupes stationnées ici et en France. Nous avions droit aux restes, quand il y en avait.

Ils adoraient leurs registres. Ils gardaient la trace de chaque litre de lait tiré, pesaient la crème, enregistraient chaque sac de farine. Au début, ils laissaient passer des poulets entre les mailles du filet, mais, quand la nourriture pour animaux et les restes ont commencé à se faire rares, ils nous ont ordonné de tuer les poules les plus vieilles pour qu'il reste de quoi nourrir les bonnes pondeuses.

Les pêcheurs, comme moi, devaient leur donner la majeure partie de leur pêche. Ils attendaient nos bateaux au port pour prélever leur part. Au début de l'Occupation, de nombreux insulaires ont fui vers l'Angleterre dans des bateaux de pêche. Certains se sont noyés, mais d'autres sont arrivés à bon port. Alors les Allemands ont élaboré une nouvelle règle : aucune personne ayant de la famille en Angleterre n'était plus autorisée à embarquer sur des bateaux de pêche. Eli étant là-bas, j'ai dû prêter mon bateau à un autre pêcheur. Je suis allé travailler dans l'une des serres de Mr. Privot et, au bout d'un certain temps, je suis devenu assez doué pour m'occuper des plantes. Mais Dieu que la mer et mon bateau me manquaient !

Les Allemands étaient particulièrement maniaques en matière de viande, tant ils craignaient qu'elle circule au marché noir au lieu de nourrir leurs soldats. Quand une truie mettait bas, l'officier agricole débarquait dans votre ferme pour compter ses petits et vous délivrait un certificat de naissance pour chacun d'eux. Quand un cochon mourait de mort naturelle, vous deviez prévenir l'OA qui revenait aussitôt, examinait le corps de l'animal et vous délivrait un certificat de décès.

Et, comme ils vous faisaient des visites inopinées, le nombre de bêtes vivantes avait intérêt à correspondre à celui qui était inscrit sur leur registre. Un cochon de moins vous valait une amende. En cas de récidive vous risquiez d'être envoyé à la prison de St. Peter Port. Quand manquait un trop grand nombre de bêtes, ils vous soupçonnaient de les avoir vendues au marché noir et vous envoyaient dans un camp de travail, en Allemagne. On ne savait jamais à quoi s'attendre. C'étaient des gens très lunatiques.

Néanmoins, au début, il était facile de tromper l'officier agricole et de cacher une bête pour son usage personnel. C'est ce qu'avait fait Amelia.

Un des cochons de Will Thisbee était mort des suites d'une maladie. L'OA était venu et avait rédigé un certificat de décès, laissant à Will le soin d'enterrer la pauvre bête. Au lieu de quoi, Will avait traversé le bois en douce, et porté la carcasse à Amelia Maugery. Cette dernière avait caché son cochon en bonne santé et avait appelé l'OA pour lui dire : « Venez vite, mon cochon est mort. »

L'OA était arrivé sur-le-champ. Il avait vu l'animal les quatre pattes en l'air, mais n'avait pas remarqué qu'il s'agissait du cochon qu'il avait examiné un peu plus tôt dans la matinée. Il l'avait inscrit sur son registre des décès et était reparti.

Amelia avait amené la même carcasse à un autre

ami, qui avait usé du même stratagème le jour suivant. On pouvait jouer à ce jeu jusqu'à ce que le cochon commence à sentir. Quand les Allemands ont découvert le pot aux roses, ils se sont mis à tatouer les cochons de lait et les veaux à la naissance, et le trafic de carcasses s'est arrêté.

Mais Amelia, avec son gros cochon bien gras et bien vivant, avait juste besoin que Dawsey vienne l'abattre en silence. Il y avait une batterie allemande près de sa ferme, alors il fallait éviter de les alerter avec les cris d'agonie de l'animal.

Dawsey avait toujours été doué avec les cochons. Il suffisait qu'il entre dans une basse-cour pour qu'ils accourent et se frottent à lui en attendant qu'il leur gratte le dos. Avec toute autre personne, ils hurlaient, reniflaient, chargeaient et faisaient un raffut de tous les diables. Dawsey, lui, avait le don de les apaiser. Et il connaissait l'endroit précis où glisser sa lame. Un coup sec sous le groin et l'animal glissait sans bruit sur la bâche.

J'ai dit à Dawsey qu'ils levaient des yeux surpris juste avant, mais il prétend que non, que les cochons ne sont pas assez intelligents pour s'apercevoir de la trahison, alors je n'ai pas insisté.

Le cochon d'Amelia a fait un excellent dîner. Il y avait des oignons et des patates pour la farce. Nous avions presque oublié ce que c'était d'avoir l'estomac plein. Avec les rideaux tirés (pour nous soustraire à la vue de la batterie allemande), la bonne chère et les amis, nous pouvions faire semblant de croire que rien n'avait changé.

Vous avez raison de parler de bravoure en ce qui concerne Elizabeth. Elle en a toujours eu à revendre.

Elle a grandi à Londres, avec sa mère et sir Ambrose Ivers. Elle a rencontré ma Jane lors de son premier été ici. Elles avaient dix ans, toutes les deux. Elles sont toujours demeurées loyales l'une envers l'autre après ça.

Quand Elizabeth est revenue pour fermer la maison de sir Ambrose, au printemps 1940, elle est restée plus longtemps qu'il ne l'aurait fallu pour sa sécurité à seule fin de s'occuper de Jane. Ma fille était souffrante depuis que John, son mari, était parti s'enrôler en Angleterre, en décembre 1939. Le bébé risquait de ne pas attendre jusqu'au terme. Le docteur Martin lui avait ordonné de rester au lit. Alors Elizabeth était restée pour lui tenir compagnie et jouer avec Eli. Le petit n'aimait rien tant que jouer avec elle. Ils étaient une calamité pour le mobilier, mais c'était un régal de les entendre rire, tous les deux. Un soir que j'étais passé les prendre pour souper, je les ai trouvés étalés sur une pile d'oreillers, en bas de l'escalier. Ils avaient ciré la belle balustre en chêne de sir Ambrose et fait une descente de trois étages !

C'est Elizabeth qui a tout arrangé pour le passage d'Eli en Angleterre. On ne nous avait prévenus de l'arrivée des navires d'évacuation qu'un jour à l'avance. Elizabeth s'est transformée en véritable tornade, lavant et cousant les vêtements d'Eli, tout en essayant de lui expliquer pourquoi il ne pouvait pas emporter son lapin avec lui. Quand nous avons pris le chemin de la cour de l'école, Jane a détourné la tête pour cacher ses larmes à son fils. Elizabeth l'a alors pris par la main et lui a dit que c'était une belle journée pour un voyage en mer.

Après ça, elle aurait pu fuir Guernesey, comme tant d'autres. Mais elle a dit : « Non. J'attends que le bébé naisse et que Jane ait suffisamment engraissé pour les emmener à Londres avec moi. Nous retrouverons Eli et nous resterons tous ensemble. » Toute charmante qu'elle était, Elizabeth savait se montrer intraitable. Quand elle pointait le menton vers l'avant, il ne servait à rien d'insister. Nous pouvions tous voir la fumée s'élever de Cherbourg, où les Français brûlaient leurs réservoirs de fuel afin que les Allemands ne puissent pas s'en servir. Mais rien n'y a fait, Elizabeth a refusé de partir sans Jane et le bébé. Je crois que sir Ambrose lui avait dit que lui et un ami pourraient passer les prendre en yacht à St. Peter Port et les emmener loin de Guernesey avant l'arrivée des Allemands. En toute honnêteté, j'étais content qu'elle reste avec nous. Elle était avec moi à l'hôpital quand Jane et son nouveau-né sont morts. Elle était assise à côté d'elle et lui tenait la main. Ensuite, nous nous sommes retrouvés seuls dans le couloir, hébétés, le regard perdu sur la fenêtre qui nous faisait face. C'est à cet instant que nous avons vu sept avions allemands voler en rase-mottes sur le port. Nous avons pensé que c'était encore un de leurs vols de reconnaissance, mais ils se sont mis à lâcher des bombes. Elles tombaient du ciel comme des flèches. Nous sommes restés silencieux, mais je sais qu'elle pensait la même chose que moi : Dieu merci, Eli est en sécurité. Elizabeth est demeurée auprès de nous dans les pires moments, et même après. Je n'ai pas pu lui rendre la pareille. Aussi, je remercie le ciel que Kit soit en sécurité avec nous, et je prie pour qu'elle nous revienne bientôt.

Je suis content que votre ami ait été retrouvé vivant en Australie. J'espère que vous continuerez à correspondre avec Dawsey et moi. Nous aimons tous deux beaucoup recevoir de vos nouvelles.

Votre ami,
Eben Ramsey

# De Dawsey à Juliet

*12 mars 1946*

Chère Juliet,

Je suis heureux que vous aimiez les lilas blancs.

Voici l'histoire du savon de Mrs. Dilwyn. Nous étions à peu près au milieu de l'Occupation, et le savon se faisait rare. Nous n'étions autorisés à en avoir qu'un pain par personne et par mois. Il était fabriqué à partir d'une sorte d'argile française et flottait comme un animal inerte dans l'eau. Il ne moussait pas. Vous vous contentiez de le frotter sur vous en espérant que ce serait efficace.

Rester propre n'était pas une mince affaire. Nous nous étions habitués à être plus ou moins sales, comme nos vêtements. Nous avions droit à une petite quantité de paillettes de savon pour la vaisselle et la lessive. Une quantité risible. Qui ne moussait pas non plus. Certaines dames en souffraient beaucoup. C'était le cas de Mrs. Dilwyn. Avant la guerre, elle achetait ses robes à Paris, alors elles s'étaient usées plus vite que des vêtements ordinaires.

Un jour, le cochon de Mr. Scope est mort de la fièvre de lait. Personne n'ayant osé y toucher, il m'en a offert la carcasse. Ma mère fabriquait du savon à partir de la graisse de porc. Je me suis dit que je pourrais essayer de l'imiter. Ce que j'ai obtenu ressemblait à de l'eau de lessive surgelée et sentait pire encore. Alors j'ai fait fondre le tout et j'ai recommencé. Booker, qui était venu m'aider, m'a suggéré d'ajouter du paprika pour la couleur et de la cannelle pour le parfum. Amelia nous en a procuré et nous avons mélangé tout ça.

Quand le pain a suffisamment durci, nous l'avons découpé en cercles à l'aide de l'emporte-pièce d'Amelia. J'ai enveloppé les savons individuellement dans de la toile à fromage. Elizabeth l'a nouée avec de la laine rouge et nous les avons offerts à toutes les dames, lors de la réunion suivante du Cercle. Pendant une semaine ou deux, nous avons eu l'air de gens respectables.

En plus de mon travail au port, je passe deux jours par semaine à la carrière, à présent. Isola, qui m'a trouvé l'air fatigué, m'a confectionné un baume pour apaiser les muscles douloureux – elle l'appelle les Doigts d'ange. Elle fabrique également un sirop pour la toux qu'elle appelle le Souffle du démon. J'espère ne jamais en avoir besoin.

Hier, Amelia et Kit ont soupé à la maison. Ensuite, nous avons emporté une couverture sur la plage, et nous avons regardé la lune monter dans le ciel. Kit adore ça, mais elle s'endort toujours avant que la lune ait terminé son parcours, et je dois la porter jusqu'à la maison d'Amelia. Elle est persuadée que, quand elle aura cinq ans, elle pourra rester éveillée toute la nuit.

Vous vous y connaissez un peu en enfants ? Moi non. J'apprends, mais je ne suis pas très rapide. Tout était plus facile quand Kit ne parlait pas encore, même si c'est plus amusant maintenant. J'essaie de répondre à ses questions, mais j'ai toujours un train de retard. Elle passe à la question suivante avant que j'aie eu le temps de répondre à la première. J'en

sais trop peu à son goût. Je ne sais pas à quoi ressemble une mangouste, par exemple.

Je suis content de recevoir vos lettres, mais j'ai
souvent l'impression de ne pas avoir grand-chose
d'intéressant à vous raconter ; alors c'est un plaisir
de répondre à vos questions rhétoriques.

Bien à vous,
Dawsey

# D'Adelaide Addison à Juliet

*12 mars 1946*

Chère Miss Ashton,

Je vois que vous avez décidé d'ignorer mes conseils. J'ai trouvé Isola Pribby à son étal de marché en train d'écrire. Une réponse à votre lettre ! Qui sera le prochain ? Ces manières sont intolérables et je saisis mon stylo pour vous enjoindre de cesser cela.

Je ne me suis pas montrée tout à fait franche avec vous dans ma dernière lettre. Par souci des convenances, j'ai jeté un voile sur la véritable nature de ce groupe et de sa fondatrice. Je me trouve désormais dans l'obligation de tout vous révéler.

Les membres du Cercle ont conspiré pour élever ensemble la petite bâtarde d'Elizabeth McKenna et de son amant allemand, le docteur-capitaine Christian Hellman. Parfaitement, un soldat allemand ! Je devine votre surprise.

Je veux me montrer juste, rien de plus. Je ne dis pas qu'Elizabeth était de ces femmes que les gens grossiers appelaient les « filles à Boches », qui faisaient des cabrioles avec tout soldat allemand en position de leur offrir des cadeaux. Je n'ai jamais vu Elizabeth avec des bas de soie ou des robes du soir (de fait, ses vêtements étaient aussi miteux qu'on pouvait s'y attendre de sa part), elle ne portait pas de parfum parisien, ne se goinfrait pas de chocolats en buvant du champagne et en fumant des CIGARETTES, comme les autres cocottes de l'île.

Mais la vérité dépouillée est bien assez vilaine.

Quelques faits attristants : en avril 1942, Elizabeth McKenna, CÉLIBATAIRE, a donné naissance à une fillette dans son propre domicile. Eben Ramsey et Isola Pribby ont assisté à l'accouchement. Lui pour tenir la main de la mère, elle pour nourrir le feu. Amelia Maugery et Dawsey Adams (un homme célibataire ! Quelle honte !) l'ont tous deux accouchée, sans attendre l'arrivée du docteur Martin. Le père putatif ? Absent ! Il avait quitté l'île peu de temps auparavant. « Envoyé accomplir son devoir sur le continent », ont-ils PRÉTENDU. L'affaire est parfaitement claire : quand la preuve de cette liaison illicite est devenue irréfutable, le capitaine Hellman a abandonné sa maîtresse à son juste sort.

Je m'attendais à cette conclusion scandaleuse. J'avais surpris Elizabeth en compagnie de son amant à plusieurs occasions – en train de se promener, en grande conversation, ramassant des orties pour la soupe, ou du bois. Une fois, je l'ai même vue poser la main sur sa joue et dessiner le contour de sa pommette du pouce.

Bien que sachant mes chances de réussite infimes, il était de mon devoir de l'avertir du destin qui l'attendait. Je l'ai prévenue qu'elle serait mise au ban de la bonne société, mais elle ne m'a accordé aucune considération. En fait, elle a ri. J'ai enduré cela en silence. Puis elle m'a ordonné de quitter sa maison.

Je ne tire aucune fierté de ma prescience. Ce ne serait pas chrétien.

Revenons-en au bébé. Christina, dite Kit. Un an

à peine après sa naissance, toujours aussi irresponsable, Elizabeth a commis un acte expressément interdit par les Forces allemandes d'Occupation. Elle a aidé un prisonnier évadé à trouver le gîte et le couvert. Elle a été arrêtée et envoyée en prison sur le continent.

Mrs. Maugery a alors recueilli la petite chez elle. Et depuis ? Les membres du Cercle l'élèvent comme leur propre enfant, la prenant chez eux à tour de rôle. Amelia Maugery en est la principale responsable et les autres l'empruntent comme un livre de bibliothèque, pour quelques semaines.

Ils l'ont tous fait sauter sur leurs genoux. Et depuis qu'elle marche, elle est toujours collée à l'un d'eux – agrippée à leur main, grimpée sur leurs épaules. Telles sont leurs manières ! Vous ne pouvez glorifier ces individus dans le *Times* !

Je ne vous écrirai plus. J'ai fait tout ce qui était en mon pouvoir. Je vous abandonne à vos réflexions.

Adelaide Addison

# Câble de Sidney à Juliet

CHÈRE JULIET – RETOUR REPOUSSÉ. CHUTE DE CHEVAL, JAMBE CASSÉE. PIERS ME SOIGNE. T'EMBRASSE, SIDNEY.

# Câble de Juliet à Sidney

*21 mars 1946*

CIEL ! QUELLE JAMBE ? SUIS VRAIMENT DÉSOLÉE. T'EMBRASSE, JULIET.

# Câble de Sidney à Juliet

L'AUTRE JAMBE. NE T'INQUIÈTE PAS
– PEU DOULOUREUX. PIERS EXCELLENT
INFIRMIER. T'EMBRASSE, SIDNEY.

# Câble de Juliet à Sidney

SI CONTENTE QUE CE NE SOIT PAS CELLE QUE JE T'AI CASSÉE. QUE PUIS-JE T'ENVOYER POUR TA CONVALESCENCE ? LIVRES – DISQUES – JETONS DE POKER – LA PRUNELLE DE MES YEUX ?

# Câble de Sidney à Juliet

*24 mars 1946*

NI PRUNELLE, NI LIVRES, NI JETONS DE POKER. CONTINUE À NOUS ENVOYER DE LONGUES LETTRES DISTRAYANTES. T'EMBRASSONS, SIDNEY ET PIERS.

# De Juliet à Sophie

*23 mars 1946*

Chère Sophie,

Je n'ai eu droit qu'à un câble, alors tu en sais davantage que moi sur l'état de Sidney ; néanmoins, je trouve absolument ridicule que tu envisages de te rendre en Australie. Que fais-tu d'Alexander ? et de Dominic ? et des oies ? Ils se laisseraient tous dépérir.

Calme-toi et réfléchis un instant, tu comprendras qu'il n'y a aucune raison de se morfondre. Premièrement, Piers va très bien s'occuper de lui. Deuxièmement, souviens-toi quel patient exécrable il s'est révélé être la dernière fois. Nous devrions nous réjouir qu'il se trouve à des milliers de kilomètres. Troisièmement, Sidney est tendu comme un arc depuis plusieurs années. Il a besoin de repos, et sa jambe cassée est probablement la seule excuse qu'il s'autorisera pour se l'accorder. Mais surtout, Sophie : *il ne veut pas de nous là-bas.*

Je suis persuadée que Sidney préférerait que j'écrive un nouveau livre que de me voir à son chevet. Aussi ai-je bien l'intention de rester ici, dans mon affreux appartement, et de réfléchir à un sujet. J'ai un minuscule embryon d'idée, mais il est trop fragile et chétif pour que je me risque à en parler. Même à toi. Je vais le chouchouter et le nourrir pour voir si j'arrive à le faire grandir, en pensant à Sidney.

Venons-en à Markham V. Reynolds (Junior), à

présent. Tes questions concernant ce monsieur sont aussi légères et aussi subtiles qu'un coup de massue sur la tête. Suis-je amoureuse de lui ? Quelle drôle de question. Un véritable éléphant dans un magasin de porcelaine. Je m'attendais à mieux de ta part. La règle d'or du furetage est d'arriver en douce. Quand tu as commencé à m'écrire des lettres écervelées sur Alexander, je ne t'ai pas demandé si tu étais amoureuse de lui, je t'ai demandé quel était son animal préféré. Et ta réponse m'a apporté tous les éclaircissements voulus : combien d'hommes avoueraient adorer les canards ? (Ce qui soulève un point important : j'ignore quel est l'animal préféré de Mark. Je doute que ce soit le canard.)

Serais-tu intéressée par quelques suggestions ? Tu pourrais me demander quel est son auteur favori (Dos Passos ! Hemingway !!). Ou sa couleur préférée (bleu – je ne suis pas sûre de la nuance –, probablement bleu roi). Est-il bon danseur ? (Oui, bien meilleur que moi. Il ne m'a jamais écrasé les pieds, mais il ne parle ni ne fredonne en dansant. Il ne fredonne en aucune circonstance, pour autant que je sache.) A-t-il des frères et sœurs ? (Oui, deux grandes sœurs, une mariée à un baron du sucre et l'autre veuve depuis l'année dernière. Plus un jeune frère, dont il a refusé de parler avec une moue méprisante.)

Bien, maintenant que je t'ai mâché le travail, peut-être pourras-tu répondre à ta question idiote toi-même, parce que je n'ai pas l'intention de le faire. Je suis troublée en sa présence. C'est peut-être de l'amour, et peut-être pas. Quoi qu'il en soit, cela n'a rien de reposant. Par exemple, je redoute la soirée qui m'attend. Un autre dîner très brillant, avec des hommes qui se penchent sur la table pour appuyer leur propos et des femmes qui secouent leur porte-cigarette. Dieu, que j'aimerais fourrer ma tête dans mon canapé. Mais il faut que je me lève pour passer ma robe de soirée. Sentiments mis à part, Mark est une véritable épreuve pour ma garde-robe.

Bon, ma chérie, cesse de t'inquiéter pour Sidney. Il reviendra bientôt nous empoisonner.

Je t'embrasse,
Juliet

# De Juliet à Dawsey

Cher Dawsey,

J'ai reçu une longue lettre (deux, en fait !) de Miss Adelaide Addison, m'enjoignant de ne pas parler du Cercle dans mon article. Si je le fais, elle s'en lavera les mains à tout jamais. Je vais tenter de supporter cette infortune avec courage. Elle a vraiment une dent contre les « filles à Boches », dites.

J'ai également reçu une magnifique lettre de Clovis Fossey sur la poésie, et une d'Isola Pribby sur les sœurs Brontë. Outre qu'elles m'ont ravie, elles m'ont donné de toutes nouvelles idées pour mon article. Eux, vous, Mr. Ramsey et Mrs Maugery, êtes virtuellement en train d'écrire mon article à ma place. Même Miss Adelaide Addison ajoute sa pierre à l'édifice : la défier sera un véritable plaisir.

Je ne connais pas les enfants aussi bien que je le désirerais. Je suis marraine d'un adorable garçon de trois ans qui s'appelle Dominic. C'est le fils de mon amie Sophie. Ils vivent en Écosse, près d'Oban. Je ne le vois pas souvent ; à chaque visite, je m'étonne de la rapidité de son développement. Je me suis à peine habituée à trimbaler un gros poupon qu'il se met à courir partout tout seul. Je ne le vois pas pendant six mois, et le voilà qui parle ! À présent, il se parle à lui-même – ce que je trouve d'autant plus touchant que j'ai également cette manie.

Vous pouvez dire à Kit qu'une mangouste est une petite créature à la mine sournoise, aux dents pointues et au mauvais caractère. C'est le seul ennemi naturel du cobra. Elle est immunisée contre le venin de serpent. Faute de serpents, elle s'attaque aux scorpions. Peut-être pourriez-vous lui en trouver une à domestiquer ?

Sincèrement,
Juliet

*P.S.* : J'ai hésité avant de vous envoyer cette lettre. Et si Adelaide Addison était une de vos amies ? me suis-je dit. J'ai décidé que c'était impossible, alors la voici.

# De John Booker à Juliet

*27 mars 1946*

Chère Miss Ashton,

Amelia Maugery m'a demandé de vous écrire car je suis un des membres fondateurs du Cercle des amateurs de littérature et de tourte aux épluchures de patates de Guernesey – bien que je n'aie lu et relu qu'un seul livre. Les *Lettres de Sénèque* traduites du latin, en un seul tome avec appendice. Sénèque et le Cercle me soustraient à ma misérable existence d'ivrogne.

Entre 1940 et 1944, j'ai fait croire aux autorités allemandes que j'étais lord Tobias Penn-Piers – mon ancien employeur, qui a fui vers l'Angleterre sans demander son reste quand Guernesey a été bombardée. J'étais son valet et je suis resté ici. Mon nom véritable est John Booker, je suis né et j'ai grandi à Londres.

J'étais de ceux qui ont été attrapés après le couvre-feu, le soir du cochon rôti d'Amelia. J'en garde un souvenir diffus. J'imagine que j'étais ivre, comme je le suis souvent. Je me souviens que des soldats hurlaient en secouant leurs fusils, et que Dawsey m'aidait à tenir debout. Soudain, la voix d'Elizabeth s'est élevée et elle s'est mise à parler de livres, pour une raison obscure. Ensuite, Dawsey m'a entraîné à travers un pâturage au pas de course et je me suis écroulé dans mon lit. C'est tout.

Mais vous voulez savoir quelle influence ont eue les livres sur ma vie. Comme je vous l'ai déjà dit, je n'ai lu qu'un auteur. Sénèque. Le connaissez-vous ? C'était un sénateur romain qui écrivait des lettres à des amis imaginaires pour leur dire comment se comporter dans la vie. Ça paraît ennuyeux, présenté ainsi, mais ça ne l'est pas. C'est très brillant. Je pense qu'on apprend mieux en riant.

Je trouve que ses propos voyagent bien à travers les hommes et le temps. Je vais vous en donner une illustration : prenez les soldats de la Luftwaffe et leurs coiffures. Durant le Blitz, la Luftwaffe décollait de Guernesey et rejoignait les gros bombardiers en route pour Londres. Les pilotes ne volaient que de nuit, si bien qu'ils pouvaient occuper leurs journées à St. Peter Port comme bon leur semblait. Et vous savez où ils les passaient, leurs journées ? Dans des salons de beauté. À se faire polir les ongles, masser le visage, épiler les sourcils et onduler les cheveux. Quand je les voyais marcher en rangs de cinq avec leurs filets sur la tête, obligeant les locaux à leur laisser la place, je pensais aux paroles de Sénèque sur la garde prétorienne. « Lequel d'entre eux n'aurait pas préféré voir Rome saccagée plutôt que sa coiffure. »

Je vais vous dire comment j'en suis arrivé à prendre l'identité de mon ancien employeur. Lord Tobias voulait attendre la fin de la guerre en lieu sûr. C'est pour cette raison qu'il avait acheté le manoir La Fort, à Guernesey. Il avait passé la Première Guerre mondiale dans les Caraïbes, mais se plaignait d'y avoir beaucoup souffert de la chaleur.

Au printemps de l'année 1940, il a décidé d'emménager à La Fort avec la majeure partie de ses possessions – lady Tobias incluse. Chausey, son majordome, s'est enfermé dans son garde-manger et a refusé de le suivre. Aussi c'est moi, son valet, qui ai dû superviser l'installation du mobilier, la pose des rideaux, le polissage de son argenterie, et l'agencement de son vin dans la cave. J'ai disposé chaque bouteille dans son petit compartiment, comme un bébé dans son berceau.

Le dernier tableau venait d'être accroché quand les avions allemands ont bombardé St. Peter Port. Paniqué par le raffut, lord Tobias a appelé le capitaine de son yacht et lui a ordonné « Préparez le navire ! » Nous devions remettre son argenterie, ses tableaux, ses bibelots et – s'il restait de la place – lady Tobias sur le bateau, et remettre le cap sur l'Angleterre, sans délai.

J'étais le dernier sur la passerelle. Lord Tobias hurlait : « Hâtez-vous ! Hâtez-vous donc, les Huns arrivent ! »

Mon destin s'est joué à ce moment précis, Miss Ashton. J'avais toujours la clef de la cave de Sa Seigneurie en ma possession. J'ai revu toutes les bouteilles de vin, de brandy, de cognac que nous n'avions pas pu rapporter sur le yacht, et je me suis vu au milieu d'elles. Je me suis imaginé vivant sans sonnettes, sans livrée, sans lord Tobias. Sans personne à servir.

Alors j'ai tourné les talons, j'ai redescendu la passerelle et je me suis mis à courir en direction de La Fort. Quand j'ai jeté un œil derrière moi, le yacht s'éloignait et lord Tobias hurlait toujours. Je suis rentré au manoir, je me suis allumé un feu et je suis descendu dans la cave. J'ai choisi une bouteille de bordeaux et fait sauter mon premier bouchon. J'ai laissé le vin respirer, puis je suis monté le siroter dans la bibliothèque en lisant *Le Compagnon de l'amateur de vin.*

Je m'instruisais sur les vignobles, je jardinais, je dormais dans des pyjamas de soie et je buvais du vin. J'ai mené cette existence jusqu'au mois de septembre, quand Amelia Maugery et Elizabeth McKenna m'ont rendu visite. Je connaissais vaguement Elizabeth, nous avions discuté à plusieurs reprises devant les étals du marché, mais je n'avais jamais vu Amelia. Je me suis demandé si elles allaient me livrer au constable.

Mais non. Elles venaient me mettre en garde. Le commandant de Guernesey avait ordonné à tous les juifs de se présenter au Royal Hotel. À l'en croire, il s'agissait juste de faire tamponner nos cartes d'identité du mot « Juden », après quoi, nous serions libres de rentrer chez nous. Elizabeth savait que ma mère était juive ; je l'avais mentionné au cours d'un de nos échanges. Elle et Amelia ont insisté pour que je ne me rende à l'Hôtel Royal en aucun cas.

En outre, Elizabeth avait réfléchi à ma situation délicate (plus soigneusement que moi-même) et élaboré un plan. Puisque tous les insulaires devaient posséder une carte d'identité, pourquoi ne pas me déclarer sous le nom de lord Tobias Penn-Piers ? Je pourrais prétendre qu'étant un simple visiteur, mes papiers étaient restés dans le coffre de ma banque, à Londres. Amelia m'a garanti que Mr. Dilwyn serait heureux de confirmer mon identité, ce qu'il a fait. Lui et Amelia m'ont accompagné au bureau du commandant, et nous avons tous juré sur l'honneur que j'étais bien lord Tobias Penn-Piers.

C'est Elizabeth qui a apporté la touche finale à la supercherie. Les Allemands réquisitionnaient toutes les grandes demeures de Guernesey pour leurs officiers, ils n'allaient certainement pas ignorer une belle résidence comme La Fort. Aussi fallait-il que je me tienne prêt à jouer mon personnage. Je devais avoir l'air d'un lord se distrayant et agissant à son aise. J'étais terrifié.

« Balivernes ! a dit Elizabeth. Vous avez de la présence, Booker. Vous êtes grand, brun, séduisant, et tous les valets que je connais savent se donner des airs hautains. »

Elle a décidé de peindre rapidement un Penn-Piers du XVIᵉ siècle me ressemblant trait pour trait, et m'a obligé à poser en cape de velours et fraise, assis devant une tapisserie sombre, un doigt posé sur ma dague. J'avais l'air noble, mécontent, comploteur.

C'était un coup de génie, car, à peine deux semaines plus tard, un corps d'officiers allemands (six en tout) est entré dans ma bibliothèque – sans frapper. Je les ai reçus sirotant un château-margaux 1893 et présentant une ressemblance singulière avec le portrait de mon « ancêtre » accroché derrière moi, au-dessus de la cheminée.

Ils se sont inclinés avec une grande politesse, ce qui ne les a pas empêchés de saisir la maison et de m'envoyer vivre dans le pavillon du portier, dès le lendemain. Eben et Dawsey sont passés après le couvre-feu, ce soir-là, et m'ont aidé à porter presque tout le vin dans le pavillon, où nous l'avons astucieusement dissimulé derrière la réserve de bois, dans le puits, dans le conduit de cheminée, sous une botte de foin, et sous les chevrons. En dépit de la quantité honorable de bouteilles, je suis tombé en panne de vin au début de l'année 1941. Un triste jour. Heureusement, j'avais des amis pour me distraire et j'ai découvert Sénèque.

J'en suis venu à adorer nos réunions littéraires. Elles nous rendaient l'Occupation supportable. Certains livres paraissaient intéressants, mais je suis resté fidèle à Sénèque. J'avais l'impression que ses réflexions mordantes et amusantes s'adressaient à moi. Plus tard, ces mêmes lettres m'ont aidé à survivre.

Je me rends toujours aux réunions de notre cercle. Plus personne ne supporte Sénèque et tous me supplient de lire autre chose, mais il n'en est pas question. Je joue dans des pièces de théâtre montées par une troupe locale, aussi. Me mettre dans la peau de lord Tobias m'a donné le goût de la comédie – sans compter que je suis grand, vif, et que ma voix porte jusqu'au dernier rang.

Je suis heureux que la guerre soit terminée et d'être redevenu John Booker.

Sincèrement,
John Booker

# De Juliet à Sidney et Piers

Chers Sidney et Piers,

Pas la prunelle de mes yeux, mais deux entorses aux pouces à force d'avoir recopié les lettres de mes nouveaux amis de Guernesey que vous trouverez ci-jointes. Je les aime trop pour supporter l'idée d'en-voyer les originaux au bout de la terre, où ils seront sans aucun doute dévorés par des chiens sauvages.

Je savais que les Allemands avaient occupé les îles Anglo-Normandes, mais je leur ai à peine accordé une pensée pendant la guerre. Depuis, j'ai écumé les numéros du *Times* de cette période à la recherche d'articles, et puisé dans la Bibliothèque de Londres tous les textes pouvant m'informer sur l'Occupation. J'ai également besoin d'un bon récit de voyage sur Guernesey – avec des descriptions et non des horaires d'ouverture et des classements des hôtels – pour m'imprégner de l'atmosphère de l'île.

Parallèlement à mon intérêt pour *leur intérêt pour la lecture*, je suis tombée amoureuse de deux hommes : Eben Ramsey et Dawsey Adams. J'aime beaucoup Clovis Fossey et John Booker. Je voudrais qu'Amelia Maugery m'adopte, et adopter Isola Pribby. Je vous laisse le soin de deviner mes senti-ments pour Adelaide Addison (Miss) en lisant ses lettres. La vérité est que je vis davantage à Guer-nesey qu'à Londres en ce moment. Je travaille l'oreille tendue vers la porte et, sitôt que j'entends le courrier tomber dans la boîte, je dévale l'escalier à toute vitesse et j'entame un autre chapitre de l'histoire, tout essoufflée. Je crois que c'est ce que devaient ressentir les lecteurs rassemblés devant la porte de l'éditeur de Dickens, pour s'emparer du dernier feuilleton de *David Copperfield* dès sa sortie des presses.

Je ne doute pas que vous adorerez ces lettres, vous aussi ; je me demande juste si elles vous donneront envie d'en lire davantage. Quant à moi, je trouve ces personnes et leur expérience de l'Occupation fascinantes et émouvantes. Partagez-vous mon avis ? Pensez-vous que cela pourrait faire un livre ? Ne me ménagez pas, je veux votre opinion claire et franche (à vous deux). Et, ne vous faites pas de souci, je continuerai à vous envoyer des copies de mes lettres même si vous me déconseillez d'écrire sur Guernesey. Je suis (presque) au-dessus des basses pulsions revanchardes.

En échange du sacrifice de mes pouces pour votre bon plaisir, vous pourriez m'envoyer l'une des œuvres récentes de Piers. Je suis si heureuse que tu te sois remis à écrire, très cher.

Avec toute mon affection,
Juliet

# De Dawsey à Juliet

*2 avril 1946*

Chère Miss Ashton,

S'amuser est le plus grand des péchés dans la religion d'Adelaide Addison (le manque d'humilité suit de très près), et je ne suis guère surpris qu'elle vous ait parlé des filles à Boches. Adelaide vit de sa colère.

Il restait peu de beaux partis à Guernesey, pendant la guerre. Et aucun qui soit très attirant. Nous étions fatigués, dépenaillés, inquiets, délabrés, pieds nus et sales. Nous étions vaincus et cela se voyait. Nous n'avions ni l'énergie, ni le temps, ni l'argent pour nous amuser. Les hommes de Guernesey n'étaient pas bien séduisants, mais les soldats allemands l'étaient, eux. À en croire l'un de mes amis, ils étaient grands, blonds, hâlés et beaux comme des dieux. Ils offraient des soirées luxueuses et faisaient des compagnons enjoués et entraînants. Ils possédaient des voitures, de l'argent et étaient capables de danser toute la nuit.

La plupart des filles qui sortaient avec les soldats donnaient les cigarettes à leur père et rentraient de ces soirées le sac plein de petits pains, de pâtés, de fruits, de friands à la viande et de jelly dont leur famille faisait un festin le lendemain.

Je ne crois pas que certains insulaires aient jamais considéré l'ennui comme une raison de se lier à l'ennemi. Fuir l'ennui est pourtant une motivation très puissante, surtout quand on est jeune.

Nombreux étaient ceux qui évitaient tout rapport avec les Allemands. Pour ces gens-là, un simple bonjour revenait à pactiser avec l'ennemi. Mais les circonstances étaient telles que rien n'aurait pu m'empêcher de me lier au capitaine Christian Hellman, médecin des forces d'Occupation. Mon ami.

À la fin de l'année 1941, le sel est venu à manquer et il ne nous en arrivait plus de France. Les tubéreux et les soupes étant insipides sans sel, les Allemands ont eu l'idée d'en extraire de l'eau de mer. Ils en puisaient dans la baie et remplissaient un grand réservoir installé au cœur de St. Peter Port. Tout le monde pouvait aller y remplir son seau. Il suffisait ensuite de faire bouillir l'eau et d'utiliser le dépôt au fond de la casserole. Nous avons vite renoncé à cette méthode pour cuire directement nos légumes à l'eau de mer – nous manquions trop de bois pour le gâcher à chauffer de l'eau jusqu'à évaporation totale.

Cela fonctionnait plutôt bien, cependant, de nombreuses personnes âgées n'étaient pas en mesure de se rendre en ville et d'en rapporter un lourd seau d'eau. Tout le monde était devenu trop faible pour ce genre de corvée. Je garde un léger boitillement d'une jambe cassée mal soignée, et, bien qu'elle m'ait empêché de servir dans l'armée, elle ne m'a jamais beaucoup gêné. J'étais encore vigoureux, aussi ai-je commencé à livrer de l'eau à plusieurs personnes.

J'ai échangé une pioche et un peu de ficelle contre le vieux lit de bébé de Mrs. Le Pell, et Mr. Soames m'a donné deux petits fûts de chêne équipés d'un robinet. J'ai scié le haut des tonneaux pour les transformer en couvercles et je les ai posés dans le lit. J'avais un bon moyen de transport, il ne me restait plus qu'à remplir mes fûts. Plusieurs plages n'avaient pas été minées et il n'était pas difficile d'y descendre par les rochers et de remonter par le même chemin.

Le vent de novembre est rude, ici. Un jour, alors que je venais juste de remonter mon premier tonneau de la baie, je me suis retrouvé avec les mains engourdies par le froid. J'étais debout devant mon petit lit, à essayer de me réchauffer quand Christian est passé en voiture. Il s'est arrêté, a reculé et m'a proposé son aide. J'ai décliné son offre, mais il est descendu de voiture et m'a quand même aidé à charger le fût dans le lit. Puis, sans un mot, il a descendu la falaise avec moi pour remplir le deuxième.

Je n'avais pas remarqué son bras raide. Entre ça, mon boitillement et les éboulis, nous avons perdu l'équilibre et basculé contre la falaise. Le tonneau nous a échappé et s'est brisé sur les rochers, nous aspergeant d'eau. Dieu seul sait pourquoi, nous avons trouvé ça drôle. Nous nous sommes appuyés à la falaise, hilares. C'est à ce moment que les *Essais d'Elia* ont glissé de ma poche. Christian a ramassé le livre. « Ah ! Charles Lamb, a-t-il dit en me le tendant. Il n'était pas homme à se soucier d'un peu d'humidité. » Ma surprise devait se lire sur mon visage car il a ajouté : « Je le lisais souvent à la maison. Je vous envie votre librairie portative. »

Nous sommes remontés jusqu'à sa voiture et il m'a demandé si je pourrais me procurer un autre tonneau. J'ai répondu que oui et je lui ai parlé de ma tournée de livraison d'eau. Il m'a adressé un salut de la tête. J'allais pousser mon petit lit pour reprendre ma route quand je me suis ravisé. « Je peux vous prêter mon livre, si vous voulez », lui ai-je proposé. On aurait dit que je lui offrais la lune. Nous avons échangé nos noms et une poignée de main.

Après ça, il a pris l'habitude de venir m'aider à porter mes tonneaux. Ensuite, il m'offrait une cigarette et nous fumions en discutant de la beauté de Guernesey, d'histoire, de livres, de la vie de fermier, au bord de la route. Jamais du temps présent, jamais de la guerre. Un jour, Elizabeth est apparue sur son vélo brinquebalant. Elle avait travaillé comme infirmière toute la journée et sans doute une grande partie de la nuit précédente, et ses vêtements – tout comme ceux de tous nos amis – étaient tellement rapiécés qu'il ne restait plus rien du tissu original. Christian a laissé sa phrase en suspens pour la regarder passer. Arrivée à notre niveau, elle s'est arrêtée. Ils n'ont pas échangé un mot, mais j'ai vu leurs regards et je suis parti dès que j'ai pu. J'ignorais qu'ils se connaissaient.

Christian était chirurgien de champ de bataille, avant que sa blessure à l'épaule ne l'oblige à quitter l'Europe de l'Est pour Guernesey. Au début de l'année 1942, il a été muté dans un hôpital de Caen. Son navire a été coulé par des bombardiers alliés. Il est mort noyé. Le colonel Mann, chef de l'hôpital allemand, savait que nous étions amis. C'est lui qui m'a annoncé la nouvelle, pensant, à juste titre, que je la transmettrais à Elizabeth.

Le contexte de ma rencontre avec Christian peut sembler étrange, mais notre amitié ne l'était pas. Je suis persuadé que de nombreux insulaires se sont liés avec des soldats. Parfois, je pense à Charles Lamb et je m'émerveille de ce qu'un homme né en 1775 soit à l'origine de cette amitié.

Bien à vous,
Dawsey Adams

# De Juliet à Amelia

Chère Mrs. Maugery,

Le soleil pointe le bout de son nez pour la première fois depuis des mois, et quand je monte sur ma chaise et que je me penche par la fenêtre, j'arrive à apercevoir son reflet sur la Tamise. J'ignore les décombres qui jonchent l'autre bord de la route, et je fais mine de croire que Londres a retrouvé sa splendeur.

J'ai reçu une lettre bien triste de Dawsey Adams. Il m'y parle de son défunt ami Christian Hellman. La guerre n'en finit pas de finir, n'est-ce pas ? Un être si bon, fauché ainsi. Quel coup terrible cela a dû être pour Elizabeth. Heureusement qu'elle vous avait, vous, Mr. Ramsey, Isola et Dawsey, pour l'aider à mettre son bébé au monde.

Le printemps ne tardera plus. J'ai presque chaud dans mon halo de soleil. Plus bas, dans la rue (je ne détourne plus les yeux, maintenant), un homme en pull rapiécé est en train de peindre la porte de sa maison en bleu ciel. Deux jeunes garçons qui jouaient à se donner des coups de bâton insistent pour l'aider. Il cède et leur tend un minuscule pinceau à chacun. Tout compte fait, la guerre touche peut-être à sa fin.

Cordialement,
Juliet Ashton

# De Mark à Juliet

Chère Juliet,

Vous devenez insaisissable. Cela ne me plaît guère. Je ne veux aller au théâtre avec personne d'autre que vous. En réalité, je me fous de cette pièce. J'essaie juste de vous déloger de votre appartement. Dîner ? Thé ? Cocktail ? Balade en mer ? Soirée dansante ? À vous de choisir. Je suis à vos ordres. Je me montre rarement aussi docile, ne gâchez pas cette opportunité de m'amadouer.

À vous,
Mark

# De Juliet à Mark

Cher Mark,

Seriez-vous tenté de m'accompagner au British Museum ? J'ai rendez-vous dans la salle de lecture à deux heures. Nous pourrions aller jeter un œil aux momies, après ?

Juliet

# De Mark à Juliet

Au diable la salle de lecture et les momies. Venez déjeuner avec moi.

Mark

## De Juliet à Mark

Vous appelez ça de la docilité ?

Juliet

# De Mark à Juliet

Au diable la docilité.

M.

# De Will Thisbee à Juliet

Chère Miss Ashton,

Je suis membre du Cercle des amateurs de littérature et de tourte aux épluchures de patates de Guernesey. Je suis antiquaire quincaillier, bien que certains s'amusent à me traiter de chiffonnier. J'invente également des outils ayant pour but de se faciliter la vie. Ma dernière invention : une pince à linge électrique qui secoue gentiment le linge dans le vent pour épargner les poignets de la ménagère.

Ai-je trouvé la consolation dans la lecture ? Oui, mais pas immédiatement. Au début, je me rendais juste aux réunions pour manger ma part de tourte dans un coin tranquille. Puis, un jour, Isola m'a informé que c'était à mon tour de lire un livre et d'en parler aux autres. Elle m'a tendu un ouvrage qui s'intitulait *Passé et Présent* de Thomas Carlyle. Un truc ennuyeux, qui m'a causé des maux de tête épouvantables, jusqu'à ce que j'en vienne à un passage sur la religion.

Je n'étais pas un homme pieux. Ce n'était pourtant pas faute d'essayer. J'avais beau me rendre d'église en chapelle et de chapelle en église, telle une abeille parmi les fleurs, je n'arrivais pas à être habité par la foi. Jusqu'au jour où Mr. Carlyle m'a présenté la religion sous un nouveau jour. Il marchait au milieu des ruines de l'abbaye de Bury St. Edmunds quand la pensée suivante lui a traversé l'esprit :

« As-tu jamais songé que les hommes ont une âme – non parce qu'ils en ont ouï dire, non comme image rhétorique ; mais comme une vérité qui leur est propre et dont ils ont fait l'expérience ! En vérité le monde était bien différent alors... et néanmoins, il est attristant d'avoir coupé tout lien avec nos âmes... de fait, si nous ne cherchons pas à renouer ce lien, le pire en toute chose risque de s'abattre sur nous. »

N'est-ce pas formidable : connaître son âme par ouï-dire au lieu d'être en rapport direct avec elle. En quel honneur laisserais-je un prêtre décider si oui ou non j'en possède une ? Si je parvenais à croire que j'ai une âme, sans l'aide de quiconque, alors je pourrais l'entendre directement, sans l'aide de quiconque.

Mon discours sur Mr. Carlyle devant les autres membres du Cercle a soulevé un grand débat sur le sujet. Avions-nous une âme ? Certains pensaient que oui, d'autres que non, certains hésitaient à trancher. Puis la voix du docteur Stubbins a couvert le brouhaha et nous avons cessé de nous quereller pour l'écouter.

Thompson Stubbins est un homme aux pensées sinueuses et profondes. Il était psychiatre à Londres avant qu'il soit pris de folie furieuse lors du dîner annuel des Amis de Sigmund Freud, en 1934. Il m'a raconté toute l'histoire. Les Amis de Freud étaient de grands orateurs. Ils faisaient des discours de plusieurs heures devant des assiettes vides, puis, le moment du repas venu, le silence s'abattait sur la salle et les psychiatres se mettaient à jouer de la mâchoire. Un jour, saisissant cette opportunité, Thompson a fait tinter sa petite cuillère contre son verre et a parlé d'une voix forte afin d'être entendu de tous :

« L'un de vous a-t-il jamais songé que c'est au moment précis où la notion d'ÂME s'essoufflait que Freud nous a brandi sa théorie de l'EGO ? Quel sens de l'à-propos ! Où a-t-il trouvé le temps de réfléchir, ce vieux fou irresponsable ? Pour ma part, je crois que les hommes ont besoin de déverser ces balivernes sur l'ego parce qu'ils craignent de n'avoir pas d'âme ! Réfléchissez-y ! »

Thompson a été banni de leur cercle à jamais. Il s'est installé à Guernesey et y cultive ses légumes. Parfois, nous nous promenons ensemble dans ma camionnette et débattons de l'Homme, de Dieu et de tout ce qu'il y a entre les deux. J'aurais manqué tout cela si je n'étais pas entré dans le Cercle des amateurs de littérature et de tourte aux pelures de patates.

Dites-moi, Miss Ashton, quelles sont vos vues sur la question ? Isola pense que vous devriez nous rendre visite. Si vous décidez de venir, vous pourrez vous joindre à Thompson et moi dans ma camionnette. Je prévoirai d'apporter un coussin.

Mes meilleurs vœux de santé et de bonheur.
Will Thisbee

# De Mrs Clara Saussey à Juliet

*8 avril 1946*

Chère Miss Ashton,

On m'a parlé de vous. J'ai jadis appartenu au cercle littéraire en question, mais je parie qu'aucun d'eux ne vous a parlé de moi. Je n'ai jamais lu d'auteur mort. Je n'ai lu qu'une œuvre : la mienne. Mon livre de recettes de cuisine. J'ose prétendre que mon ouvrage a fait couler plus de larmes que tous les romans de Charles Dickens réunis.

J'avais choisi de leur lire un passage sur la manière correcte de rôtir un cochon de lait. « Beurrer la petite carcasse et laisser le jus de cuisson s'écouler et faire grésiller le feu », ai-je lu de telle sorte que vous pouviez sentir le cochon rôti et entendre sa chair craquer sous la dent. Je leur ai décrit mes gâteaux à cinq couches – contenant une douzaine d'œufs –, mes bonbons au sucre filé, mes crottes en chocolat parfumées au rhum, mes génoises à la crème onctueuse. Des pâtisseries confectionnées avec de la bonne farine blanche, et non avec la farine noire grossière ou les graines pour oiseaux écrasées que nous utilisions à l'époque.

Eh bien, croyez-le ou non, ils n'ont pas pu le supporter. L'évocation de mes mets savoureux les a poussés à bout. Isola Pribby – qui de toute façon n'a jamais eu aucun savoir-vivre – s'est écriée que je la torturais et m'a menacée de jeter un sort à mes casseroles. Will Thisbee m'a souhaité de flamber en enfer, comme mes cerises « Jubilé ».

Puis Thompson Stubbins a commencé à pester contre moi et il a fallu que Dawsey et Eben s'y mettent à deux pour m'entraîner en lieu sûr.

Eben m'a appelée le lendemain pour s'excuser de leurs mauvaises manières. Il m'a demandé de me rappeler que la plupart des membres du Cercle se rendaient aux réunions juste après avoir dîné d'une soupe de navets (sans os à moelle), ou de patates à demi cuites sur un plat à four (ne disposant d'aucune graisse pour les frire). Il en a appelé à ma tolérance et m'a priée de leur pardonner.

C'était au-dessus de mes forces. Ils m'avaient insultée. Il n'y avait aucun véritable amoureux de littérature parmi eux. De la pure poésie dans une casserole, voilà ce que je leur offrais. Je crois qu'ils s'ennuyaient tellement avec ce couvre-feu et les autres vilaines lois nazies que ce cercle n'était qu'un prétexte pour passer une soirée dehors. Ils ont choisi la lecture comme ils auraient pu choisir autre chose.

Je veux que votre article rétablisse la vérité sur ces gens. Ils n'auraient jamais ouvert un seul livre si Guernesey n'avait pas été OCCUPÉE. Je pèse mes mots, vous pouvez me citer.

Je m'appelle Clara S-A-U-S-S-E-Y. Trois *s* en tout.

Clara Saussey (Mrs)

# D'Amelia à Juliet

*10 avril 1946*

Ma chère Juliet,

J'ai moi aussi le sentiment que la guerre n'est pas terminée, par moments. Quand mon fils Ian est mort aux côtés de son père, à El-Alamein, les gens qui me présentaient leurs condoléances ajoutaient souvent : « La vie continue », pour me réconforter. Quelle bêtise, me disais-je. Bien sûr que non elle ne continue pas. C'est la mort qui continue. Ian est mort et il sera encore mort demain, l'année prochaine, à jamais. La mort est sans fin. Mais peut-être y aura-t-il une fin à la tristesse. La tristesse a englouti le monde comme les eaux du Déluge, il faudra du temps pour qu'elle reflue. Mais, déjà, on peut distinguer des îlots... D'espoir ? de bonheur ? d'une chose de cet ordre-là, en tout cas. J'aime vous imaginer debout sur votre chaise, tentant d'apercevoir le soleil tout en évitant de poser les yeux sur les monticules de gravats.

Mon plus grand plaisir a été de reprendre mes promenades du soir au bord de la falaise. L'accès à la mer n'est plus interdit par des rouleaux de barbelés, la vue n'est plus entravée par les immenses pancartes *VERBOTEN*. Nos plages ont été déminées et je peux aller où bon me semble, aussi longtemps que je le désire. Et, quand je suis en haut des falaises et que je regarde la mer, je ne vois pas les affreux bunkers en ciment et la terre nue, sans arbres, dans mon dos. Ils n'ont pas réussi à saccager la mer.

Cet été, les ajoncs recommenceront à pousser autour des fortifications, et d'ici à l'année prochaine, les vignes vierges les recouvriront peut-être. Je l'espère. J'ai beau détourner le regard, je n'arriverai jamais à oublier comment elles sont arrivées là.

Ce sont les travailleurs de l'organisation Todt qui les ont construites. Vous avez sans doute entendu parler de ces prisonniers que les Allemands traitaient comme des esclaves, dans les camps du continent ; mais saviez-vous qu'Hitler en avait envoyé seize mille dans les îles Anglo-Normandes ?

Il nourrissait le rêve fanatique de les fortifier afin que l'Angleterre ne puisse jamais les lui reprendre ! Ses généraux appelaient cela sa « fièvre des îles ». Il avait ordonné qu'on installe sur les plages des emplacements d'armes lourdes, des murs antichars, des centaines de bunkers et de batteries, des dépôts de munitions et de bombes, des kilomètres et des kilomètres de tunnels et un immense hôpital souterrain. Et une voie ferrée pour transporter le matériel. C'était absurde. Les îles Anglo-Normandes étaient mieux fortifiées que le mur de l'Atlantique érigé contre l'invasion alliée. Leurs installations dominaient chaque baie. Le IIIᵉ Reich devait durer un millier d'années – son béton, du moins.

D'où la nécessité de trouver des milliers de travailleurs. Des hommes et de jeunes garçons étaient

167

enrôlés de force, certains arrêtés, d'autres juste ramassés dans les rues, dans les files d'attente des cinémas, dans les cafés, sur les chemins de campagne et dans les champs de tous les territoires occupés. Ils utilisaient même des prisonniers politiques de la guerre civile espagnole. Les prisonniers russes étaient les moins bien traités – sans doute en raison de leur victoire sur les Allemands sur le front russe.

La plupart de ces esclaves sont arrivés sur les îles en 1942. Ils vivaient sous des abris sans murs, des tunnels creusés sous terre, sur des terrains communaux entourés de barrières, et, pour certains, dans des maisons. On les voyait circuler dans toute l'île pour gagner les sites de construction. Ils n'avaient que la peau sur les os et étaient vêtus de loques, rapiécées ou non. La plupart ne portaient ni manteau, ni chaussures, ni bottes. Ils avaient les pieds bandés de bouts de tissu ensanglantés. J'ai vu des jeunes garçons de quinze ou seize ans si fatigués et si affamés qu'ils arrivaient à peine à mettre un pied devant l'autre.

Les habitants de Guernesey les attendaient devant leurs portails pour leur offrir le peu de nourriture et de vêtements chauds qu'ils avaient réussi à mettre de côté. Les Allemands qui surveillaient les colonnes de travailleurs de l'OT les autorisaient parfois à rompre les rangs et à accepter nos dons. Il arrivait aussi qu'ils les en empêchent et les battent à coups de crosse de fusil jusqu'à ce qu'ils tombent à terre.

Des milliers d'hommes et d'adolescents sont

morts ici. Dernièrement, j'ai appris que ce traitement inhumain avait été élaboré par Eichmann. Il appelait cela son plan de mort par épuisement, et il l'a fait exécuter. Poussez-les à travailler dur, ne gâchez pas nos précieuses provisions pour les nourrir, et laissez-les mourir. On pourrait toujours les remplacer par d'autres esclaves des pays de l'Europe occupée.

Certains travailleurs de l'OT étaient parqués dans un square de la ville, derrière des barbelés. Ils étaient couverts de ciment. On aurait dit des spectres. Il n'y avait qu'un tuyau alimenté en eau pour plus d'une centaine d'hommes.

Parfois, des enfants descendaient à St. Peter Port pour les observer. Ils leur tendaient des noix, des pommes ou des patates. L'un des esclaves n'acceptait jamais leurs dons. Il se contentait d'approcher, de glisser son bras entre les barbelés et de leur caresser le visage et les cheveux.

Ils avaient droit à une demi-journée de repos par semaine. Le dimanche. C'était le jour où les ingénieurs sanitaires vidaient les égouts dans l'océan à l'aide d'un gros tuyau. Les poissons affluaient en masse en quête de nourriture, et les travailleurs attendaient dans l'eau, des excréments jusqu'à la poitrine, et essayaient de les attraper à main nue.

Aucune fleur, aucune vigne ne pourra recouvrir de tels souvenirs.

Voilà, je vous ai raconté l'histoire la plus détestable de la guerre, Juliet. Isola pense que vous devriez venir et écrire un livre sur l'Occupation. Elle estime qu'elle ne possède pas les qualités nécessaires pour l'écrire elle-même, mais – en dépit de mon affection pour Isola –, je suis terrifiée à l'idée qu'elle ne s'achète un cahier et ne le fasse néanmoins.

Votre dévouée,
Amelia Maugery

# De Juliet à Dawsey

Cher Mr. Adams,

Après m'avoir promis de ne plus jamais m'écrire, Adelaide Addison m'a envoyé une autre lettre. Elle est consacrée à toutes les pratiques et les personnes qu'elle désapprouve – vous et Charles Lamb inclus.

Elle dit être passée vous déposer le numéro d'avril du magazine de la paroisse, et ne vous avoir trouvé nulle part. Ni en train de traire votre vache, ni en train de biner votre jardin, ni en train de laver votre maison, ni en train de faire ce que tout bon fermier ferait à cette heure. Elle est alors allée jusqu'à votre basse-cour... et qu'a-t-elle découvert ? Vous, allongé dans votre grenier à foin, lisant un ouvrage de Charles Lamb ! Vous étiez « tellement absorbé par les mots de cet ivrogne », que vous n'avez même pas remarqué sa présence.

Cette femme est une véritable plaie. Je me demande pourquoi. Je soupçonne qu'une mauvaise fée s'est penchée sur son berceau.

Quoi qu'il en soit, vous imaginer vous prélassant dans votre grenier avec un livre de Charles Lamb est très réjouissant. Cela me rappelle mon enfance dans le Suffolk. Mon père était fermier et il m'arrivait de l'aider – il faut avouer que je ne faisais guère plus qu'ouvrir et refermer le portail avant de remonter en voiture avec lui, ramasser les œufs, semer des graines dans notre jardin, et battre les blés, quand j'étais d'humeur.

Je me souviens d'avoir lu *Le Jardin secret*, allongée dans notre grenier à foin, une cloche à vache à côté de moi. Je sonnais toutes les heures pour qu'on m'apporte un verre de citronnade. Notre cuisinière, Mrs. Hutchins, a fini par se plaindre de mes manières à ma mère. Ça a été la fin de ma cloche à vache, mais non de mes séances de lecture dans la grange.

Mr. Hastings a trouvé la biographie de Charles Lamb écrite par E. V. Lucas. Il a décidé de vous l'envoyer immédiatement accompagnée de la facture, au lieu de vous soumettre un devis. « Les passionnés de Charles Lamb ne peuvent pas attendre », a-t-il dit.

Votre amie,
Juliet Ashton

# De Susan Scott à Sidney

*11 avril 1946*

Cher Sidney,

J'ai un cœur qui bat, comme tout le monde, mais, nom de nom, si tu ne rentres pas au plus vite, Charlie Stephens va nous faire une dépression nerveuse. Il n'est pas taillé pour ce travail. Tout ce dont il est capable, c'est de tendre de grosses liasses de billets et de te laisser faire le boulot. Hier matin, il est arrivé au bureau *avant dix heures*, mais l'effort a annihilé ses forces. À onze heures, il était d'une pâleur spectrale. À onze heures trente, il s'est servi un whisky. Et à midi, quand un jeune innocent a soumis une couverture à son approbation, ses yeux se sont exorbités de terreur et son tic dégoûtant l'a repris – il va finir par s'arracher l'oreille, un de ces jours. Il est rentré chez lui à une heure et je ne l'ai pas revu depuis (il est quatre heures).

Pour continuer avec les nouvelles déprimantes, Harriet Munfries a perdu la raison, elle veut que nous « coordonnions les couleurs » de toute la collection enfant. Rose et rouge. Je ne plaisante pas. Le gars du service courrier (je ne me donne plus la peine de retenir les noms) s'est soûlé et a jeté toutes les lettres adressées à des personnes dont le nom commence par la lettre S. Ne me demande pas pourquoi. Miss Tilley s'est montrée si incroyablement grossière envers Kendrick qu'il a tenté de l'assommer avec son téléphone. Je ne peux pas le blâmer, seulement les téléphones ne sont pas faciles

173

à trouver, nous ne pouvons pas nous permettre d'en perdre un.

Si tu as besoin d'autres encouragements pour t'acheter un billet d'avion, je peux ajouter que j'ai vu Juliet et Mark Reynolds très à leur aise au Café de Paris, l'autre soir. Un cordon de velours bloquait l'accès à leur table, mais de l'endroit où je me trouvais, avec le bas peuple, j'ai pu distinguer les signes avant-coureurs d'une histoire d'amour. Il lui murmurait des petites choses à l'oreille. Juliet avait la main posée négligemment près de celle de Mark, à côté de leurs cocktails. Il lui touchait l'épaule pour lui désigner une connaissance. Estimant de mon devoir (en ma qualité d'employée dévouée) de mettre un terme à cela, j'ai joué des coudes pour passer le cordon et j'ai salué Juliet. Elle a semblé ravie de me voir et m'a invitée à me joindre à eux. Le sourire de Mark m'a clairement fait comprendre qu'il ne désirait pas de compagnie, et je me suis retirée. Mieux vaut éviter de le contrarier, celui-là. Il a beau porter des cravates magnifiques, je n'ai pas envie que ma mère apprenne qu'on a retrouvé mon corps sans vie flottant dans la Tamise.

En d'autres termes : trouve-toi un fauteuil roulant, une béquille ou un âne, mais reviens *maintenant*.

Amitiés,
Susan

# De Juliet à Sidney et Piers

*12 avril 1946*

Chers Sidney et Piers,

J'ai écumé toutes les librairies de Londres à la recherche d'un livre qui m'aiderait à m'imprégner de l'atmosphère de Guernesey. J'ai même pris un ticket pour la salle de lecture, c'est dire si je suis consciencieuse – vous savez à quel point ce lieu me terrifie.

J'ai trouvé pas mal de choses. Vous souvenez-vous de cette collection idiote des années vingt : *Un vagabond à Skye*, *Un vagabond à Lindisfarne*, *Un vagabond à Sheepholm*, etc., selon l'endroit où l'auteur décidait de jeter l'ancre de son yacht. Eh bien, en 1930, il a mis le cap sur St. Peter Port, Guernesey (il a séjourné à Sark, à Herm, à Alderney et à Jersey, puis il est rentré chez lui après avoir été attaqué par un canard).

Ce « vagabond » s'appelait Cee Cee Meredith. Un idiot qui se donnait des airs de poète, assez riche pour aller où bon lui semblait, écrire sur ses voyages et publier ses livres lui-même pour les distribuer à ses amis. Cee Cee ne s'embarrassait pas de détails triviaux, il préférait aller droit à la lande, à la plage ou au champ de fleurs le plus proche, et se laisser porter par sa muse. Enfin, béni soit-il, son *Vagabond à Guernesey* est exactement ce qu'il me fallait.

Cee Cee a débarqué à St. Peter Port, laissant derrière lui sa mère Dorothea, qui vomissait dans la timonerie du yacht au mouillage. Là, les freesias, les jonquilles et les tomates lui ont inspiré des poèmes, et il est tombé en pâmoison devant les vaches et les taureaux pur-sang – il a composé une ode à leurs cloches (« Dring, dring, quel heureux tintement... »). Dans la hiérarchie des valeurs de Cee Cee, « les habitants des paroisses de campagne, des êtres simples qui s'expriment toujours en patois normand et croient aux fées et aux sorcières », venaient juste après les vaches. Il s'est tant abandonné à l'esprit du lieu, qu'il a aperçu une fée dans le crépuscule.

Il s'attarde un moment sur les cottages, les haies et les magasins, et arrive enfin à la mer. Je cite : « La MER ! Elle est partout ! Les eaux : azur, émeraude, tissées d'argent, quand elles ne sont pas menaçantes et noires comme un sac de clous. »

Dieu merci, notre vagabond avait un coauteur : Dorothea, taillée dans une étoffe plus rugueuse et maudissant Guernesey et tout ce qui s'y rattachait. Elle avait pour tâche de présenter l'histoire de l'île et n'était pas d'humeur à faire des fioritures.

... *Quant à l'histoire de Guernesey... Ma foi, moins on en sait, mieux on se porte. Les îles ont jadis appartenu au duché de Normandie, mais quand Guillaume, duc de Normandie, est devenu Guillaume le Conquérant, il a fourré les îles normandes dans sa poche et les a offertes à l'Angleterre, tout en leur accordant certains privilèges. Privilèges qui furent étendus par le roi John, puis à nouveau par Edouard III. POURQUOI ? Qu'avaient-ils fait pour mériter cette préférence ? Rien du tout ! Plus tard, quand cette mauviette d'Henri VI* se débrouilla pour perdre la quasi-totalité de la France, les îles Anglo-Normandes décidèrent de demeurer propriété de la couronne d'Angleterre – qui se le refuserait ?

Les îles Anglo-Normandes ont volontairement prêté serment d'allégeance et de fidélité à la couronne d'Angleterre, mais, écoute ça, cher lecteur, LA COURONNE NE PEUT EN AUCUN CAS LES OBLIGER À QUOI QUE CE SOIT SANS LEUR ACCORD !

... Les États de la Délibération forment le gouvernement de Guernesey. On les appelle plus communément les États. Le véritable chef de cette île est le président élu par les ÉTATS, que l'on nomme Intendant. En résumé, tout le monde est élu et non nommé par le roi. Dites-moi, à quoi sert un monarque sinon à NOMMER DES GENS À DES POSTES ?

... Dans ce désordre impie, l'unique représentant de la couronne est le lieutenant-gouverneur. S'il est le bienvenu aux réunions des États où il peut s'exprimer et offrir des conseils, il n'a pas LE DROIT DE VOTE. Enfin, il a au moins la possibilité de demeurer dans la Maison du gouvernement, le seul manoir d'importance à Guernesey – si l'on exclut le manoir Sausmarez, comme c'est mon cas.

... La Couronne ne peut exiger des îles ni impôt ni conscription. L'honnêteté m'oblige à reconnaître que les insulaires n'ont pas besoin de conscription pour s'enrôler et guerroyer pour notre chère, chère Angleterre. Ils ont fait des soldats et des marins honorables et héroïques devant Napoléon et le Kaiser. Mais, attention, ces actes désintéressés ne

*les amendent en rien du fait que les ÎLES ANGLO-*
*NORMANDES NE PAIENT AUCUN IMPÔT SUR*
*LE REVENU À L'ANGLETERRE. PAS UN SHILLING.*
*C'EST RÉVULSANT !*

C'est le passage le plus tendre. Je vous épargne le reste, cela vous donne une idée suffisante de son état d'esprit.

Que l'un de vous – ou mieux, les deux – m'écrive. Je veux savoir comment vont le patient et l'infirmier. Que dit le médecin pour ta jambe, Sidney ? Tu as eu tout le temps d'attendre qu'il t'en pousse une nouvelle.

Je vous embrasse,
Juliet

# De Dawsey à Juliet

*15 avril 1946*

Chère Miss Ashton,

J'ignore le mal dont souffre Adelaide Addison. Isola pense que c'est une plaie parce qu'elle adore être une plaie. Ça lui donne un sentiment de destinée. Cela étant, elle m'a rendu un fier service, en vous disant mieux que je ne l'aurais pu à quel point j'apprécie mon nouveau livre.

La biographie de Charles Lamb est arrivée. Je l'ai lue d'une traite, mais je suis en train de la relire plus lentement, afin de bien tout intégrer. J'aime ce que Mr. Lucas dit de lui : « Il pouvait transformer une chose banale et familière en un objet neuf et somptueux. » Quand je lis Lamb, je me sens davantage chez moi dans son Londres qu'ici, à St. Peter Port.

Et, pourtant, je n'arrive toujours pas à me le représenter rentrant du travail pour découvrir le corps de sa mère, morte poignardée, et son père en train de se vider de son sang, sous le regard de sa sœur Mary, armée d'un couteau ensanglanté. Comment a-t-il pu se résoudre à aller jusqu'à elle et à lui prendre le couteau des mains ? Et, après son arrestation et son internement en asile psychiatrique, comment a-t-il réussi à convaincre le juge de la placer sous sa seule responsabilité ? Il n'avait que vingt et un ans, alors.

Il a juré de prendre soin de Mary jusqu'à la fin de ses jours, et, sa parole donnée, il ne s'est jamais écarté du chemin qu'il s'était tracé. Quel dommage qu'il ait cessé d'écrire de la poésie, lui qui aimait tant cela, pour gagner sa vie en rédigeant des critiques et des essais – ce qu'il n'appréciait guère.

Quand on pense qu'il a passé son existence à travailler pour la Compagnie des Indes orientales comme simple employé, afin d'économiser suffisamment d'argent en prévision du jour – qui arriverait immanquablement – où Mary sombrerait à nouveau dans la folie et devrait être placée dans une institution privée.

Et même là, elle lui manquait. Ils s'entendaient si bien. Je me les représente ainsi : lui, guettant les affreux symptômes d'un œil d'aigle, elle, sentant la folie reprendre le dessus, incapable de lui barrer la route. Oui, c'était sans doute cela le pire. Lui, l'observant à la dérobée, et elle, le regardant en train de l'observer à la dérobée. Comme ils devaient détester ce qu'ils s'obligeaient à devenir l'un pour l'autre.

Mais, ne vous paraît-il pas que, lorsque Mary était en bonne santé, c'était l'être le plus équilibré et le plus agréable qui soit ? Charles le pensait certainement. De même que leurs amis Wordsworth, Hazlitt, Leigh Hunt, et plus particulièrement Coleridge. Le jour de la mort du poète, ils ont trouvé un mot écrit de sa main disant : « Charles et Mary Lamb, si chers à mon cœur, oui, de fait, à mon cœur. »

Peut-être me suis-je montré trop prolixe sur le sujet ; je voulais simplement que vous et Mr. Hastings sachiez à quel point vos livres m'ont donné à réfléchir et tout le plaisir que j'en ai tiré.

J'ai beaucoup aimé l'histoire de votre cloche à

vache. Je l'ai lue en vous imaginant petite. Aimiez-vous vivre à la ferme ? Cela vous manque-t-il, parfois ? On n'est jamais loin de la campagne à Guernesey. Même à St. Peter Port. Alors, j'ignore ce qu'est la vie dans une grande ville comme Londres.

Kit a pris les mangoustes en grippe depuis qu'elle sait qu'elles mangent les serpents. Elle rêve de trouver un boa constrictor sous un rocher. Isola est passée me voir, ce soir. Elle me demande de vous saluer. Elle vous écrira dès qu'elle aura rentré sa récolte – romarin, aneth, thym et belladone.

Bien à vous,
Dawsey Adams

# De Juliet à Dawsey

Cher Mr. Adams,

Je suis ravie que Charles Lamb vous inspire autant. J'ai toujours pensé que le malheur de Mary avait fait de lui un meilleur écrivain – même s'il a abandonné la poésie pour travailler pour la Compagnie des Indes orientales à cause d'elle. Son humanité poussait son génie vers des sommets qu'aucun de ses amis célèbres ne pouvait atteindre. Quand Wordsworth l'a réprimandé de ne pas se soucier suffisamment de la nature, Charles a écrit : « Je n'éprouve aucune passion pour les bosquets et les vallées. Les chambres qui m'ont vu naître, les meubles sur lesquels mes yeux se posent depuis toujours, la bibliothèque qui m'a suivi partout où je suis allé, tel un chien fidèle – les vieux fauteuils, les vieilles rues, les squares où j'ai pris le soleil, mon ancienne école – n'est-ce pas suffisant, me faut-il encore vos montagnes ? Je ne vous envie guère. Je vous prendrais même en pitié si j'ignorais que l'esprit peut de toute chose se faire un ami. » *L'esprit peut de toute chose se faire un ami.* Je me suis souvent répété cette phrase pendant la guerre.

Je suis tombée sur une autre anecdote le concernant, aujourd'hui. Il buvait beaucoup, bien trop, mais n'avait pas le vin triste. Un jour, le majordome de son hôte dut le porter chez lui sur son épaule, comme un sac de patates. Le lendemain, Charles écrivit à son hôte une lettre d'excuses si hilarante que l'homme la légua à son fils par testament. J'espère que Charles a également écrit au majordome.

Avez-vous remarqué que, lorsque votre esprit est focalisé sur une personne, sa présence se manifeste partout où vous allez ? Mon amie Sophie appelle cela des coïncidences et Mr. Simpless, mon ami pasteur, la grâce. Il pense que quand on aime profondément une personne ou une chose, on projette une énergie à travers le monde qui lui apporte « la fécondité ».

Avec toute ma sympathie,
Juliet

# De Isola à Juliet

*18 avril 1946*

Chère Juliet,

Maintenant que nous sommes correspondantes, j'aimerais vous poser quelques questions – hautement personnelles. Dawsey m'a dit que ce ne serait pas poli, mais je lui ai répondu qu'il y avait un monde entre les hommes et les femmes, et l'impolitesse et la grossièreté. Dawsey ne m'a jamais posé une seule question personnelle en quinze ans. Je le prendrais très bien s'il le faisait, mais c'est un homme discret. Il ne changera pas, et moi non plus. Il est évident que vous vous intéressez à nous, aussi je suppose que vous aimeriez que nous nous intéressions à vous – vous ne vous en êtes pas rendu compte tout de suite, voilà tout.

Bien. J'ai vu une photo de vous sur la jaquette de votre biographie d'Anne Brontë. Je dirais que vous avez moins de quarante ans. Beaucoup moins ? Étiez-vous éblouie par le soleil ou louchez-vous ? Si oui, est-ce soignable ? Il devait y avoir beaucoup de vent, ce jour-là, à en juger par vos boucles qui volent dans tous les sens. Je n'ai pas réussi à déterminer la couleur de vos cheveux, mais une chose est sûre, vous n'êtes pas blonde. C'est bien. Je n'aime pas beaucoup les blondes.

Vivez-vous au bord de la Tamise ? Je l'espère, car les personnes qui habitent à proximité d'un cours d'eau sont bien plus sympathiques que les autres. Je serais mauvaise comme la gale si je vivais

dans les terres. Avez-vous un prétendant sérieux ?
Moi non.

Votre appartement est-il douillet ou grandiose ?
Ne soyez pas avare de détails, je veux pouvoir me
forger une image mentale de votre personne.
Aimeriez-vous nous rendre visite à Guernesey ?
Avez-vous un animal de compagnie ? Lequel ?

Votre amie,
Isola

# De Juliet à Isola

*20 avril 1946*

Chère Isola,

C'est gentil de votre part de vouloir en apprendre davantage sur moi, je suis désolée de ne pas avoir eu l'idée de devancer vos questions.

Parlons du présent pour commencer. J'ai trente-trois ans, et vous aviez raison, j'avais le soleil dans les yeux. Quand je suis de bonne humeur, je dis que j'ai les cheveux châtains avec des reflets dorés. Quand je suis de mauvaise humeur, je dis qu'ils sont brun souris. Il n'y avait pas de vent ce jour-là, c'est ma coiffure habituelle. Les cheveux bouclés sont une calamité, ne vous laissez jamais persuader du contraire. J'ai les yeux noisette. Je suis élancée, mais pas assez grande à mon goût.

Je n'habite plus au bord de la Tamise. C'est ce qui me manque le plus ici. J'adorais pouvoir la regarder et l'entendre à toute heure du jour et de la nuit. Aujourd'hui, je vis dans un appartement que l'on m'a prêté, à Glebe Place. Il est petit et meublé de façon à tirer le meilleur parti de chaque centimètre carré. Son propriétaire ne rentrera pas des États-Unis avant le mois de novembre, je peux donc en disposer jusque-là. J'aimerais avoir un chien, mais la gérance de l'immeuble interdit les animaux domestiques ! Les jardins de Kensington ne sont pas très loin. Quand je me sens un peu trop cloîtrée, je marche jusqu'au parc, je me loue une chaise longue pour un shilling, et je me prélasse sous les arbres en regardant les passants et les enfants qui jouent. Ça me remonte un peu le moral.

Le numéro 81 d'Oakley Street a été détruit par un V-1, il y a un peu plus d'un an. Les maisons qui ont le plus souffert étaient situées derrière la mienne, néanmoins trois étages du 81 ont été pulvérisés. Mon appartement n'est plus qu'un tas de gravats. J'espère que Mr. Grant, le propriétaire, fera reconstruire la maison. J'aimerais tant retrouver mon appartement (ou son fac-similé), avec Cheyne Walk et la rivière sous mes fenêtres.

Par chance, je me trouvais à Bury lorsque le V-1 a frappé. Sidney Stark, mon ami et éditeur, est venu me chercher à la gare pour me raccompagner chez moi, ce soir-là, et nous avons découvert une montagne de décombres à la place de ma maison.

Une partie de la façade étant tombée, j'ai pu voir mes rideaux déchirés voler dans la brise. Mon bureau avait perdu un pied et suivait la pente de ce qu'il restait du parquet. Mes livres étaient mouillés et couverts de boue. Le portrait de ma mère, sur le mur, était enfoncé et maculé de suie. Il n'y avait pas moyen de le récupérer sans danger. Seule possession encore intacte : mon gros presse-papier en cristal gravé des mots *Carpe diem*. Je le tenais de mon père. Il était posé sur un tas de briques et de bois. Il était hors de question de le laisser là. Sidney a escaladé les gravats et me l'a rapporté.

J'étais une fillette plutôt facile jusqu'à la mort de mes parents, quand j'avais douze ans. Ensuite, j'ai dû quitter notre ferme du Suffolk pour aller vivre avec mon grand-oncle, à Londres ; et je suis devenue une enfant rebelle, amère et morose. J'ai fugué à deux reprises et n'ai cessé de causer des ennuis à mon oncle – ce qui me procurait une grande satisfaction, à l'époque. J'ai honte quand je repense à la façon dont je l'ai traité. J'avais dix-sept ans quand il est mort. Je n'ai jamais eu l'occasion de lui présenter mes excuses.

Mon oncle a fini par m'inscrire dans un internat. J'avais treize ans. Je suis partie, plus remontée que jamais. La directrice de l'école m'a escortée au réfectoire et m'a laissée devant une table de quatre filles. Je me suis assise, les bras croisés, les mains coincées sous les aisselles, cherchant de mon regard noir qui je pourrais bien détester. Mes yeux se sont posés sur Sophie Stark, la sœur cadette de Sidney.

Elle était parfaite avec ses boucles d'or, ses grands yeux bleus et son sourire d'ange. Elle m'a parlé gentiment, mais je suis restée muette. « J'espère que tu te plairas ici », a-t-elle poursuivi. J'ai répondu que je ne resterais pas assez longtemps pour le découvrir. « Je m'en vais dès que j'aurai trouvé les horaires des trains ! » ai-je dit.

Cette nuit-là, j'ai grimpé sur le toit du dortoir dans l'intention de broyer du noir dans la nuit. Quelques minutes plus tard, Sophie a rampé jusqu'à moi, les horaires des trains dans la main.

Inutile de vous dire que je suis restée et que Sophie est devenue mon amie. Sa mère m'invitait souvent à passer les vacances dans leur maison. Et c'est là que j'ai rencontré Sidney. Il avait dix ans de plus que moi, et c'est devenu mon dieu. Plus tard, il a viré au grand frère autoritaire et, encore plus tard, il est devenu l'un de mes amis les plus chers.

Après l'internat, Sophie et moi avons renoncé aux

études, préférant la VRAIE vie à une vie plus académique. Nous sommes parties pour Londres où nous avons partagé des studios que Sidney nous trouvait. Nous avons décroché un emploi ensemble, dans une librairie, et je me suis mise à passer mes nuits à écrire (et à jeter) des nouvelles.

C'est alors que j'ai entendu parler d'un concours sponsorisé par le *Daily Mirror*. Il s'agissait d'écrire un essai de cinq cents mots sur le sujet : « Ce que les femmes redoutent le plus ». Je savais parfaitement ce que le *Mirror* avait derrière la tête, seulement, il se trouve que je redoute bien plus les poulets que les hommes. Alors, j'ai écrit sur ma peur des volailles. Trop contents de lire un texte qui ne faisait aucune allusion au sexe, les membres du jury m'ont décerné le premier prix. Ils m'ont donné cinq livres sterling, et j'ai enfin été publiée. Le *Daily Mirror* a reçu tellement de lettres d'admirateurs qu'il m'a commandé un article, puis un autre, et je me suis vite retrouvée à écrire pour plusieurs journaux et magazines. Et puis la guerre a éclaté, et le *Spectator* m'a invitée à rédiger une chronique hebdomadaire de deux colonnes intitulée « Izzy Bickerstaff s'en va-t-en guerre ». Sophie est tombée amoureuse d'un aviateur – Alexander Strachan. Ils se sont mariés et ils ont emménagé dans la ferme de sa famille, en Écosse. Je suis la marraine de leur fils Dominic. Je ne lui ai encore appris aucun cantique, mais nous avons dégondé la porte de sa cave (une embuscade picte) la dernière fois qu'on s'est vus.

Je suppose que j'ai un prétendant, oui, mais je ne suis pas encore très habituée à lui. Il est terriblement charmeur et me comble de repas succulents, et, pourtant, je me dis parfois que je m'accommode mieux des prétendants de la littérature que de ceux que j'ai devant moi. Comme ce serait lâche et pervers de ma part si c'était vrai.

Sidney a réuni et publié mes articles signés Izzy Bickerstaff et j'ai fait une tournée de promotion dans tout le pays. Depuis mon retour, j'écris des lettres à des habitants de Guernesey – devenus des amis –, à qui j'ai effectivement l'intention de rendre visite.

Amitiés,
Juliet

# De Eli à Juliet

Chère Miss Ashton,

Merci pour les blocs de bois. Ils sont magnifiques. Je n'en ai pas cru mes yeux quand j'ai ouvert le carton – toutes ces formes, et ces nuances, de la plus pâle à la plus sombre.

Comment avez-vous fait pour vous procurer toutes ces essences différentes ? Vous avez dû fouiller les quatre coins de la ville pour les trouver. Je parie que oui. Je ne sais comment vous remercier d'être sortie, comme ça, pour moi. En plus, ils sont arrivés juste au bon moment. Kit a un nouvel animal préféré : un serpent qu'elle a vu dans un livre. Il était long et fin, alors je n'ai pas eu de mal à le lui sculpter. Elle s'intéresse aux furets, maintenant. Elle a promis de ne plus toucher à mon couteau à tailler si je lui en sculpte un. Ça ne devrait pas être très difficile, non plus. Ils sont assez fins, eux aussi. Grâce à vous, j'ai tout le bois qu'il me faut pour m'entraîner.

Est-ce que vous avez un animal préféré ? Je voudrais vous faire un cadeau, vous sculpter quelque chose que vous aimez. Vous voulez une souris ? Je suis bon en souris.

Sincèrement,
Eli

# De Eben à Juliet

*22 avril 1946*

Chère Miss Ashton,

Votre colis pour Eli est arrivé vendredi. Comme c'est gentil à vous. Il reste assis à étudier ses blocs de bois comme s'ils renfermaient une forme mystérieuse, qu'il finit par extirper à l'aide de son couteau.

Vous m'avez demandé si tous les enfants avaient été évacués vers l'Angleterre. Non. Certains sont restés. Quand Eli me manquait, je les observais et j'étais content qu'il soit parti. Les enfants ont vécu des moments difficiles, ici. Nous manquions trop de nourriture pour qu'ils grandissent correctement. Je me rappelle avoir soulevé le garçon de Bill Le Pell, il avait douze ans mais pesait moins lourd qu'un enfant de sept ans.

C'était une chose terrible que d'avoir à décider entre envoyer nos petits vivre parmi des étrangers ou les garder avec nous. Nous n'étions pas certains que les Allemands viendraient, mais, le cas échéant, nous ne savions pas comment ils se comporteraient envers nous. D'un autre côté, s'ils envahissaient l'Angleterre, comment feraient nos enfants, sans parents à leurs côtés ?

Si vous aviez vu dans quel état nous étions quand les Allemands sont arrivés. En état de choc, à mon avis. Dans le fond, nous ne pensions pas qu'ils s'intéressaient à nous. Ils voulaient l'Angleterre, nous

192

ne leur serions d'aucune utilité. Nous pensions que nous assisterions à tout cela en spectateurs, sans jouer le moindre rôle.

Et voilà qu'au printemps 1940 Hitler a fendu l'Europe comme un couteau chaud une motte de beurre. Il a tout renversé sur son passage. Il est allé si vite que toutes les fenêtres de Guernesey étaient secouées par les bombardements qui pleuvaient sur la France. Quand la côte française a été prise, il est devenu clair comme de l'eau de roche que l'Angleterre ne pourrait plus faire partir d'hommes et de navires de là pour nous défendre en cas de besoin. Il fallait qu'elle se prépare à une invasion et qu'elle protège ses propres côtes. Nous nous sommes donc retrouvés livrés à nous-mêmes.

Au milieu du mois de juin, quand nous avons compris que les Allemands en avaient après nous, les États ont téléphoné à Londres pour demander qu'on nous envoie des navires, afin d'embarquer nos enfants pour l'Angleterre. Les mettre dans des avions aurait été trop dangereux. Ils risquaient d'être abattus par la Luftwaffe. Londres a répondu favorablement, mais les enfants devaient être prêts à partir sur-le-champ. Les navires repartiraient sitôt arrivés. Le temps pressait. Nous étions tous fous d'angoisse, nous avions le sentiment que chaque seconde comptait.

Jane était plus faible qu'un chaton, à l'époque, mais elle n'a pas hésité. Eli devait partir. Les autres mamans ont davantage tergiversé. Les débats sur le pour et le contre étaient si enfiévrés que ma fille avait demandé à Elizabeth de les maintenir à distance. « Je ne veux pas entendre leurs jérémiades. C'est mauvais pour le bébé », a-t-elle dit. Jane avait dans l'idée que les bébés savent tout ce qu'il se passe autour d'eux, même quand ils sont encore dans le ventre de leur mère.

Le temps de l'hésitation est vite passé. Les familles n'avaient qu'un seul jour pour prendre une décision dont ils assumeraient les conséquences pendant cinq ans. Les enfants en âge d'être scolarisés et les mamans ayant des bébés sont partis en premier, les 19 et 20 juin. Les États ont donné de l'argent de poche aux petits dont les parents n'avaient pas les moyens de le faire. Les plus petits étaient tout excités à l'idée des bonbons qu'ils pourraient s'acheter avec. Certains croyaient qu'il s'agissait d'une sortie scolaire et qu'ils seraient de retour chez eux avant la tombée de la nuit. C'était mieux ainsi. Les plus grands, comme Eli, savaient à quoi s'en tenir, eux.

De tout ce que j'ai vu le jour du départ, il est une image qui reste gravée dans mon esprit. Deux fillettes vêtues de belles robes roses, avec des jupons et des chaussures vernies, comme si leur mère les avait préparées pour un anniversaire. Elles ont dû avoir si froid pendant la traversée.

Les parents devaient déposer leurs enfants dans la cour de l'école. C'est là que nous leur avons dit au revoir. Puis des bus les ont conduits à l'embarcadère. Les navires qui venaient juste de repartir de Dunkerque ont retraversé le Channel pour les emmener. Nous n'avions pas le temps d'organiser un convoi pour les escorter. Nous n'avions pas le temps de réunir suffisamment de canots et de gilets de sauvetage.

Ce matin-là, nous nous sommes d'abord arrêtés à l'hôpital pour qu'Eli dise au revoir à sa mère. Sa mâchoire était si serrée qu'il n'a réussi qu'à hocher la tête. Jane l'a serré un long moment dans ses bras, puis Elizabeth et moi l'avons emmené dans la cour de son école. Je l'ai serré fort contre moi, et j'ai dû attendre cinq années avant de le revoir. Elizabeth est restée sur place. Elle s'était portée volontaire pour finir de préparer les enfants.

Sur le chemin de l'hôpital, je me suis rappelé une chose qu'Eli m'avait dite, un jour. Il avait cinq ans et nous marchions le long de La Courbrie pour voir les bateaux de pêche rentrer au port. Il y avait une vieille chaussure en toile au milieu du chemin. Eli l'a contournée sans la quitter des yeux. « Elle est toute seule cette chaussure, grand-père », a-t-il dit. J'ai répondu : « Oui, c'est vrai. » Il a continué à la regarder, puis nous l'avons dépassée. Au bout d'un moment, il a repris : « Grand-père, tu sais, ça ne m'arrive jamais à moi. Qu'est-ce qui ne t'arrive jamais ? De me sentir tout seul », a-t-il répondu.

Bien. J'avais tout de même quelque chose de joyeux à raconter à Jane. Et j'ai prié pour que la vie ne démente jamais Eli.

Isola veut vous raconter elle-même ce qu'il s'est passé dans l'école. Elle a assisté à une scène qui intéressera sûrement l'écrivain que vous êtes, dit-elle. Elizabeth giflant Adelaide et la forçant à partir. Vous ne connaissez pas Miss Addison – quelle chance vous avez, cette femme est trop bien pour le commun des mortels.

Isola m'a dit que vous envisagiez de nous rendre visite. Eli et moi serions heureux de vous accueillir chez nous.

Bien à vous,
Eben Ramsey

## Télégramme de Juliet à Isola

ELIZABETH A-T-ELLE VRAIMENT GIFLÉ ADELAIDE ADDISON ? J'AURAIS TANT VOULU ÊTRE LÀ ! RACONTEZ-MOI TOUT, SVP. AMITIÉS, JULIET

# D'Isola à Juliet

Chère Juliet,

Oui, elle l'a fait. Elle l'a giflée en pleine face. C'était magnifique.

Nous étions réunis à l'école St. Claire pour aider les enfants à se préparer à monter dans les autobus qui devaient les emmener aux navires. Les États ne voulaient pas que les parents passent le seuil de l'école. Il y aurait eu trop de monde et trop de tristesse. Mieux valait se dire au revoir dehors. Qu'un enfant pleure, et tous les autres risquaient de l'imiter.

Aussi, ce sont des inconnus qui ont lacé leurs chaussures, mouché leur nez et noué des étiquettes avec leur nom autour de leur cou. Nous les avons boutonnés et nous avons joué avec eux jusqu'à l'arrivée des bus.

Je m'occupais d'un groupe de petits qui essayaient de se toucher le bout du nez avec la langue, et Elizabeth apprenait au sien à mentir en gardant un visage sérieux – je ne me souviens plus du nom du jeu – quand Adelaide Addison est arrivée avec son air de biche larmoyante dépourvue du moindre bon sens.

Elle a réuni ses enfants en cercle et elle a entonné *Pour les âmes en péril sur la mer* par-dessus leurs petites têtes. Seulement, les « préserver des orages » ne lui suffisait pas, que non ! Dieu devait également les protéger des bombardements.

Ensuite, elle a ordonné à ces pauvres petits êtres de prier, chaque soir, pour leurs parents – qui sait le sort que leur réservaient les soldats allemands ? Puis elle leur a demandé d'être de gentils petits garçons et de gentilles petites filles, afin que – s'ils venaient à mourir – Maman et Papa puissent les regarder du Paradis et SE SENTIR FIERS D'EUX.

Croyez-moi, Juliet, elle a tiré à ces enfants toutes les larmes qu'ils avaient en eux. J'étais trop choquée pour réagir, mais pas Elizabeth. Vive comme un lièvre, elle a saisi Adelaide par le bras en lui enjoignant de LA FERMER.

Adelaide a hurlé : « Lâchez-moi ! Je leur transmets la Parole de Dieu ! »

Avec une expression qui aurait pétrifié le démon lui-même, Elizabeth lui a envoyé une gifle si retentissante que sa tête a rebondi sur ses épaules. Puis elle l'a traînée jusqu'à la porte, l'a poussée dehors et a fermé à clef derrière elle. Cette bonne vieille Adelaide s'est mise à tambouriner à la porte dans l'indifférence générale. Non, je mens : cette idiote de Daphné Post a essayé de lui ouvrir, mais je l'ai attrapée par la peau du cou pour l'en empêcher.

Je crois que le spectacle d'une bonne bagarre a requinqué les bébés terrifiés, parce qu'ils ont aussitôt cessé de pleurer. Les bus sont arrivés et nous les avons tous fait monter dedans. Elizabeth et moi, nous sommes restées là, sur la route, à faire des signes aux autobus jusqu'à ce qu'ils disparaissent au loin.

J'espère ne jamais avoir à revivre un jour comme celui-ci, même avec la gifle à Adelaide. Tous ces petits abandonnés au vaste monde – j'étais contente de ne pas être mère.

Merci pour l'histoire de votre vie. Vous avez traversé des moments si tristes avec votre maman, votre papa et votre maison au bord de la rivière, de cela je suis vraiment désolée. Mais je suis contente que vous ayez des amis qui vous sont chers, comme Sophie, sa maman et Sidney. Pour ce qui est de Sidney, il m'a l'air d'un homme très bien, quoique autoritaire. Un défaut commun chez les hommes.

Clovis Fossey souhaiterait que vous nous envoyiez une copie de votre essai primé sur les poulets. Il pense que ce serait une bonne chose de le lire à voix haute lors d'une réunion. Et nous pourrions le garder dans nos archives, si nous décidions un jour d'en avoir.

Ayant fait une chute du toit d'un poulailler parce que des poulets m'avaient prise en chasse, j'aimerais également le lire. C'était si effrayant de me trouver face à ces becs acérés et cette rangée de petits yeux ! Les gens ignorent que les poulets peuvent les attaquer, c'est pourtant un fait avéré. Ils peuvent se révéler aussi féroces que des chiens enragés. Je n'avais pas de poules avant. J'ai dû m'en procurer pendant la guerre, mais je n'ai jamais été à l'aise en leur compagnie. Je préfère qu'Ariel me botte le train – c'est franc et direct, pas comme ces poulets sournois qui vous piquent en traître.

J'aimerais beaucoup que vous nous rendiez visite. Tout comme Eben, Amelia et Dawsey. Et Eli, aussi. Kit n'est pas aussi affirmative, mais que cela ne vous arrête pas. Elle changera sans doute d'avis. Votre article paraîtra bientôt, alors vous pourriez venir vous reposer. Votre séjour chez nous vous inspirera peut-être une histoire à raconter.

Votre amie,
Isola

# De Dawsey à Juliet

*26 avril 1946*

Chère Juliet,

Mon activité temporaire à la carrière a pris fin, et Kit passe quelque temps chez moi. Elle est assise sous la table sur laquelle je suis en train d'écrire, et elle chuchote. Quand je lui ai demandé ce qu'elle chuchotait, elle s'est tue un long moment, puis elle a recommencé. J'ai cru reconnaître mon nom au milieu des chuchotements inintelligibles. C'est ce que les généraux appellent la guerre des nerfs, et je sais qui va la gagner.

Physiquement, Kit ne ressemble pas tellement à Elizabeth. Elle a juste ses yeux gris, et la même expression quand elle est très concentrée. Mais elle a le même caractère que sa mère. Elle est tenace. Elle l'était déjà tout bébé. Elle hurlait à faire trembler les vitres. Et quand elle serrait mon doigt dans sa petite main, il devenait tout blanc. J'ignorais tout des enfants avant qu'Elizabeth me donne des leçons. Elle disait que mon destin était d'être père et qu'elle se sentait la responsabilité de veiller à ce que j'en sache davantage que la plupart des hommes. Christian lui manquait, pas seulement pour elle, pour Kit aussi.

La petite sait que son père est mort. C'est Amelia et moi qui le lui avons annoncé. Nous ne savions pas quoi lui dire pour Elizabeth. Nous avons fini par lui expliquer qu'elle avait été envoyée loin d'ici et que nous espérions tous qu'elle reviendrait très bientôt. Elle nous a regardés un moment, puis elle est allée s'asseoir dans la grange et elle n'a plus posé de questions. J'ignore si nous avons bien fait.

Certains jours, je souhaite si fort le retour d'Elizabeth que cela me vide de toute énergie. Nous avons appris que Sir Ambrose Ivers a été tué lors d'un des derniers raids aériens sur Londres, et comme il a légué sa propriété à Elizabeth, ses avocats se sont lancés à sa recherche. Ils ont sûrement de meilleurs moyens d'investigation que nous, alors j'espère que Mr. Dilwyn nous apportera bientôt de ses nouvelles – ou Elizabeth en personne. Quelle bénédiction ce serait pour Kit et pour nous tous.

Le Cercle organise une sortie samedi. Nous allons assister à une représentation de *Jules César* donnée par une troupe de théâtre amateur de Guernesey. John Booker va jouer Marc Antoine et Clovis Fossey, César. Isola a fait réciter son texte à Clovis, elle dit que nous allons être impressionnés par sa prestation, surtout lorsqu'il chuchote : « Tu me reverras à Philippes » en disparaissant. Sa manière de prononcer ces mots l'a tenue éveillée pendant trois nuits, a-t-elle prétendu. Isola exagère, mais juste ce qu'il faut pour nous amuser.

Kit ne murmure plus. Je viens de jeter un coup d'œil sous la table. Elle s'est endormie. Il est plus tard que je ne le pensais.

Bien à vous,
Dawsey

# De Mark à Juliet

*30 avril 1946*

Chérie,

Je viens juste de rentrer. Ce voyage aurait pu m'être épargné si Hendry m'avait téléphoné. Enfin, j'ai cogné quelques têtes les unes contre les autres et la cargaison a pu passer les douanes. J'ai l'impression d'avoir été absent plusieurs années. On peut se voir ce soir ? Il faut que je te parle.

Je t'embrasse,
M.

## De Juliet à Mark,

Bien sûr. Tu veux venir ici ? J'ai une saucisse.

Juliet

# De Mark à Juliet

Une saucisse, comme c'est appétissant.
Suzette à huit heures ?

Baisers,
M.

## De Juliet à Mark

Dis « s'il te plaît ».
J.

# De Mark à Juliet

« Il me plaît » de te voir chez Suzette à huit heures.

T'embrasse,
M.

# De Juliet à Mark

Cher Mark,

Je n'ai pas dit non. J'ai dit que je voulais y réfléchir. Tu étais tellement occupé à pester contre Sidney et Guernesey que j'ai l'impression que tu n'as pas remarqué : j'ai dit que j'avais besoin de temps, c'est tout. Je ne te connais que depuis deux mois. Il est trop tôt pour savoir si nous sommes faits pour passer le reste de notre existence ensemble – même si tu es persuadé du contraire. J'ai déjà commis l'erreur de vouloir épouser un homme que je connaissais à peine (peut-être l'as-tu lu dans les journaux). À l'époque, j'avais au moins la circonstance atténuante de la guerre. Il n'est pas question que je refasse la même bêtise.

Réfléchis : je n'ai jamais vu ta maison, je ne sais même pas où tu habites. À New York, certes, mais dans quelle rue ? De quelle couleur sont tes murs ? ton canapé ? Classes-tu tes livres dans l'ordre alphabétique ? (J'espère que non.) Tes tiroirs sont-ils rangés ou en désordre ? T'arrive-t-il de chantonner – si oui, quoi ? Préfères-tu les chats ou les chiens ? les poissons ? Que diable prends-tu au petit déjeuner ? As-tu une cuisinière ?

Tu vois ? Je ne te connais pas assez pour t'épouser.

Et, au cas où ça t'intéresserait : Sidney n'est pas ton rival. Je ne suis pas amoureuse de lui, et je ne

l'ai jamais été. Pas plus que lui de moi. Je ne l'épou-
serai jamais. Est-ce assez univoque pour toi ?

Es-tu absolument certain de ne pas vouloir te
marier avec une femme plus malléable que moi ?

Juliet

# De Juliet à Sophie

Très chère Sophie,

J'aimerais tant que tu sois ici. Je voudrais que nous habitions toujours ensemble, dans notre adorable studio, que nous soyons toujours employées par ce cher Mr. Hawke, et que nous dînions de biscuits salés et de fromage tous les soirs. J'ai tellement besoin de te parler. Je voudrais que tu me dises si je dois ou non épouser Mark Reynolds.

Il m'a fait sa demande hier soir. Je n'ai pas eu droit au genou à terre, mais à un diamant gros comme un œuf de pigeon et à un restaurant français des plus romantiques. Remarque, il se peut qu'il ne veuille déjà plus m'épouser à l'heure qu'il est. Il est furieux. Il s'attendait à un oui clair et net. J'ai essayé de lui expliquer que je ne le connaissais pas assez, que j'avais besoin de temps pour réfléchir, mais il n'a rien voulu entendre. Il est persuadé que je l'ai rejeté parce que je nourris une passion secrète pour un autre homme. Pour Sidney ! Ils sont vraiment obsédés l'un par l'autre, ces deux-là.

Dieu merci, nous étions dans son appartement quand il s'est mis à pester contre Sidney, les îles du bout du monde et les femmes qui s'intéressent davantage à un tas d'étrangers qu'aux hommes qu'elles ont devant elles. J'ai défendu mes positions, il a continué à gronder, et j'ai fini par verser des larmes de frustration. Là, il a ressenti quelques remords. Cela lui ressemble si peu que j'en ai été tout attendrie. J'ai même failli changer d'avis et accepter de l'épouser. C'est alors que je me suis représenté une vie passée à sangloter pour obtenir un peu de gentillesse, et le non a repris le dessus. Nous avons discuté, il m'a sermonnée, j'ai encore sangloté – d'épuisement, cette fois –, et il a fini par appeler son chauffeur pour qu'il me reconduise chez moi. Il m'a mise dans la voiture, il s'est penché pour m'embrasser, et il m'a dit : « Tu es une idiote, Juliet. »

Il a peut-être raison. Tu te souviens de ces épouvantables romans de Cheslayne Fair, que nous avons dévorés l'été de nos treize ans ? J'adorais *Le Maître de Blackhead*. J'ai dû le lire une vingtaine fois (et je sais que toi aussi, inutile de prétendre le contraire). Tu te souviens de Ransom, qui refoulait si virilement ses sentiments pour la tendre Eulalie, afin de ne pas influencer son choix ? Et elle, qui ignorait qu'elle était folle de lui depuis l'âge de douze ans, quand il l'avait aidée à se relever d'une chute de cheval ? Eh bien, Mark Reynolds ressemble trait pour trait à Ransom, Sophie. Il est grand, séduisant, il a la mâchoire taillée à la serpe et un sourire en coin. Il fend la foule en jouant des épaules, indifférent aux regards qu'il attire. Il est impatient, il possède un charme magnétique, et, quand je vais me repoudrer le nez, je surprends des femmes en train de parler de lui – comme Eulalie au musée. Tout le monde le remarque. Il n'y est pour rien, c'est ainsi.

Ransom me faisait fondre. Et Mark aussi, parfois. Mais je n'arrête pas de me répéter que je ne suis pas Eulalie. J'adorerais être ramassée par Mark, si je tombais de cheval ; seulement, il y a peu de chances que cela m'arrive de sitôt. Ce qui risque d'arriver, par contre, c'est que je parte pour Guernesey et que je me mette à écrire un livre sur l'Occupation, or Mark ne supporte pas cette idée. Il veut que je reste à Londres, que je l'accompagne au restaurant et au théâtre, et que je l'épouse bien sagement.

Écris-moi. Dis-moi ce que je dois faire.

Je t'embrasse, ainsi que Dominic et Alexander,
Juliet

# De Juliet à Sidney

*3 mai 1946*

Cher Sidney,

Je ne suis peut-être pas aussi désespérée que Stephens & Stark sans toi, mais tu me manques beaucoup. J'ai besoin de tes conseils. Réponds-moi toutes affaires cessantes, s'il te plaît.

J'ai envie de quitter un peu Londres. J'ai envie d'aller à Guernesey. Tu sais que je me suis beaucoup attachée à mes nouveaux amis, et que je suis fascinée par leur quotidien, sous l'Occupation et depuis le départ des Allemands. Je me suis rendue au comité des réfugiés des îles Anglo-Normandes et j'ai épluché leurs archives. J'ai lu des rapports de la Croix-Rouge et tout ce que j'ai pu trouver (pas grand-chose) sur les travailleurs de l'organisation Todt. J'ai interrogé des soldats qui ont participé à la libération de Guernesey et les ingénieurs qui ont débarrassé ses plages des milliers de mines posées par les Allemands. J'ai lu tous les rapports gouvernementaux « non classés » sur l'état de santé des insulaires, leur état psychologique et l'état de leur garde-manger. Cela reste insuffisant. Il me faut des témoignages directs. Or je n'en trouverai pas dans une bibliothèque.

Un exemple : hier j'ai lu un article datant de la Libération, dans lequel un journaliste se moquait de la réponse d'un insulaire à qui il avait demandé : « Quelle a été votre expérience la plus difficile durant l'Occupation allemande ? » Pour moi, il n'y

avait rien de drôle dans sa réponse. Écoute plutôt :
« Ils nous ont pris tous nos postes de radio portatifs,
vous savez. Si vous vous faisiez prendre avec une
radio dissimulée, ils vous envoyaient en prison sur
le continent. Certains d'entre nous avaient néanmoins pris le risque. Et ils avaient entendu dire que
les Alliés allaient débarquer en Normandie. Vous
imaginez, nous n'étions pas censés le savoir ! La
chose la plus difficile que j'aie eu à faire pendant
l'Occupation, c'était de marcher dans les rues de
St. Peter Port, le 7 juin, sans avoir l'air joyeux, sans
rire ni sourire, sans rien faire qui puisse avertir les
Allemands que je SAVAIS que leur fin était proche.
S'ils nous avaient démasqués, ils se seraient
défoulés sur l'un de nous. C'était terriblement difficile de faire semblant d'ignorer que le JOUR J
était enfin arrivé. »

Je veux parler avec des gens comme lui (quoiqu'il en ait sûrement soupé des journalistes et écrivains). En apprendre davantage sur leur guerre à
eux. Parce que c'est ce que j'aurais aimé lire, à la
place des statistiques sur les réserves de grain. Je ne
sais pas encore la forme que prendra ce livre, ni
même si je suis capable de l'écrire. Il faut que j'aille
à St. Peter Port pour le découvrir.

Ai-je ta bénédiction ?

Je vous embrasse, toi et Piers,
Juliet

# Câble de Sidney à Juliet

*10 mai 1946*

CI-JOINT MA BÉNÉDICTION ! GUERNESEY EST UNE MERVEILLEUSE IDÉE, POUR TOI COMME POUR UN LIVRE. MAIS AS-TU L'AUTORISATION DE REYNOLDS ?
T'EMBRASSE, SIDNEY

# Câble de Juliet à Sidney

*11 mai 1946*

BÉNÉDICTION REÇUE. MARK REYNOLDS
N'EST PAS EN POSITION D'AUTORISER OU
D'INTERDIRE.
T'EMBRASSE, JULIET

# D'Amelia à Juliet

Très chère,

J'ai reçu votre télégramme hier. Quel plaisir d'apprendre que vous allez nous rendre visite !

J'ai suivi vos instructions et répandu la nouvelle immédiatement – elle a soulevé un tourbillon d'enthousiasme. Les membres du Cercle ont immédiatement offert de vous fournir tout ce dont vous pourriez avoir besoin : lit, conseils, introductions, lot de pinces à linge électriques. Isola est folle de joie. Elle s'est déjà mise en frais pour vous aider dans vos travaux de recherche. Je l'ai prévenue que ce n'était encore pour vous qu'un vague projet, mais elle est têtue comme une mule. Elle a demandé (usant peut-être de la menace) à toutes ses connaissances du marché de vous écrire sur l'Occupation. De votre côté, il faudra que vous persuadiez votre éditeur que le sujet mérite qu'on y consacre un livre. Ne soyez pas étonnée si vous êtes inondée de courrier dans les semaines à venir.

Isola s'est également rendue à la banque de Mr. Dilwyn, cet après-midi, pour savoir s'il accepterait de vous louer le cottage d'Elizabeth, pour la durée de votre séjour. C'est une maison adorable. Elle se trouve au milieu d'une prairie, juste devant le manoir. Elle est petite et facile à entretenir. Elizabeth y a emménagé quand les officiers allemands ont confisqué la grande maison pour leur usage personnel. Vous vous y sentirez bien. Isola a assuré

Mr. Dilwyn qu'il n'aura qu'à rédiger un contrat de location à votre nom. Elle s'occupera de tout le reste : aérer les chambres, laver les rideaux, battre les tapis et tuer les araignées.

J'espère que vous ne vous sentirez pas embarrassée par toutes ces dispositions, Mr. Dilwyn avait déjà décidé de faire évaluer la propriété prochainement, dans le but de la louer. Les avocats de sir Ambrose ont commencé à rechercher Elizabeth. Ils n'ont trouvé aucune trace de son arrivée en Allemagne. Tout ce qu'ils savent, c'est qu'on l'a mise dans un train en partance pour la France, dont la destination finale était Francfort. Ils vont poursuivre leur enquête. Je prie pour qu'elle nous mène à Elizabeth. En attendant, Mr. Dilwyn va mettre la grande maison que lui a léguée sir Ambrose en location, ce qui fournira un revenu à Kit.

Parfois, je me demande si nous ne sommes pas moralement tenus de rechercher les parents allemands de la petite. Je ne me résous pas à le faire. Christian était un être d'une rare bonté qui détestait l'Allemagne nazie. Il n'en va pas de même pour les nombreux Allemands qui ont cru au Reich de mille ans. Et même si nous retrouvions sa famille, comment pourrions-nous envoyer notre Kit dans un pays dévasté qui lui est totalement étranger ? Nous sommes la seule famille qu'elle ait jamais connue.

Quand le bébé est né, Elizabeth n'a pas déclaré le nom de son père aux autorités. Non par honte, mais parce qu'elle craignait qu'on ne le lui enlève pour qu'il soit élevé en Allemagne. D'affreuses rumeurs circulaient sur ce sujet. Je me demande si la double nationalité de Kit aurait sauvé Elizabeth, si elle l'avait révélée lors de son arrestation. Mais elle s'est tue, alors ce n'était pas à moi de parler.

Pardonnez-moi de vous ouvrir ainsi mon cœur. Ces inquiétudes me taraudent, cela me soulage de les coucher sur le papier. Mais revenons-en à des sujets plus réjouissants. La réunion du Cercle d'hier soir, par exemple.

Quand les remous soulevés par la nouvelle de votre arrivée se sont apaisés, nous avons lu votre article sur la lecture paru dans le *Times*. Tout le monde l'a beaucoup aimé – non seulement parce qu'il parle de nous, mais aussi parce que vous nous offrez un nouvel éclairage sur nos propres lectures. Le docteur Stubbins a déclaré que, grâce à vous, la distraction n'était plus un vilain défaut mais une qualité. Cet article est un régal, et nous sommes fiers d'être cités dedans.

Will Thisbee veut que nous vous organisions une soirée de bienvenue. Il préparera une tourte aux épluchures de patates et envisage de réaliser un glaçage avec du marshmallow fondu et du cacao. Il comptait nous apporter un dessert surprise, hier soir. Par chance, ses cerises flambées sont restées collées à la casserole. J'espère que Will abandonnera bientôt la cuisine pour se remettre à la quincaillerie.

Nous sommes tous impatients de vous accueillir. Vous dites qu'il vous reste plusieurs articles à écrire avant de pouvoir quitter Londres. Nous serons ravis de vous voir dès que vous serez libre. Informez-nous juste de la date et de l'heure de votre arrivée. Vous voyagerez sans doute plus confortablement en avion que si vous prenez la navette postale (Clovis Fossey me charge de vous dire que les hôtesses de

l'air offrent du gin aux passagers – le bateau vous
en priverait). Quant à moi, je choisirais plutôt la
navette qui part de Weymouth dans l'après-midi (à
moins que vous n'ayez le mal de mer). La vue sur
Guernesey est sans égale lorsqu'on l'approche par
la mer, que ce soit au coucher du soleil ou quand
elle est menacée de nuages noirs bordés d'or, et
même lorsqu'elle émerge à peine du brouillard.
C'est ainsi que je l'ai découverte, jeune mariée.

Avec toute ma tendresse,
Amelia

# De Isola à Juliet

*14 mai 1946*

Chère Juliet,

Je prépare votre cottage pour votre arrivée. J'ai demandé à plusieurs amis du marché de vous écrire pour vous parler de leur vie pendant l'Occupation. J'espère qu'ils le feront. Si un certain Mr. Tatun vous demande de l'argent en échange de ses souvenirs, ne lui donnez pas un penny. C'est un fieffé menteur.

Voulez-vous que je vous raconte ma première rencontre avec les Allemands ? J'userai d'épithètes pour rendre mon récit plus vivant – même s'il n'est pas dans mes habitudes de tourner autour du pot.

Guernesey paraissait calme ce mardi-là. Mais nous savions qu'ils étaient ici ! Des avions et des bateaux transportant des soldats étaient arrivés la veille. D'immenses chasseurs Junker avaient secoué l'île, déposant des hommes et repartant aussitôt. Avec du recul et un peu plus de légèreté, je dirais qu'ils avaient l'air de faire du rase-mottes au-dessus de Guernesey pour effrayer nos vaches.

Elizabeth était chez moi, mais nous n'avions pas le cœur à préparer mon tonique pour les cheveux avec les achillées millefeuilles que je venais de récolter. Nous nous traînions dans la maison, telles deux goules. Elizabeth a fini par lancer :

« Allez viens, je ne veux pas rester assise à attendre qu'ils frappent à la porte. Je préfère aller au-devant de mon ennemi.

— Et tu feras quoi quand tu l'auras trouvé ? ai-je demandé, un brin perfide.

— Je l'observerai. Ce sont eux les animaux en cage, pas nous. Ils sont coincés sur cette île avec nous, au même titre que nous sommes coincés avec eux. Viens, allons les étudier. »

L'idée me plaisait. Nous avons mis nos chapeaux et nous sommes sorties. Vous ne croirez jamais ce que nous avons découvert à St. Peter Port.

Des centaines et des centaines de soldats allemands en train de faire des COURSES ! Ils se promenaient, bras dessus, bras dessous, dans Fountain Street, souriant, riant, s'interpellant les uns les autres, léchant les vitrines ou ressortant des magasins les bras chargés de paquets. L'esplanade nord était elle aussi noire de soldats qui se promenaient, levant parfois la main à leur casquette et s'inclinant poliment sur notre passage. Un homme m'a lancé : « Votre île est magnifique. Nous devons bientôt repartir pour nous battre à Londres... mais c'est si bon de prendre quelques vacances au soleil. »

Nous avons croisé un autre pauvre idiot qui se croyait à Brighton. Ils achetaient des esquimaux aux nuées d'enfants qui les suivaient, tout joyeux. Ils semblaient vraiment passer un bon moment. Sans leurs uniformes verts, on aurait cru que la navette touristique de Weymouth venait d'accoster !

Nous avons pris le chemin des jardins de Candie, et tout a changé. Nous sommes passées du carnaval au cauchemar. Nous les avons entendus avant de les voir. Un lourd martèlement rythmé de bottes sur les pavés. Soudain, une troupe défilant au pas de l'oie est apparue au bout de la rue. Leurs boutons, leurs bottes, leurs chapeaux en forme de seau à charbon, tout étincelait chez ces soldats-là. Ils ne voyaient rien ni personne, ils regardaient droit devant eux. Leurs yeux étaient encore plus effrayants que les fusils qui se balançaient sur leur épaule, et que les poignards et les grenades coincés dans leurs bottes.

Mr. Ferre, qui marchait derrière nous, a attrapé mon bras. Il s'est battu dans la Somme. Des larmes roulaient sur ses joues. « Comment peuvent-ils recommencer, après ça ? On les a battus, et les revoilà. Comment a-t-on pu les laisser recommencer ? disait-il, me tordant le bras sans s'en rendre compte. – J'en ai assez vu. J'ai besoin d'un verre », a déclaré Elizabeth.

J'avais tout ce qu'il nous fallait dans mon placard, alors nous sommes retournées chez moi.

Je m'arrête ici, mais je sais que nous nous verrons bientôt, et cela me remplit de joie. Nous viendrons vous chercher au port. Oh ! j'y pense ! Comment vous reconnaîtrons-nous ? Il risque d'y avoir une vingtaine d'autres passagers sur la navette postale, et cette petite photo sur votre livre est plutôt floue. Je n'ai pas envie d'embrasser la mauvaise personne. Et si vous mettiez un grand chapeau rouge à voilette et arriviez avec un bouquet de lis dans les mains ?


Votre amie,
Isola

# D'un ami des bêtes à Juliet

*Mercredi soir*

Chère Miss,

Je suis membre du Cercle des amateurs de littérature et de tourte aux épluchures de patates de Guernesey. Je ne vous ai pas écrit pour vous parler de mes lectures car je n'ai lu que deux livres. Des contes pour enfants sur des chiens loyaux et braves. Isola m'a informé de votre visite et m'a dit que vous alliez peut-être écrire un livre sur l'Occupation. Aussi, je pense qu'il faut que vous sachiez ce que les États ont fait aux animaux. Notre propre gouvernement, pas ces sales Allemands ! D'autres auraient honte d'en parler, mais pas moi.

Je m'intéresse peu aux gens. J'ai toujours été ainsi, et je ne changerai pas. J'ai mes raisons. Je n'ai jamais rencontré d'homme ne serait-ce qu'à moitié aussi sincère qu'un chien. Traitez dignement un chien, et il se montrera digne de vous, vous tiendra compagnie, sera un ami dévoué, et ne vous posera jamais de questions. Les chats sont différents, mais je ne leur en tiens pas rigueur.

Je veux que vous sachiez ce que de nombreux habitants de Guernesey ont fait à leurs animaux de compagnie en découvrant que les Allemands risquaient d'arriver. Des milliers de propriétaires de chiens et de chats ont fui vers l'Angleterre ; ils ont sauté sur un bateau, abandonnant les pauvres bêtes, qui se sont retrouvées à errer dans les rues, affamées et assoiffées. Les porcs !

J'ai recueilli autant d'animaux que j'ai pu, mais ça n'a pas suffi. Les États ont décidé de prendre le problème à bras-le-corps, et le pire est arrivé. Ils ont publié un avis dans le journal, informant la population qu'en raison de la guerre nous risquions bientôt de manquer de vivres et pour nous-mêmes, et pour nos bêtes. Ils nous autorisaient à conserver un animal de compagnie, mais les autres devaient être livrés aux États et piqués. Des chats et des chiens errants seraient un danger pour nos enfants, prétendaient-ils.

Et ils ont mis ce plan à exécution. Ils ont rassemblé tous les animaux dans des camions, et ils les ont conduits au refuge de St. Andrews où des infirmières et des médecins les ont piqués. Les camions arrivaient à la queue leu leu, sans discontinuer.

J'ai tout vu. Le ramassage, le déchargement, les inhumations.

J'ai même vu une infirmière sortir du refuge pour prendre une grande goulée d'air frais. Elle avait elle-même l'air mourante. Elle a fumé une cigarette et elle est retournée assister à la tuerie. Il leur a fallu deux jours pour se débarrasser de toutes les bêtes.

Je n'ai rien à ajouter. Parlez-en dans votre livre.

Un ami des bêtes

# De Sally Ann Frobisher à Juliet

*15 mai 1946*

Chère Miss Ashton,

Miss Pribby m'a informée de votre venue à Guernesey pour enquêter sur la guerre. J'espère que nous nous rencontrerons à cette occasion, mais je vous écris néanmoins parce que j'aime écrire des lettres. J'aime écrire tout court, en fait.

J'ai pensé que savoir la manière dont j'ai été humiliée en 1943, à l'âge de douze ans, quand j'avais la gale, vous intéresserait.

Nous n'avions pas assez de savon. Ni pour nous laver, ni pour laver nos vêtements, ni pour laver nos maisons. Tout le monde était atteint d'une quelconque maladie de peau – pelade, pustules, etc. Certains avaient des poux. Pour ma part, j'avais la gale. Des croûtes recouvraient le sommet du crâne, sous mes cheveux. Ça ne voulait pas partir.

Finalement, le docteur Ormond m'a dit d'aller à l'hôpital pour me faire raser la tête et enlever les croûtes, afin que le pus puisse s'écouler. J'espère que vous ne connaîtrez jamais la honte d'avoir le crâne purulent. J'avais envie de mourir.

C'est à cette occasion que j'ai rencontré mon amie Elizabeth McKenna. Elle aidait les sœurs de mon étage. Les religieuses se montraient toujours gentilles, mais Miss McKenna était drôle en plus d'être gentille. C'est sa drôlerie qui m'a aidée à traverser ces heures noires. Elle est entrée dans ma chambre avec un bassin, une bouteille de Dettol et un scalpel pointu.

« Ça ne va pas faire mal, dites ? Le docteur Ormond m'a promis que ça ne ferait pas mal, ai-je dit en refoulant mes larmes.

— Il t'a menti, a répondu Miss McKenna. Ça va faire un mal de chien. Ne répète pas à ta mère que j'ai dit ça. »

J'ai gloussé et elle a coupé la première croûte sans me laisser le temps d'avoir peur. Ça faisait mal, mais pas un mal de chien. On a joué à un jeu pendant qu'elle coupait le reste des croûtes. On criait les noms de toutes les femmes de l'histoire à avoir ressenti la brûlure d'une lame. « Mary, reine d'Écosse, *schlic, schlac !* » « Anne Boleyn, *schlac !* » « Marie-Antoinette, *schlac !* » Et c'était terminé.

C'était douloureux, mais très amusant aussi, à cause du jeu.

Ensuite Miss McKenna a tamponné mon crâne chauve de Dettol. Plus tard, ce soir-là, elle est revenue avec une écharpe en soie et elle m'a dit de l'enrouler autour de ma tête, comme un turban. « Et voilà ! » s'est-elle exclamée en me tendant un miroir. Je me suis regardée. Son écharpe était jolie, mais mon nez paraissait toujours aussi disproportionné au milieu de mon visage. Je doutais d'être jamais jolie. J'ai demandé son avis à Miss McKenna.

Quand j'avais posé cette question à ma mère, elle avait répondu qu'elle n'avait pas de temps à perdre avec ces idioties, et que la beauté était superficielle. Mais Miss McKenna m'a observée un moment, puis elle a dit : « Il va falloir que tu attendes encore un petit peu, Sally ; mais tu vas devenir époustouflante. Continue à te regarder dans le miroir, et tu verras. Ce sont les angles qui comptent, et tu en as à la pelle. Avec ce nez élégant, tu deviendras la nouvelle Nefertiti. Tu ferais bien de t'entraîner à avoir l'air impérial. »

Mrs. Maugery est venue me voir, elle aussi. Je lui ai demandé qui était Nefertiti, et si elle était morte. J'avais l'impression que oui, à cause du nom. Mrs. Maugery m'a répondu que oui, mais que, d'une certaine manière, elle était immortelle. Elle est revenue un autre jour avec un portrait de Nefertiti pour moi. Comme je ne savais pas ce qu'était « avoir l'air impérial », j'ai essayé d'imiter son expression. J'ai toujours du mal à accepter mon nez, mais ça va s'arranger, c'est Miss McKenna qui l'a dit.

J'ai encore une histoire triste à vous raconter : celle de ma tante Letty. Elle possédait une grande maison lugubre en haut des falaises, près de La Fontenelle. Les Allemands ont jugé qu'elle était dans la trajectoire de leurs armes lourdes et gênait leurs tirs d'entraînement. Alors ils l'ont bombardée. Tante Letty vit avec nous, maintenant.

Sincèrement,
Sally Ann Frobisher

# De Micah Daniels à Juliet

*15 mai 1946*

Chère Miss Ashton,

Isola m'a donné votre adresse parce qu'elle est persuadée que vous aimeriez voir ma liste.

Si vous deviez m'emmener à Paris, aujourd'hui, et me déposer dans un bon restaurant français, avec des nappes en dentelle blanche, des bougies aux murs et des couverts en argent tout autour des assiettes, eh bien, je vous dirais que tout cela n'est rien, absolument rien, comparé à ma caisse du *Vega*.

Au cas où vous ne sauriez pas de quoi il s'agit : le *Vega* est le premier navire de la Croix-Rouge à avoir accosté à Guernesey. C'était le 27 décembre 1944. Il contenait des vivres pour nous tous. Il y a eu cinq autres bateaux après celui-là. Sans eux, nous n'aurions pas pu nous maintenir en vie jusqu'à la fin de la guerre.

Oui, je dis bien nous *maintenir* en vie ! Cela faisait des années que nous n'avions pas vu de telles denrées. En dehors des bandits du marché noir, personne n'avait plus le moindre grain de sucre. Nos réserves en farine étaient épuisées depuis le 1er décembre 1944. Les Allemands étaient aussi affamés que nous. Il fallait les voir avec leurs ventres gonflés, sans rien à manger pour se réchauffer le corps.

J'étais si fatigué des patates bouillies et des navets que je n'aurais pas tardé à m'allonger et à

230

me laisser mourir si le *Vega* n'était pas venu à notre secours.

Mr. Churchill refusait d'autoriser les navires de la Croix-Rouge à nous apporter des vivres, parce qu'il craignait que les Allemands ne se nourrissent avec. Ça peut vous paraître futé comme plan, d'affamer les méchants ! Mais pas à moi. Tout ce que ça me dit, c'est qu'il se foutait qu'on meure tous avec eux.

Et puis, un jour qu'il était mieux luné, il a décidé qu'on pouvait manger. Et au mois de décembre 1944, il a dit à la Croix-Rouge : « Bon, d'accord, allez-y, nourrissez-les. »

Les cales du *Vega* contenaient DEUX CAISSES de vivres pour chaque homme, chaque femme et chaque enfant de Guernesey, Miss Ashton ! Et il y avait d'autres trucs aussi : des clous, des graines à semer, des bougies, de l'huile, des allumettes, des vêtements et des chaussures. Et même un peu de layette pour les nouveau-nés.

Il y avait de la farine et du tabac – Moïse a beau nous rebattre les oreilles de sa manne, il n'a jamais rien vu de tel ! Je vais vous dire tout ce qu'il y avait dans mon carton. J'ai tout noté, pour que ça demeure gravé dans ma mémoire.

| | |
|---|---|
| 200 g de chocolat | 600 g de biscuits |
| 100 g de thé | 600 g de beurre |
| 200 g de sucre | 350 g de porc en conserve |
| 60 g de lait en boîte | 80 g de raisins secs |
| 400 g de marmelade | 300 g de saumon |
| 200 g de prunes | 30 g de poivre |
| 30 g de sel | Un pain de savon |

J'ai donné mes prunes – des prunes, vous imaginez ! À ma mort, je veux léguer tout mon argent à la Croix-Rouge. Je leur ai écrit pour les prévenir.

Mais j'aimerais vous dire autre chose. Les Allemands sont ce qu'ils sont, mais il faut rendre à César ce qui lui appartient. Ils ont déchargé toutes les caisses du *Vega* et n'ont rien gardé pour eux. Leur commandant les avait prévenus : « Ces vivres sont pour les habitants de l'île, pas pour vous. Volez-en ne serait-ce qu'un gramme et je vous ferai fusiller. » Ensuite, il leur a donné une cuillère à chacun : ils avaient le droit de ramasser et de manger tout ce qui tomberait des paquets percés.

Ils faisaient vraiment peine à voir, ces soldats. Ils volaient dans nos jardins, frappaient à nos portes pour demander des restes. Une fois, j'ai vu l'un d'eux attraper un chat, l'envoyer la tête la première contre un mur, le découper et le cacher dans sa veste. Je l'ai suivi jusqu'à un champ, où il a dépecé l'animal, puis l'a fait bouillir dans sa gamelle et l'a mangé.

Un bien triste spectacle. Ça m'a soulevé le cœur, et en même temps je me suis dit : « Voilà le IIIe Reich d'Hitler qui dîne dehors. » J'ai honte de l'avouer à présent, mais j'ai été pris d'un fou rire à me tenir les côtes.

C'est tout ce que j'avais à dire. Je vous souhaite bonne chance pour votre livre.

Sincèrement,
Micah Daniels

# De John Booker à Juliet

*16 mai 1946*

Chère Miss Ashton,

Amelia nous a dit que vous comptiez venir à Guernesey pour réunir des histoires vécues et les mettre dans votre livre. Ce sera une joie pour moi de vous accueillir, mais je ne crois pas pouvoir vous raconter mon histoire, car je me mets à trembler de tous mes membres chaque fois que j'en parle. Je préfère vous l'écrire, ainsi vous n'aurez peut-être pas besoin de l'entendre de ma bouche. Ça n'a rien à voir avec Guernesey, de toute façon. Ça s'est passé ailleurs. Dans le camp de concentration de Neuengamme, en Allemagne.

Vous vous souvenez que je me suis fait passer pour lord Tobias pendant trois ans ? La fille de Peter Jenkins, Lisa, sortait avec des soldats allemands. N'importe quel soldat, pourvu qu'il lui offre des bas ou du rouge à lèvres. C'était avant qu'elle ne se mette avec le sergent Willy Gurtz. Ce petit avorton cruel. Ces deux-là ensemble étaient d'une méchanceté inimaginable. C'est Lisa qui m'a dénoncé au commandant allemand.

En mars 1944, elle se faisait crêper les cheveux dans un salon de beauté en feuilletant un vieux *Tatler* d'avant la guerre. Arrivée à la page 124, elle est tombée sur une photo couleur montrant lord Tobias Penn-Piers et son épouse, buvant du champagne et mangeant des huîtres lors d'un mariage dans le Sussex. La légende décrivait la robe, les diamants, les escarpins, et le visage de lady Tobias, et vantait la fortune de son mari, propriétaire du domaine La Fort, sur l'île de Guernesey.

Même Lisa – qui était loin d'être une lumière – a tout de suite compris que je ne pouvais pas être lord Tobias Penn-Piers. Elle n'a pas attendu qu'on finisse de la coiffer. Elle est sortie avec ses cheveux dressés sur la tête et a couru montrer la photo à Willy Gurtz qui l'a aussitôt apportée au commandant.

Humiliés d'être passés pour des idiots faisant des courbettes gênées à un domestique, les Allemands ont décidé de me punir sévèrement et m'ont envoyé au camp de Neuengamme.

Je ne pensais pas survivre à la première semaine. Avec d'autres prisonniers, nous devions ramasser les bombes qui n'explosaient pas lors des raids aériens. Un sacré dilemme : courir dans un champ, alors que les bombes pleuvent sur votre tête, ou être tué par un garde pour avoir refusé d'obtempérer. Je filais comme un rat, me couvrant la tête des bras lorsque j'entendais une bombe siffler près de mes oreilles. Je n'en revenais pas d'être encore en vie, après ça. Je me disais : « Eh ben, t'es toujours là. » Je crois que c'était la première chose qui nous venait à l'esprit, chaque matin, à notre réveil. Sauf qu'en réalité nous n'étions *pas* là. Nous n'étions pas morts, mais nous ne vivions pas non plus. Je ne me sentais vivant que quelques minutes par jour : lorsque je m'allongeais sur ma couchette et que j'essayais de penser à des moments joyeux ou à des choses que j'appréciais. Pas à des moments de pur bonheur. C'était trop insupportable. À des choses simples, comme un pique-nique scolaire ou une descente à bicyclette.

J'ai l'impression que ça a duré trente ans, bien que je n'y aie passé qu'un an. Au mois d'avril 1945, le commandant de Neuengamme a envoyé les hommes encore assez valides pour travailler à Belsen. J'en étais. Nous avons roulé pendant plusieurs jours dans un grand camion, sans bâche pour nous abriter, sans nourriture, sans couverture et sans eau. Mais nous étions tout de même contents de ne pas marcher. Les flaques de boue qui jonchaient la route étaient rouges.

J'imagine que vous êtes au courant de ce qu'il s'est passé à Belsen. Sitôt que nous sommes descendus du camion, on nous a tendu des pelles. Nous devions creuser de grandes fosses pour enterrer les morts. Quand ils nous ont fait traverser le camp pour nous montrer l'endroit, j'ai bien cru perdre la raison. Il y avait des morts partout, gisant là où on les avait abattus. Et même les vivants étaient cadavériques. Je me suis demandé pourquoi ils se donnaient la peine de les enterrer. Et puis j'ai compris : les Russes approchaient par l'est, et les Alliés par l'ouest, les Allemands étaient terrifiés de ce qu'il risquait de se produire s'ils découvraient cette scène macabre à leur arrivée.

Ils n'avaient pas le temps de brûler tous les corps dans le crématorium. Voilà pourquoi nous avons dû creuser de longues tranchées et y jeter les morts, un à un. Cela va vous paraître incroyable, mais les SS ont obligé l'orchestre des prisonniers à jouer pendant que nous traînions les cadavres à travers le camp – puissent-ils brûler en enfer au son de polkas hurlantes. Une fois les fosses remplies, les SS ont versé du pétrole sur les corps et y ont mis le feu. Puis ils nous ont ordonné de les recouvrir de terre. Comme si l'on pouvait cacher une telle horreur.

Les Britanniques sont arrivés le lendemain. Dieu, que nous étions heureux de les voir. J'avais encore assez de forces pour marcher. Je suis allé jusqu'à la route, et j'ai vu les chars rouler sur les grilles du camp, j'ai vu le drapeau britannique peint sur leurs flancs. Je me suis tourné vers un homme, assis contre une barrière, non loin, et j'ai crié : « Nous sommes sauvés ! Les Britanniques sont ici ! » C'est alors que j'ai remarqué qu'il était mort. Il n'avait manqué notre libération que de quelques minutes. Je me suis assis dans la boue et j'ai sangloté, comme si c'était mon meilleur ami.

Quand les Tommies sont descendus de leurs chars, ils sanglotaient, eux aussi – même les officiers. Ces braves hommes nous ont nourris, couverts et conduits dans des hôpitaux. Et, Dieu les bénisse, un mois plus tard, ils ont brûlé Belsen jusqu'à la dernière planche.

J'ai lu dans le journal qu'ils ont construit un camp de réfugiés de guerre à la place. J'ai des frissons quand je pense sur quoi ils ont bâti ces nouvelles baraques, même si c'est dans un but louable. Pour moi, cette terre aurait dû demeurer nue à jamais.

Vous savez tout. J'espère que vous comprendrez mon refus d'en parler davantage. Comme le dit Sénèque : « Les petits maux sont loquaces, mais les grandes peines sont muettes. »

Je peux toutefois vous raconter une anecdote dont

vous pourrez vous servir pour votre livre. C'est arrivé à Guernesey, alors que je me faisais encore passer pour sir Tobias. Certains soirs, Elizabeth et moi marchions jusqu'à la pointe de l'île pour regarder voler les bombardiers qui filaient vers l'Angleterre par centaines. C'était terrible de les voir, sachant ce qu'ils s'apprêtaient à faire. La radio allemande avait annoncé que Londres avait été rasée, qu'elle n'était plus qu'un tas de gravats et de cendres. Nous avions du mal à le croire, connaissant la propagande germanique, mais le doute s'était immiscé en nous...

Un soir comme celui-là, nous passions devant la maison McLaren – une belle demeure ancienne réquisitionnée par des officiers –, quand nous avons entendu de la musique classique s'élever d'une fenêtre ouverte. Nous nous sommes arrêtés pour écouter, pensant qu'il s'agissait d'une émission berlinoise. Puis la musique s'est arrêtée et nous avons entendu Big Ben sonner (impossible de confondre Big Ben avec une autre cloche !) et une voix britannique annoncer : « Ici BBC, Londres. » Londres était toujours là ! Oui, pas de doute. Elizabeth et moi nous sommes embrassés et avons valsé sur la route. C'était un des moments auxquels j'évitais de penser quand j'étais à Neuengamme.

Bien à vous,
John Booker

# De Dawsey à Juliet

*16 mai 1946*

Chère Juliet,

Les préparatifs de votre arrivée sont terminés. Il ne nous reste plus qu'à vous attendre. Isola a lavé, blanchi et repassé les rideaux d'Elizabeth, chassé les éventuelles chauves-souris du conduit de cheminée, lavé les fenêtres, fait les lits et aéré les chambres.

Eli vous a sculpté une surprise, Eben a rempli votre abri à bois et Clovis fauché votre prairie, laissant des petits tas de fleurs sauvages pour votre plaisir. Amelia a organisé une grande fête en votre honneur.

Ma seule tâche est de maintenir Isola en vie jusqu'à votre arrivée. Elle a beau être sujette au vertige, elle a escaladé le toit du cottage d'Elizabeth pour voir si toutes les tuiles étaient en place. Par chance, Kit l'a aperçue avant qu'elle atteigne l'avant-toit et est accourue pour me prévenir.

J'aimerais pouvoir faire davantage en attendant votre arrivée – qui, je l'espère, est proche. Je suis heureux que vous ayez décidé de venir.

Mes amitiés,
Dawsey

# Juliet à Dawsey

*19 mai 1946*

Cher Dawsey,

J'arrive après-demain ! Je suis bien trop lâche pour prendre l'avion, en dépit de l'appât du gin, j'arriverai par la navette postale du soir.

Vous voulez bien transmettre un message à Isola de ma part ? Dites-lui que je n'ai aucun chapeau à voilette, et que je suis allergique aux lis – ils me font éternuer. Je possède néanmoins une cape de laine rouge que je porterai pour qu'elle me reconnaisse.

Cher Dawsey, nul n'est besoin d'en faire davantage pour que je me sente la bienvenue à Guernesey, vous en avez déjà tous tellement fait. J'ai du mal à croire que je vais enfin vous rencontrer.

Avec toute mon amitié,
Juliet

# De Mark à Juliet

Chère Juliet,

Tu m'as demandé de t'accorder du temps, je l'ai fait. Tu m'as demandé de ne pas mentionner le mot mariage, j'ai obéi. Et voilà que tu m'annonces que tu pars pour cette île perdue ! Pour combien de temps ? Une semaine ? un mois ? pour toujours ? Et tu crois que je vais rester assis à te regarder partir ?

Ton comportement est ridicule, Juliet. N'importe quel crétin verrait que tu essaies de fuir. Ce qui est plus difficile à comprendre, c'est pourquoi ? Nous sommes faits pour vivre ensemble. Je suis heureux quand tu es près de moi, je ne m'ennuie jamais, tu as les mêmes centres d'intérêt que moi, et j'espère que je ne me berce pas d'illusions en pensant que c'est réciproque. Nous sommes parfaits l'un pour l'autre. Je sais que tu détestes que je t'impose mon avis, mais, cette fois, je sais que j'ai raison.

Pour l'amour du ciel, Juliet, oublie cette satanée île et épouse-moi. Nous y passerons notre lune de miel – s'il le faut.

Je t'aime,
Mark

## De Juliet à Mark

Cher Mark,

Tu as sans doute raison, mais je pars demain, c'est décidé.

Je suis désolée de ne pouvoir te donner la réponse que tu attends. J'aimerais en être capable.

Je t'embrasse,
Juliet

*P.S.* : Merci pour les roses.

# De Mark à Juliet

Oh, pour l'amour du ciel, est-ce que je peux au moins te conduire à Weymouth ?

# De Juliet à Mark

Tu promets de ne pas me faire la morale ?

# De Mark à Juliet

Pas de morale. Néanmoins, toutes les autres formes de persuasion seront tentées.

Mark

# De Juliet à Mark

Tu ne me fais pas peur. Tu seras au volant, je ne risque pas grand-chose.

Juliet

## De Mark à Juliet

Tu risques d'avoir des surprises. À demain.

M.

*Deuxième partie*

# De Juliet à Sidney

*22 mai 1946*

Cher Sidney,

J'ai tant de choses à te raconter. Je ne suis à Guernesey que depuis vingt heures, mais elles ont été si remplies de nouveaux visages et d'idées que je pourrais en écrire des tartines. Tu vois comme la vie insulaire est stimulante. Victor Hugo en est la preuve vivante. Il se pourrait fort que je devienne prolifique si je passais un bout de temps ici.

Le voyage de Weymouth a été affreux. Cette navette postale grognait, craquait et menaçait de se briser à chaque vague. J'ai presque souhaité que cela arrive, pour que ça s'arrête enfin – même si j'avais envie de voir Guernesey avant de mourir. Mais, sitôt que nous sommes arrivés en vue de l'île, ma bonne humeur est revenue. Un rayon de soleil perçait à travers les nuages, auréolant les falaises d'argent.

La navette s'est approchée du port poussivement, et j'ai vu St. Peter Port s'élever de la mer, en une succession de terrasses dominées par une église posée au sommet, telle une décoration de sucre sur un gâteau. Mon cœur tambourinait dans ma poitrine. J'ai essayé de me persuader que c'était à cause de la splendeur de la scène, en vain. Toutes ces personnes que j'en étais venue à connaître, et même à aimer, étaient là. Elles m'attendaient. Je ne pouvais plus me retrancher derrière une feuille de papier. Tu sais, Sidney, au cours de ces deux ou trois dernières années, je suis devenue plus douée pour écrire que pour vivre (pense à ce que tu fais de ce que j'écris). Sur le papier, je suis absolument charmante, mais c'est juste une astuce que j'ai trouvée pour me protéger. Ce n'est pas moi. Ça n'a rien à voir avec moi. Du moins, c'est ce que je pensais au moment où la navette postale est arrivée à quai. Dans un accès de lâcheté, j'ai failli jeter ma cape rouge par-dessus bord pour passer inaperçue.

Quand nous nous sommes rangés le long de l'embarcadère, j'ai regardé les visages des personnes qui attendaient. Il était trop tard pour revenir en arrière. Je les ai reconnus d'après leurs lettres. J'ai d'abord vu Isola, avec son chapeau indescriptible et son châle violet épinglé d'une broche clinquante, regardant dans la mauvaise direction, un sourire figé sur les lèvres. Je l'ai aimée instantanément. Elle se tenait à côté d'un homme au visage ridé et d'un garçon long et anguleux. Eben et son petit-fils. J'ai fait signe à Eli, qui m'a souri comme un soleil, en donnant un coup de coude à son grand-père. Soudain intimidée, je me suis laissé noyer par la foule qui se bousculait pour atteindre la passerelle.

Isola a sauté par-dessus une caisse de homards et m'a serrée dans ses bras robustes, me décollant presque du sol. « Ma chérie ! » s'est-elle écriée, tandis que je luttais pour ne pas perdre l'équilibre.

N'était-ce pas adorable de sa part ? Toute ma nervosité s'est envolée instantanément. Les autres se sont montrés moins exubérants, mais tout aussi chaleureux. Eben m'a serré la main avec un grand sourire. C'est un homme mince, mais on devine qu'il était charpenté, jadis. Il a un air à la fois grave et amical. Très étrange comme mélange. Je me suis surprise à avoir envie de l'impressionner.

Eli a pris Kit sur ses épaules, et ils se sont avancés ensemble. C'est une fillette aux jambes potelées, avec des boucles noires et de grands yeux gris. À sa mine sérieuse, j'ai deviné que je ne lui plaisais pas du tout. Le pull d'Eli était couvert de copeaux de bois. Il a sorti de sa poche une adorable petite souris à la moustache tordue, sculptée dans du noyer. Je l'ai embrassé pour le remercier et ai dû affronter un autre regard malveillant de Kit. Elle est très intimidante pour une fillette de quatre ans.

Puis Dawsey m'a tendu ses deux mains. Je m'attendais à ce qu'il ressemble à Charles Lamb, et c'est un peu le cas. Il a le même regard profond. Il m'a offert un bouquet d'œillets de la part de Booker, qui avait été victime d'une commotion au cours de sa répétition et devait passer la nuit en observation à l'hôpital. Dawsey est brun. Il a les cheveux drus et une expression sereine et concentrée quand il ne sourit pas. À l'exception de celui d'une certaine Sophie que tu connais bien, il a le sourire le plus doux du monde. Je me souviens d'une lettre dans laquelle Amelia m'écrivait qu'il possède un grand pouvoir de persuasion. Je la crois aisément. Comme Eben (comme tout le monde ici), il est trop maigre, mais on devine qu'il a une nature plus robuste. Il commence à grisonner et ses yeux très enfoncés dans leurs orbites sont d'un marron si profond qu'ils paraissent noirs. Il a des pattes-d'oie, qui lui donnent un air rieur même lorsqu'il est sérieux, mais je ne pense pas qu'il ait plus de quarante ans.

Il est à peine plus grand que moi et boite légèrement, mais est très vigoureux – il nous a tous cueillis sans peine (Amelia, Kit, mon bagage et moi) pour nous installer dans sa camionnette.

J'ai pris ses mains et je les ai serrées. Je ne me souviens plus s'il a parlé. Puis il s'est écarté pour laisser passer Amelia. C'est une de ces dames dont on devine qu'elles sont plus jolies à soixante ans qu'elles n'ont dû l'être à vingt (oh ! comme j'aimerais qu'on dise cela de moi, un jour !). Elle est petite, a un visage fin, un sourire adorable et des cheveux gris tressés en petite couronne. Elle m'a agrippé la main et m'a dit : « Je suis contente que vous soyez enfin là, Juliet. Venez, nous allons porter vos affaires chez vous. » C'était merveilleux. J'avais vraiment le sentiment de rentrer chez moi.

Nous nous tenions encore sur l'appontement quand un reflet s'est mis à balayer le quai, m'éblouissant à plusieurs reprises. Isola a grimacé et m'a expliqué qu'il s'agissait d'Adelaide Addison : elle était à sa fenêtre avec un face-à-main, espionnant nos moindres gestes. Isola l'a saluée de la main avec vigueur, et le reflet a disparu.

Nous avons tous ri, sauf Dawsey, qui surveillait mes affaires, s'assurait que Kit ne tombe pas à l'eau et restait à l'affût de nos besoins d'une manière générale. J'ai compris que c'était son habitude, et personne ne semblait vouloir que cela change.

Amelia, Kit, Dawsey et moi nous sommes rendus au manoir en camionnette, et les autres ont marché. La ferme d'Amelia n'était pas loin, mais, en termes de paysage, c'était un autre monde. Nous nous sommes retrouvés dans des pâturages ondoyants finissant brusquement en haut des falaises. L'air était humide et chargé d'iode. Le soleil se couchait et une nappe de brouillard montait. Tu sais comme la brume magnifie les sons. Chaque cri d'oiseau semblait... chargé de sens. Des nuages ondulaient au-dessus des falaises et le temps que nous arrivions au manoir, les champs étaient drapés de gris. J'ai aperçu des silhouettes fantomatiques, au loin. Je crois qu'il s'agissait des bunkers construits par les travailleurs de l'OT.

Kit était assise à côté de moi. Elle n'arrêtait pas de me couler des regards curieux. Je n'ai pas commis l'imprudence de lui parler, mais je lui ai fait le coup du pouce coupé en deux.

J'ai recommencé plusieurs fois, l'air de rien, sentant son regard de bébé aigle sur moi. Elle était fascinée, mais trop méfiante pour rire. Elle a tout de même fini par me demander : « Montre-moi comment tu fais. »

Elle s'est assise en face de moi, à table, et a repoussé le plat d'épinards d'une main autoritaire en déclarant : « Pas pour moi. » Elle avait visiblement l'habitude d'être obéie, je n'avais pas l'intention de déroger à la règle. Elle a approché sa chaise de celle de Dawsey et a mangé un coude fermement planté dans son bras, l'épinglant sur place. Il ne semblait pas s'en soucier, même s'il avait du mal à couper son poulet. Le dîner terminé, elle a grimpé sur ses genoux : son trône légitime, manifestement. Dawsey a participé à la conversation, mais je l'ai surpris en train de secouer une serviette-lapin sous le nez de Kit tout en parlant du manque de vivres pendant l'Occupation. Savais-tu que les insulaires meulaient des graines pour oiseaux pour remplacer la farine ?

J'ai dû passer une sorte de test sans m'en rendre compte, parce que, plus tard, Kit m'a demandé de la border dans son lit et de lui raconter une histoire sur les furets. Elle aimait les nuisibles ; et moi ? Est-ce que j'étais capable d'embrasser un rat sur la bouche ? J'ai répondu : « Jamais », ce qui m'a valu son approbation – j'étais lâche, certes, mais pas hypocrite. Je lui ai raconté une histoire, puis elle m'a présenté une parcelle microscopique de sa joue pour que j'y dépose un baiser.

Quelle longue lettre ! Et elle ne contient que quatre des vingt heures que j'ai passées ici. Tu devras attendre pour les seize autres.

Je t'embrasse,
Juliet

# De Juliet à Sophie

*24 mai 1946*

Très chère Sophie,

Oui, je suis arrivée. Mark a fait de son mieux pour m'en empêcher, mais j'ai tenu bon jusqu'à la triste fin. J'ai toujours considéré mon obstination comme l'un de mes traits de caractère les moins séduisants, mais elle m'a été précieuse la semaine dernière.

Ce n'est que lorsque mon bateau s'est éloigné et que j'ai regardé cet homme grand et renfrogné, seul sur l'embarcadère – cet homme qui voulait m'épouser –, que je me suis dit qu'il avait peut-être raison. Peut-être que je suis une idiote. Je connais au moins trois femmes qui sont folles de lui. Il se consolera vite, et moi, je vieillirai dans un meublé sinistre où je perdrai mes dents une à une. Je me vois d'ici. Personne ne voudra plus acheter mes livres. Sidney croulera sous mes manuscrits fripés et illisibles, qu'il prétendra vouloir publier, par pure bonté d'âme. Je traînerai dans les rues, titubant et marmonnant, un filet rempli de navets à la main, et du papier journal plein mes chaussures. Tu m'enverras des cartes affectueuses à Noël (n'est-ce pas ?) et je raconterai à de parfaits inconnus que, à une époque, j'étais presque fiancée à Markham Reynolds, le magnat de l'édition. Ils secoueront la tête : pauvre vieille, elle est folle à lier, certes, mais inoffensive.

Oh ! mon Dieu ! c'est le chemin qui mène à la folie.

Guernesey est une splendeur et mes nouveaux amis m'ont accueillie avec tant de générosité et de chaleur que je ne doutais pas d'avoir pris la bonne décision, jusqu'à ce que je me mette à penser à mes dents (voir plus haut). Alors je vais arrêter d'y penser. Je vais gagner la prairie parsemée de fleurs sauvages qui se trouve juste devant ma porte, et courir jusqu'à la falaise le plus vite possible. Puis je m'allongerai par terre, je regarderai le ciel – qui scintille comme de la nacre cet après-midi –, je humerai le parfum de l'herbe chaude et je m'efforcerai d'oublier l'existence de Markham V. Reynolds.

Je viens de rentrer après plusieurs heures passées dehors. Le soleil couchant borde les nuages d'un or luminescent et la mer gémit au bas des falaises. Mark Reynolds ? Jamais entendu parler de lui.

Avec mon affection de toujours,
Juliet

# De Juliet à Sidney

*27 mai 1946*

Cher Sidney,

À en juger par sa taille, le cottage d'Elizabeth a dû être construit pour accueillir des invités de marque. Il dispose d'un grand salon, d'une salle de bains, d'un garde-manger et d'une immense cuisine au rez-de-jardin, et de trois chambres et d'une baignoire à l'étage. Et le plus agréable dans tout cela, c'est qu'il y a des fenêtres partout et que toute la maison embaume l'air marin.

J'ai tiré une table près de la plus grande fenêtre du salon pour écrire. Le seul problème, c'est que je suis sans cesse tentée d'aller me promener au bord de la falaise. La mer et les nuages sont en perpétuelle métamorphose, j'ai peur de manquer quelque chose en restant à l'intérieur. Quand je me suis levée, ce matin, la mer semblait pleine de piécettes d'or. Et, maintenant, on la croirait recouverte de dépôts de citron. Les écrivains ont intérêt à vivre au cœur des terres ou près d'une décharge publique, s'ils veulent réussir à travailler un peu. Ou à se montrer plus persévérants que moi.

Si j'avais besoin du moindre encouragement pour être fascinée par Elizabeth (ce qui n'est pas le cas), ses objets personnels feraient l'affaire. Quand les Allemands sont venus réquisitionner la Grande Maison de sir Ambrose, ils ne lui ont donné que six heures pour emporter ses affaires dans le cottage. Isola m'a raconté qu'Elizabeth n'avait pris que quelques marmites et autres casseroles, un peu de vaisselle, des couverts (les Allemands avaient gardé l'argenterie, le cristal, la porcelaine et le vin pour eux), ses blocs à dessin et ses pinceaux, un vieux phonographe à manivelle, un tas de disques, et des brassées et des brassées de livres. Il y en a tellement, Sidney, que je n'ai pas encore eu le temps de tous les regarder. Les étagères du salon sont surchargées, il y en a dans le vaisselier de la cuisine, et elle en a mis une pile au bout du canapé pour servir de petite table – futé, non ?

Dans chaque recoin, je découvre des objets qui me parlent d'elle. C'est une observatrice, Sidney, tout comme moi. Ses étagères sont couvertes de coquillages, de plumes d'oiseaux, d'algues séchées, de galets, de coquilles d'œufs, et il y a même un petit squelette – de chauve-souris sans doute. Des petites choses ramassées par terre. D'autres promeneurs les auraient enjambées ou piétinées, mais Elizabeth a remarqué leur beauté et les a emportées chez elle. Je me demande si elle les utilisait pour peindre des natures mortes ? Il y a peut-être des croquis, rangés quelque part. Il faut que j'explore davantage cette maison. Je suis excitée comme une puce depuis que je suis ici. Mais il faut que je pense au travail, d'abord.

Elizabeth a également récupéré l'une des œuvres de sir Ambrose. Un portrait d'elle, peint quand elle avait sept ou huit ans. Elle est assise sur une balançoire, impatiente de s'envoler, mais obligée de demeurer immobile. Ses sourcils trahissent son mécontentement. Elle a le même regard noir que Kit, ça doit être héréditaire.

Le cottage se trouve près du portail de la propriété (un simple portail de ferme à trois barreaux). La prairie qui entoure le cottage est tachetée de fleurs sauvages. Aux abords de la falaise, elle cède la place à l'herbe drue et aux ajoncs.

La Grande Maison (que l'on appelle ainsi faute de meilleur nom) est la propriété de sir Ambrose qu'Elizabeth était venue fermer. La grande allée qui y mène passe devant le cottage. C'est une magnifique demeure à deux étages en pierre bleu-gris. Elle forme un L et son toit en ardoise est percé de lucarnes. Une terrasse part de l'angle du L et s'étend sur toute la longueur de la maison. Il y a également une tourelle dont les fenêtres font face à la mer. Presque tous les grands arbres ont été coupés pendant la guerre, mais Eben et Eli ont replanté des marronniers et des chênes, à la demande de Mr. Dilwyn. Il compte faire ajouter des pêchers taillés en espaliers, pour habiller les murs en brique qui ceignent le jardin ; dès qu'ils seront réparés.

La maison est très harmonieuse avec ses grandes fenêtres qui ouvrent sur la terrasse en pierre. Les pelouses commencent à retrouver leur vert luxuriant et à couvrir les ornières creusées par les roues des véhicules allemands.

Passant d'un guide à l'autre, selon l'heure de la journée, j'ai déjà réussi à visiter les dix paroisses de l'île au cours des cinq derniers jours. Le paysage de Guernesey est d'une incroyable diversité – champs, bois, buissons, vallons, manoirs, dolmens, falaises accidentées, domaines de sorcières, granges Tudor et cottages en pierre de style normand. J'ai eu droit à un cours d'histoire (version non officielle) chaque fois que mes yeux se posaient sur une nouvelle bâtisse.

Les pirates de Guernesey avaient beaucoup de goût. Ils ont construit des maisons magnifiques et des bâtiments administratifs impressionnants. Ils sont tristement délabrés et auraient besoin d'être restaurés, mais leur beauté architecturale est toujours visible. Dawsey m'a emmenée voir une église minuscule entièrement recouverte d'une mosaïque réalisée avec de la vaisselle et des poteries cassées. C'est un prêtre qui l'a réalisée. Il devait avoir prononcé ses vœux avec une massue.

Mes guides sont aussi divers que les paysages. Isola me parle de coffres de pirates maudits, retrouvés sur les plages avec des os blanchis par le soleil, et aussi de ce que Mr. Marter cache dans sa grange (il dit que c'est une génisse, mais nous savons à quoi nous en tenir). Eben me décrit la Guernesey d'avant-guerre, pendant qu'Eli disparaît pour revenir avec du jus de pêche, un sourire angélique aux lèvres. Dawsey parle très peu, mais me fait découvrir des merveilles – comme cette petite église. Il se tient toujours à l'écart pour me laisser savourer le moment tranquillement. C'est l'être le plus paisible que j'aie jamais rencontré. Nous marchions sur la route qui longe les falaises, hier, quand j'ai remarqué un sentier qui descendait vers la plage. « Est-ce ici que vous avez rencontré Christian Hellman ? » lui ai-je demandé. Il a paru surpris. « Oui, c'est ici », m'a-t-il répondu. « Comment était-il ? » J'avais envie de me représenter la scène mentalement. Je savais que c'était une question futile, que les hommes sont incapables de se décrire les uns les autres. Mais Dawsey a trouvé les mots. « Il ressemblait à l'image typique de l'Allemand qu'ont les gens. C'était un grand blond aux yeux bleus. Sauf qu'il était sensible à la douleur. »

J'ai marché jusqu'à la ville à plusieurs reprises, en compagnie d'Amelia et de Kit, pour aller prendre le thé. Cee Cee avait raison de s'extasier sur St. Peter Port. La ville semble littéralement jaillir des eaux. C'est sans nul doute l'un des plus beaux ports du monde. Les vitrines des magasins de High Street et du Pollet sont étincelantes de propreté et commencent à se remplir de marchandises. Le gris domine et les bâtiments auraient besoin d'être rénovés, mais St. Peter Port n'a pas l'air aussi exténué que notre pauvre Londres. Sans doute en raison de la belle lumière qui baigne toute l'île, de son air pur et des fleurs qui poussent partout – dans les champs, au bord des chemins, dans les moindres fissures et entre les pavés.

Kit a la taille idéale pour découvrir le monde. Elle a le don de remarquer des petits détails qui m'échappent. Un papillon, une araignée, une fleur minuscule, ou tout ce que l'on ne voit pas quand on se trouve devant un mur couvert de fuchsias et de bougainvilliers. Hier, j'ai surpris Kit et Dawsey accroupis dans un buisson, près de mon portail ; silencieux comme des voleurs. Ils observaient un merle tirant sur un ver de terre. Nous sommes restés là, tous les trois, à regarder le ver lutter, puis se faire avaler par l'oiseau. C'était la première fois que j'assistais à ce genre de scène du début à la fin. C'est révoltant.

Kit transporte parfois une petite boîte avec elle, lorsque nous allons en ville. Une boîte en carton fermée par de la ficelle, avec une poignée en laine rouge. Elle la garde sur ses genoux quand nous buvons notre thé et en prend grand soin. Il n'y a pas de trou d'aération, alors j'imagine qu'elle ne contient pas de furet. Oh, mon Dieu. Et s'il s'agissait d'un furet mort ? Je brûle d'envie de savoir ce qu'elle a caché là-dedans, mais je ne peux pas la questionner, bien sûr.

J'aime vraiment cette île, et je me suis suffi-samment bien installée pour commencer à travailler, maintenant. Je vais à la pêche avec Eben et Eli, et je m'y mets dès cet après-midi.

Je vous embrasse tous les deux,
Juliet

# De Juliet à Sidney

*30 mai 1946*

Cher Sidney,

Te souviens-tu de l'époque où tu m'as assené quinze séances de méthode de mnémotechnique Sidney Stark ? Tu disais que les écrivains qui gribouillaient des notes pendant un entretien étaient grossiers, paresseux et incompétents, et que tu veillerais à ce que je ne te fasse jamais honte. Tu étais d'une arrogance détestable, néanmoins, j'ai retenu la leçon. Voici la preuve que ton labeur a porté ses fruits :

Je me suis rendue à ma première réunion du Cercle des amateurs de littérature et de tourte aux épluchures de patates de Guernesey, hier soir. Elle se tenait dans le salon (et la cuisine, par moments) de Clovis et Nancy Fossey. Le président de la séance était un nouveau membre : Jonas Skeeter. Il devait nous parler des *Méditations de Marc Aurèle*.

Mr. Skeeter a marché à grandes enjambées jusqu'à l'avant de la pièce, nous a fusillés du regard et a annoncé qu'il était venu à contrecœur et qu'il n'aurait jamais lu le livre de cet idiot de Marc Aurèle si l'un de ses plus vieux amis, à savoir Woodrow Cutter, ne l'y avait obligé par ses moqueries. Toutes les têtes se sont tournées vers ledit Woodrow, bouche bée de surprise.

Jonas Skeeter a repris : « Woodrow m'a rendu visite dans mon champ alors que je remuais mon compost. Il tenait un petit livre qu'il venait de terminer. Il m'a dit qu'il aimerait que je le lise, moi aussi. Que c'était très *profond*.

— Je n'ai pas le temps d'être profond, Woodrow, lui ai-je répondu.

— Tu devrais le trouver, Jonas. On aurait de meilleurs sujets de conversation quand on va boire notre pinte à la Folle Ida. »

« Inutile de nier que ça m'a blessé venant de mon ami d'enfance. Depuis qu'il lisait des livres, il avait tendance à prendre des airs avec moi. Jusque-là, je laissais couler – ma mère disait toujours : chacun récolte ce qu'il a semé. Mais cette fois, c'était la goutte d'eau qui faisait déborder le vase. Je me suis senti insulté parce qu'il ne se contentait plus de me regarder de haut, il me *parlait* de haut. Il m'a dit :

— Tu sais, Jonas, Marc Aurèle était un empereur romain et un puissant guerrier. Ce livre raconte ce qu'il pensait quand il s'est retrouvé à lutter contre les Quades, des barbares cachés dans les bois, qui attendaient de pouvoir tuer tous les Romains. Et tu sais ce qu'il a fait Marc Aurèle, alors qu'il était menacé par ces Quades ? Il a pris le temps d'écrire ce petit livre plein de longues pensées profondes. Et je crois qu'il y en a certaines qui pourraient nous servir, Jonas.

« Alors j'ai ravalé ma douleur et j'ai pris son satané bouquin. Et voilà ce que je veux lui dire, ce soir, devant vous tous : Honte à toi, Woodrow ! Honte à toi d'avoir placé un livre au-dessus de ton ami d'enfance !

« Je l'ai lu, ton livre, et voilà ce que j'en pense :

Marc Aurèle était une vieille radoteuse, qui tâtait sans cesse la température de son esprit et s'inquiétait de ce qu'elle avait fait ou pas fait. Est-ce qu'il avait raison ? Est-ce qu'il avait tort ? Est-ce que c'était tout le reste du monde qui se trompait ? Est-ce que c'était lui ? Non, bien sûr, c'étaient les autres et il devait remettre de l'ordre dans leurs pensées. Une femmelette, voilà ce que c'était. Il tournait la moindre petite réflexion en sermon. Mince alors, je parie que cet homme n'était même pas capable de pisser debout...

— Pisser ! Devant des dames ! s'est élevée une voix.

— Qu'il s'excuse ! a crié un autre membre.

— Pourquoi il s'excuserait ? Il a le droit de dire ce qu'il pense. Que ça vous plaise ou non !

— Woodrow, comment avez-vous osé blesser ainsi votre ami ?

— Quelle honte ! »

Woodrow s'est levé et tout le monde s'est tu. Les deux hommes se sont rejoints au milieu de la pièce. Jonas a tendu la main à Woodrow, qui lui a donné une tape dans le dos, et ils sont partis, bras dessus, bras dessous, pour la Folle Ida. J'espère que c'est une taverne et non une femme.

Je t'embrasse,
Juliet

*P.S.* : Dawsey était le seul membre de la société à sembler trouver la réunion d'hier soir amusante. Il est trop poli pour rire à gorge déployée, mais j'ai remarqué que ses épaules tressautaient. J'ai déduit des commentaires des autres que c'était une soirée satisfaisante, en rien extraordinaire.

Je t'embrasse encore,
Juliet

# De Juliet à Sidney

Cher Sidney,
Lis la lettre ci-jointe, s'il te plaît. Je l'ai trouvée glissée sous ma porte, ce matin.

Chère Miss Ashton,
Miss Pribby m'a dit que vous vous intéressiez à notre récente expérience de l'Occupation de Guernesey par l'armée allemande, d'où cette lettre.

Je suis un homme discret et, néanmoins, au contraire de ce que prétend ma mère, j'ai connu mon heure de gloire. Je ne lui en ai pas parlé, voilà tout. Je suis siffleur. J'ai remporté des tas de concours et de championnats dans ma discipline. Et pendant l'Occupation, je me suis servi de ce talent pour mettre l'ennemi en déroute.

La nuit, quand ma mère dormait, je me faufilais hors de la maison, sans un bruit, et je me rendais au bordel (pardonnez-moi ce terme) de Saumarez Street, où les Allemands avaient leurs habitudes. Je me tapissais dans l'ombre, et j'attendais qu'un soldat ressorte de son rendez-vous galant. J'ignore si les dames ont connaissance du fait que les hommes ne sont guère au meilleur de leur forme à l'issue de telles rencontres. Le soldat reprenait souvent le chemin de ses quartiers en sifflant, et je le suivais discrètement en sifflant le même air (bien mieux que lui). Il s'arrêtait de siffler pour écouter, mais moi pas. Il se demandait s'il s'agissait de son écho, puis comprenait vite qu'*il était suivi. Par qui ?* Il regardait derrière lui (je me cachais dans un pas de porte), ne voyait rien et reprenait son chemin. Sans siffler, cette fois. Je le suivais à nouveau, sifflant toujours. Il s'arrêtait. Je m'arrêtais. Il repartait d'un pas plus vif, et je me remettais à siffler en épousant son allure. Le soldat finissait par filer comme un rat, et je retournais chercher une autre victime au bordel. Je crois que j'ai rendu bien des soldats inaptes à accomplir leur devoir, le lendemain. Qu'en dites-vous ?

Maintenant, si vous le permettez, je vais m'attarder sur la question de ces bordels. Je ne pense pas que ces jeunes dames étaient là par choix. Elles étaient envoyées de force dans les territoires occupés par l'Allemagne, au même titre que les travailleurs esclaves. Et ça ne devait pas être un travail très gratifiant. À leur décharge, les soldats exigeaient des autorités allemandes qu'on leur distribue les mêmes rations de vivres qu'aux gros travailleurs. En outre, j'ai vu certaines de ces dames partager leur nourriture avec les esclaves de l'OT, qu'on laissait parfois sortir de leurs camps, à la nuit tombée, pour chercher de quoi manger.

La sœur de ma mère habite Jersey. Maintenant que la guerre est terminée, elle peut recommencer à nous rendre visite – ce qui est bien dommage. Elle nous a raconté une bien vilaine histoire – ce qui n'est guère étonnant de sa part.

Après le jour J, les Allemands ont décidé d'envoyer les dames de leur bordel en France. Ils les ont donc toutes mises sur un bateau en partance pour

Saint-Malo. Mais la mer était mauvaise et capricieuse. Elle a envoyé leur bateau contre des rochers et elles se sont toutes noyées. On pouvait voir les corps de ces misérables flotter sur l'eau, leurs cheveux blonds (de garces décolorées, a dit ma tante) battant les rochers. « Bien fait pour ces putes », a-t-elle conclu, en éclatant de rire, imitée par ma mère.

C'était intolérable ! J'ai bondi de mon fauteuil et j'ai renversé la table du thé sur ces vieilles chauves-souris (c'est ainsi que je les surnomme).

Ma tante a grondé qu'elle ne remettrait jamais plus les pieds chez nous, et ma mère ne me parle plus depuis ce jour-là. Comme c'est reposant.

Cordialement,
Henry A. Toussant

# De Juliet à Sidney

Mr. Sidney Stark
Stephens & Stark Ltd.
21 St. James Place
Londres SW1

Cher Sidney,

J'avais du mal à croire que c'était bien toi qui m'appelais de Londres, hier soir ! Comme c'est sage de ne pas m'avoir prévenue que tu rentrais, tu sais combien les avions me terrifient – même lorsqu'ils ne lâchent pas de bombes. C'est merveilleux de savoir que tu n'es plus à cinq océans de moi, mais juste de l'autre côté de la Manche. Il faut que tu viennes tous nous voir dès que tu auras un moment.

Isola est bien plus que mon homme de paille : elle a poussé sept personnes à me raconter leur expérience de l'Occupation. Ma pile de notes s'épaissit. Je ne sais toujours pas s'il y a là matière à écrire un livre, ni quelle forme il pourrait avoir.

Kit passe souvent la matinée ici, maintenant. Elle apporte des coquillages ou des cailloux et joue tranquillement (ou presque) par terre pendant que je travaille. Quand j'ai terminé, nous allons pique-niquer sur la plage. S'il y a trop de brouillard, nous jouons à l'intérieur. Soit au coiffeur : un jeu qui consiste à nous brosser respectivement les cheveux jusqu'à produire de l'électricité statique. Soit à la mariée morte.

C'est un jeu très simple, beaucoup plus simple que le jeu de l'oie. La mariée se voile d'un rideau de dentelle et fait la morte dans le panier à linge pendant que le marié, fou d'angoisse, part à sa recherche. Il finit par la découvrir ensevelie sous le linge et se met à hurler de douleur. C'est alors que la mariée bondit en s'écriant : « Surprise ! » et l'attire dans ses bras. La suite n'est que joie, sourires et embrassades. Entre nous, je ne crois pas que ce mariage ira très loin.

Je sais que tous les enfants aiment se faire peur, mais j'ignore s'il est bon d'encourager ce penchant. Je n'ose demander à Sophie ce qu'elle pense de la mariée morte, de crainte qu'elle ne me réponde qu'il est un peu trop morbide pour une fillette de quatre ans, et que nous ne soyons obligées d'arrêter d'y jouer. J'adore ce jeu.

Tu dois répondre à tellement de questions quand tu passes tes journées avec un enfant. Par exemple : si l'on s'amuse à loucher trop longtemps, est-ce que l'on risque vraiment de loucher à vie ? Ma mère disait que oui, et je la crois ; mais Kit a la dent dure, elle doute.

Je fais de mon mieux pour me souvenir de la manière dont mes parents m'ont éduquée, cependant il est difficile d'être juge et partie. Je me souviens juste d'une fessée reçue après avoir craché mes petits pois sur Mrs. Morris, qui était assise en face de moi, à table. Qui dit qu'elle ne l'avait pas mérité ? Kit ne semble pas souffrir d'être élevée par plusieurs membres du Cercle, tour à tour. En tout cas, elle n'est ni craintive ni réservée. J'ai interrogé

Amelia à ce sujet, hier. Elle a souri et elle m'a répondu qu'avec la mère qu'elle avait elle ne risquait certainement pas de devenir une enfant craintive et réservée. Ensuite, elle m'a raconté une anecdote adorable sur son fils et Elizabeth, lorsqu'ils étaient enfants. Ian devait partir effectuer sa scolarité dans un internat anglais, et cela ne lui plaisait pas du tout. Décidé à fuguer, il avait demandé leur avis à Jane et à Elizabeth. Cette dernière l'avait persuadé d'acheter son bateau et de prendre la mer. Elle avait omis de préciser qu'elle ne possédait pas de bateau. Elle a passé les trois jours suivants à en fabriquer un. L'après-midi du départ, ils ont tiré l'embarcation jusqu'à la plage et Ian s'est mis en route. Elizabeth et Jane l'ont regardé s'éloigner en secouant leur mouchoir. Quelques centaines de mètres plus loin, la barque a commencé à prendre l'eau. Jane a voulu courir prévenir son père, mais Elizabeth l'en a empêchée. Il n'y avait pas de temps à perdre. Et comme c'était son bateau, c'était à elle de sauver Ian. Elle a ôté ses chaussures et s'est élancée dans les vagues. Elle a rejoint son ami et ils ont tous deux ramené l'épave sur la plage. Puis elle l'a emmené chez sir Ambrose, et alors qu'ils se séchaient devant la cheminée, auréolés d'un nuage de vapeur, elle lui a rendu son argent et elle a déclaré, l'air morose : « Bon, il va falloir qu'on en vole un, alors. » Ian a dit à sa mère qu'il préférait aller à l'école, après tout.

Je sais qu'il va te falloir un temps prodigieux pour rattraper le retard accumulé en ton absence, néanmoins, si tu trouves un moment, pourrais-tu m'envoyer un livre de poupées à découper ? Avec de belles robes du soir, s'il te plaît.

Je crois que Kit commence à s'attacher à moi. Elle me tapote souvent le genou en passant.

Je t'embrasse,
Juliet

# De Juliet à Sidney

*10 juin 1946*

Cher Sidney,

Je viens de recevoir un colis magnifique de la part de ta nouvelle secrétaire – Billee Bee Jones ? Peu importe son nom, elle est fantastique. Elle a trouvé deux livres de poupées à découper. Et pas n'importe lesquelles : une poupée Greta Garbo et une poupée *Autant en emporte le vent* avec des pages et des pages de belles toilettes, de fourrures, de chapeaux et de boas. Oh, elles sont absolument splendides ! Billee Bee a joint au colis une paire de ciseaux à bouts ronds – ça ne me serait jamais venu à l'idée, quelle gentille attention. Kit s'en sert en ce moment même.

Ceci n'est pas une lettre, mais un mot de remerciements. J'en écris un autre à Billee Bee sur-le-champ. Dis, comment t'es-tu dégoté une secrétaire si efficace ? J'espère qu'elle est aussi potelée et mère poule que je me la représente. Elle a joint une note dans laquelle elle affirme qu'on ne risque pas de loucher à vie, que ce sont des histoires de grands-mères. Kit est ravie et envisage de loucher jusqu'au souper.

Avec toute mon affection,
Juliet

*P.S.* : Suite à certaines insinuations glissées dans ton dernier courrier, je tiens à te faire remarquer que

Mr. Dawsey Adams n'apparaît nulle part dans cette lettre. Je n'ai pas vu Mr. Dawsey Adams depuis vendredi après-midi, lorsqu'il est passé prendre Kit et qu'il nous a découvertes parées de nos plus beaux bijoux, nous pavanant dans la pièce sur la marche d'Edward Elgar que jouait le phonographe. Kit lui a confectionné une cape avec un torchon, et il s'est joint à nous. Je crois qu'un aristocrate se cache dans les branches de son arbre généalogique ; il est capable de t'adresser un regard de duc bienveillant sans même te regarder.

# Lettre reçue à Guernesey le 12 juin 1946

À « Eben », « Isola » ou n'importe quel membre du cercle littéraire de Guernesey, îles Anglo-Normandes, Grande-Bretagne.

(Remise à Eben le 14 juin 1946)

Cher cercle littéraire de Guernesey,

Je vous salue comme les êtres chers au cœur de mon amie Elizabeth McKenna. Je vous écris cette lettre pour vous dire qu'elle est morte au camp de concentration de Ravensbrück. Elle a été exécutée là-bas en mars 1945.

Dans les jours qui ont précédé l'arrivée de l'armée russe pour libérer le camp, les SS ont envoyé des camions entiers de papiers au crématorium et les ont brûlés dans les fours. Aussi, j'ai craint que vous ne soyez jamais au courant de l'emprisonnement et de la mort d'Elizabeth.

Elle me parlait souvent d'Amelia, d'Isola, de Dawsey, d'Eben et de Booker. Je ne me souviens d'aucun nom de famille, mais je crois que les prénoms Eben et Isola sont inhabituels, aussi, j'espère qu'on vous trouvera aisément à Guernesey.

Je sais qu'elle vous chérissait comme sa famille et qu'elle vous était reconnaissante de prendre soin de Kit. Elle savait qu'elle était entre de bonnes mains. Je vous écris donc pour que l'enfant sache ce qu'il est arrivé à sa mère, et que son courage a été un exemple pour nous toutes. Elle avait l'art de nous faire oublier où nous étions pendant un petit moment. Elizabeth était mon amie, et, dans cet endroit, l'amitié était tout ce qu'il nous restait pour nous sentir encore humaines.

Je réside à l'hospice La Forêt de Louviers, en Normandie, maintenant. Mon anglais est encore mauvais, alors sœur Touvier améliore mes phrases en écrivant pour moi.

J'ai vingt-quatre ans. En 1944, j'ai été arrêtée par la Gestapo à Plouha, en Bretagne, avec un paquet de faux tickets de rationnement. J'ai été interrogée, juste battue, et envoyée au camp de concentration de Ravensbrück. On m'a mise dans le bloc 11. C'est là que j'ai fait la connaissance d'Elizabeth.

Je vais vous raconter notre rencontre. Un soir, elle est venue à moi et elle m'a appelée par mon prénom : Remy. J'ai éprouvé de la joie à l'entendre prononcé à voix haute. Elle a dit : « Viens. J'ai une merveilleuse surprise pour toi. » Je ne comprenais pas ce qu'elle voulait dire mais j'ai couru avec elle à l'arrière du bloc. Il y avait une fenêtre cassée refermée par des bouts de papier. Elle les a enlevés, nous l'avons escaladée et nous avons couru jusqu'à la *Lagerstrasse* – la rue principale du camp.

Là, j'ai compris ce qu'elle voulait dire par une merveilleuse surprise. Le ciel qui apparaissait au-dessus des murs était comme en feu avec ses nuages rouge et violet bordés d'or sombre au-dessous. Ils changeaient de forme et de teinte en traversant le ciel. Nous sommes restées là, main dans la main, jusqu'à ce que la nuit tombe.

Je ne crois pas que quiconque en dehors d'un tel endroit pourrait comprendre à quel point ces moments de paix partagés avec une autre personne étaient précieux.

Le bloc 11 contenait près de quatre cents femmes. Devant chaque baraque se trouvait un chemin cendré où avait lieu l'appel, deux fois par jour. Une fois à cinq heures trente du matin, et encore le soir, après le travail. Toutes les femmes devaient former des carrés de cent – dix rangs de dix femmes. Les carrés s'étendaient si loin sur notre droite et sur notre gauche que leur extrémité se perdait dans le brouillard.

Nos couchettes étaient posées sur des planches de bois, comme des étagères. Il y avait trois lits par colonne. Nous dormions sur des paillasses puantes et pleines de puces et de poux. Des gros rats jaunes couraient à nos pieds, le soir tombé. C'était une bonne chose : nos kapos détestaient les rats et la puanteur, alors elles nous laissaient en paix, la nuit.

C'est là qu'Elizabeth me parlait de votre île de Guernesey et de votre cercle littéraire. J'avais l'impression qu'elle me décrivait le paradis. Dans les couchettes, l'air que nous respirions sentait la maladie et la crasse. Mais quand Elizabeth parlait, j'imaginais le bon air marin et l'odeur des fruits chauffés par le soleil. Je ne me souviens pas d'avoir vu le soleil briller une seule fois sur Ravensbrück, mais je dois me tromper. J'adorais l'histoire de la création de votre cercle littéraire. J'ai presque ri quand elle m'a parlé du cochon rôti. Presque. Les rires attiraient des ennuis dans les blocs.

Il y avait plusieurs canalisations d'où s'écoulait de l'eau froide pour nous laver. Une fois par semaine, on nous emmenait prendre une douche avec un morceau de savon. C'était indispensable pour nous, car la chose que nous craignions le plus était d'être sales et de pourrir. Nous avions peur de tomber malades et de ne plus pouvoir travailler. Alors nous ne serions plus utiles aux Allemands, et ils nous abattraient.

Elizabeth et moi marchions avec notre groupe, chaque matin à six heures, pour gagner l'usine Siemens. Elle se trouvait en dehors de l'enceinte de la prison. Une fois là, nous poussions des chariots jusqu'à la voie de garage des trains et déchargions dessus de lourdes plaques de métal. On nous donnait de la pâte de blé et des petits pois à midi, puis nous retournions au camp pour l'appel de six heures du soir et dînions d'une soupe de navets.

Notre travail variait en fonction des besoins. Un jour, on nous a ordonné de creuser des tranchées pour conserver les patates pour l'hiver. Notre amie Alina en a volé une, mais l'a fait tomber. Tout le monde a dû arrêter de creuser jusqu'à ce que la kapo ait le nom de la voleuse.

Alina avait les cornées ulcérées, il fallait absolument le cacher à la kapo, qui risquait de penser qu'elle devenait aveugle. Elizabeth s'est aussitôt dénoncée à sa place. Elle a été envoyée au bunker pour une semaine.

Les cellules du bunker étaient minuscules. Un jour, pendant qu'Elizabeth était là-bas, un garde a ouvert les portes de tous les cachots et a orienté des jets d'eau à haute pression sur les prisonniers. La force de l'eau a plaqué Elizabeth par terre, mais elle a eu de la chance, l'eau n'a pas mouillé sa couverture. Au bout d'un moment, elle a réussi à se lever et à aller s'allonger dessous jusqu'à ce qu'elle arrête de trembler. La jeune femme enceinte de la cellule d'à côté n'a pas eu cette chance. Elle est morte durant la nuit. On l'a retrouvée par terre, gelée.

J'en dis peut-être trop, ce sont des choses que vous n'avez sans doute pas envie d'entendre. Mais il faut que je vous raconte comment a vécu Elizabeth, le courage et la gentillesse dont elle a fait preuve jusqu'au bout. Je voudrais que sa fille le sache elle aussi.

Maintenant, je dois vous raconter la cause de sa mort. Souvent, après plusieurs mois passés au camp, la plupart des femmes n'avaient plus leurs menstruations. Mais pas toutes. Les médecins du camp n'avaient rien prévu pour l'hygiène des prisonnières durant ces périodes – ni chiffons, ni serviettes périodiques, ni savon. Les femmes réglées devaient laisser le sang couler entre leurs jambes.

Les kapos aimaient ça, ce sang si obscène leur offrait le prétexte de crier et de frapper. Un soir, à l'appel, une kapo nommée Binta s'en est prise à une femme qui saignait. Elle a commencé par lui hurler dessus en la menaçant de son bâton, puis elle s'est mise à la battre.

Elizabeth a immédiatement rompu le rang. Elle a bondi sur Binta, lui a arraché le bâton de la main et l'a frappée et frappée. Des gardes sont arrivés en courant. Deux hommes l'ont plaquée au sol et ils l'ont ramenée au bunker.

L'un de ces deux hommes m'a raconté que, le lendemain matin, des soldats ont formé une garde autour d'Elizabeth et l'ont sortie de sa cellule. Il y avait un bosquet de peupliers derrière les murs du camp. Elle a marché dans l'allée dessinée par leurs branches, sans aide. Elle s'est agenouillée par terre, et ils lui ont tiré une balle dans la nuque.

Je m'arrête, maintenant. J'ai souvent senti la présence de mon amie à mes côtés quand je suis tombée malade, après le camp. J'ai des accès de fièvre au cours desquels je nous vois voguer vers Guernesey sur un petit bateau, elle et moi. Nous en parlions souvent à Ravensbrück : après la guerre, nous devions retourner chez elle et vivre ensemble dans son cottage avec son bébé. Cela m'aidait à dormir.

J'espère que vous en viendrez à la sentir à vos côtés, vous aussi. Son courage ne lui a jamais fait défaut, et elle a gardé toute sa raison jusqu'au bout. Elle a juste vu une cruauté de trop.

Veuillez agréer mes sincères salutations,
Remy Giraud

*Note de sœur Cécile Touvier, placée dans l'enveloppe avec la lettre de Remy*

Ce mot est écrit par sœur Cécile Touvier, infirmière. Je viens de mettre Remy au lit. Je n'approuve pas cette longue lettre, mais elle a insisté pour me la dicter.

Elle ne vous a pas parlé de sa maladie, alors je le fais. Dans les jours qui ont précédé l'arrivée des Russes à Ravensbrück, ces abominables nazis ont ordonné à toutes celles qui pouvaient marcher de partir. Ils ont ouvert les grilles et les ont lâchées dans la campagne dévastée. « Partez, ont-ils ordonné. Allez chercher vos chères troupes alliées si vous le pouvez. »

Ils ont laissé ces femmes épuisées et affamées marcher des kilomètres et des kilomètres, sans vivres ni eau. Il ne restait absolument rien à glaner dans les champs qu'elles traversaient. Comment douter qu'il s'agissait d'une marche meurtrière ? Des centaines de femmes sont mortes sur la route.

Au bout de plusieurs jours, Remy a fait de l'œdème de dénutrition et ses jambes et son corps ont gonflé au point qu'elle n'a plus pu continuer à avancer. Alors elle s'est allongée sur la route pour mourir. Heureusement, une compagnie de soldats américains l'a découverte. Ils ont essayé de la nourrir un peu, mais son corps ne gardait rien. Ils l'ont portée dans un hôpital de campagne, où on a drainé plusieurs litres d'eau de son corps. Après des mois d'hospitalisation, elle a retrouvé assez de forces pour qu'on nous l'envoie ici, à Louviers. J'ajouterai qu'elle pesait moins de trente kilos quand elle est arrivée chez nous. Elle vous aurait écrit plus tôt, sinon.

Je crois qu'elle se remettra mieux à présent que cette lettre est écrite et qu'elle peut laisser son amie reposer en paix. Vous pouvez lui répondre, bien sûr, mais, s'il vous plaît, ne lui posez pas de questions sur Ravensbrück. Il vaudrait mieux qu'elle oublie cet endroit.

Sincèrement,
Sœur Cécile Touvier

# D'Amelia à Remy Giraud

Miss Remy Giraud
Hospice La Forêt
Louviers
France

Chère Miss Giraud,

Comme c'est généreux de votre part de nous avoir écrit. Comme c'est généreux et gentil. Cela n'a pas dû être une tâche facile de vous remémorer ces horreurs pour nous raconter comment Elizabeth est morte. Nous continuions à prier pour son retour, mais il est préférable de connaître la vérité que de vivre dans l'incertitude. Nous sommes heureux de penser qu'elle avait une amie et que vous vous réconfortiez l'une l'autre.

Dawsey Adams et moi-même aimerions vous rendre visite à Louviers. À condition que vous soyez d'accord et que cette visite ne vous bouleverse pas. Nous aimerions faire votre connaissance et vous soumettre une idée que nous avons eue. Mais, encore une fois, nous ne viendrons que si vous le désirez.

Soyez bénie à tout jamais pour votre cœur et votre courage.

Bien cordialement,
Amelia Maugery

# De Juliet à Sidney

Cher Sidney,

C'était tellement réconfortant de t'entendre t'écrier : « Quelle horreur ! Mon Dieu, quelle horreur ! » Que dire d'autre ? La mort d'Elizabeth est une abomination, point final.

Cela peut paraître étrange que je me sente en deuil alors que je ne l'ai pas connue. Et pourtant c'est le cas. Je sens la présence d'Elizabeth depuis que j'ai mis les pieds ici. Dans chaque pièce de ce cottage, mais aussi dans la bibliothèque d'Amelia, où elle choisissait ses livres, et dans la cuisine d'Isola, où elle remuait les potions. Tout le monde parlait d'elle en permanence, j'étais persuadée qu'elle allait revenir. Je brûlais de la rencontrer. Tout le monde en parle toujours, mais au passé, maintenant.

Je sais que c'est bien pire pour eux. Quand j'ai vu Eben, hier, il semblait avoir vieilli d'un coup. Heureusement qu'il a Eli. Isola est introuvable. Amelia me dit de ne pas m'inquiéter, qu'elle disparaît toujours lorsqu'elle a le cœur brisé.

Dawsey et Amelia ont décidé de se rendre à Louviers pour essayer de persuader Miss Giraud de venir à Guernesey. Il y avait un moment déchirant dans sa lettre : elle racontait qu'Elizabeth l'aidait à s'endormir, au camp, en lui parlant de leur avenir à Guernesey. Elle disait qu'elle avait l'impression que c'était le Paradis. Cette pauvre petite mérite son coin de Paradis, elle qui a traversé l'Enfer.

Je vais garder Kit en leur absence. Je suis si triste pour elle. Elle ne connaîtra jamais sa mère autrement que dans le souvenir des gens. Je m'interroge sur son avenir, aussi. Elle est officiellement orpheline, à présent. Mr. Dilwyn m'a dit que rien ne pressait pour prendre une décision : « Chaque chose en son temps. » Il ne ressemble à aucun autre banquier ou fidéicommissaire de ma connaissance. Béni soit-il.

Avec toute mon affection,
Juliet

# De Juliet à Mark

*17 juin 1946*

Cher Mark,

Je suis désolée que notre conversation se soit si mal terminée, hier soir. Il est difficile de transmettre une idée dans toute sa subtilité, quand on doit hurler dans le combiné pour être entendue. Je ne veux pas que tu viennes ce week-end, non. Mais cela n'a rien à voir avec toi. Mes amis sont en train de traverser une épreuve terrible. Elizabeth était le centre de leur cercle, et la nouvelle de sa mort nous a tous secoués. J'imagine qu'en lisant cette dernière phrase tu te demandes pourquoi la mort de cette femme devrait avoir une incidence sur ma vie et sur tes projets pour le week-end. Parce que j'ai l'impression d'avoir perdu une personne qui m'est très chère. Je suis en deuil. C'est ainsi.

Tu comprends un peu mieux, à présent ?

Bien à toi,
Juliet

# De Dawsey à Juliet

*21 juin 1946*

Miss Juliet Ashton
Marble Bay Road
St. Martins Parish
Guernesey

Chère Juliet,

Nous sommes à Louviers, mais nous n'avons pas encore rencontré Remy. Le trajet a beaucoup fatigué Amelia, qui souhaite se reposer une nuit avant de se rendre à l'hospice.

Notre voyage à travers la Normandie s'est avéré bien triste. Aux abords des villes, les bordures des routes sont jonchées de débris de murs pulvérisés par les bombes et de bouts de métaux tordus. Il y a des trous béants à la place de certains immeubles, et ceux qui sont restés debout évoquent de vilaines dents cariées. Des façades entières sont tombées, laissant apparaître des murs couverts de papier peint fleuri, des cadres de lits qui glissent irrémédiablement vers le vide. Je sais, maintenant, qu'en réalité nous avons eu de la chance à Guernesey.

Les rues sont encore pleines de gens qui poussent des brouettes et des chariots remplis de briques et de pierres. Des grillages ont été posés sur les routes couvertes de gravats, et des tracteurs circulent dessus. Loin des villes, la terre est éventrée, les champs dévastés et percés de cratères, les haies de buissons déchirées.

Et les arbres, quelle pitié ! Il n'y a plus ni peupliers, ni ormes, ni marronniers. Et ce qu'il reste est calciné et pétrifié. Des piliers sans ombre.

Notre aubergiste, Mr. Piaget, nous a raconté que les ingénieurs allemands avaient ordonné à des centaines de soldats de couper les arbres – des bois et des taillis entiers –, de dénuder les troncs, de les asperger de créosote et de les replanter dans des trous creusés dans les champs. On appelait ces arbres les asperges de Rommel. Ils avaient pour but d'empêcher les planeurs alliés d'atterrir, et les soldats de sauter en parachute.

Amelia est allée se coucher immédiatement après le souper, alors je me suis promené dans Louviers. La ville est encore jolie par endroits, mais elle a presque entièrement été détruite par les bombardements, et les Allemands l'ont incendiée lorsqu'ils se sont repliés. J'imagine mal comment elle pourrait renaître un jour. Quand je suis rentré, je me suis assis sur la terrasse jusqu'à ce qu'il fasse nuit noire, en pensant à demain.

Embrassez Kit pour moi,

Amitiés,
Dawsey

# D'Amelia à Juliet

Chère Juliet,

Nous avons fait la connaissance de Remy, hier. Je me sentais intimidée à l'idée de cette rencontre. Dieu merci, Dawsey était calme, lui. Il a pris des chaises de jardin et nous sommes allés nous asseoir à l'ombre d'un arbre, après avoir demandé à une infirmière si nous pouvions avoir du thé.

J'avais tellement envie que Remy nous aime, qu'elle se sente en sécurité avec nous. Je voulais en apprendre davantage sur Elizabeth, aussi, mais je savais qu'elle était fragile et je craignais les remontrances de sœur Touvier. Remy est petite et très maigre. Ses cheveux bruns bouclés sont coupés à ras et ses yeux immenses paraissent hantés. On devine qu'elle a été belle, jadis. Aujourd'hui, elle semble sur le point de se briser comme du verre. Ses mains tremblent beaucoup, et elle les garde sagement sur ses genoux. Elle nous a accueillis aussi chaleureusement que possible, mais est demeurée très réservée jusqu'à ce qu'elle nous interroge sur Kit : l'avions-nous envoyée vivre avec sir Ambrose, à Londres ?

Dawsey lui a expliqué que sir Ambrose était mort et que nous l'élevions tous ensemble. Il lui a montré des photos de vous et Kit qu'il avait sur lui. Elle a souri. « C'est bien la fille d'Elizabeth, a-t-elle dit. Elle est robuste ? » J'étais submergée par la tristesse à l'idée d'avoir perdu Elizabeth, je n'ai pas pu répondre. Dawsey l'a fait à ma place. « Oui, très robuste. » Il lui a parlé de sa passion pour les furets, et elle a souri, une fois encore.

Remy est seule au monde. Son père est mort avant la guerre et, en 1943, sa mère a été envoyée à Drancy pour avoir abrité des ennemis du gouvernement. Elle est morte quelque temps plus tard, à Auschwitz. Ses deux frères ont disparu. Elle a cru apercevoir l'un d'eux dans une gare ferroviaire allemande, sur la route de Ravensbrück, mais il ne s'est pas retourné lorsqu'elle a crié son prénom. Elle n'a pas revu l'autre depuis 1941. Elle pense qu'ils sont morts tous les deux. C'est une bonne chose que Dawsey ait trouvé le courage de lui poser des questions. Remy paraissait éprouver un certain soulagement à parler de sa famille.

J'ai fini par lui proposer de venir passer quelque temps chez moi, à Guernesey. Soudain plus distante, elle m'a expliqué qu'elle devait bientôt quitter l'hospice. Le gouvernement français offrait des pensions aux survivants des camps de concentration ; en compensation des années perdues, des blessures qui ne pourraient jamais être soignées, et en gage de reconnaissance des souffrances endurées. Il proposait également de verser une petite allocation à ceux qui aimeraient reprendre des études.

En outre, l'Association nationale des anciennes déportées et internées de la Résistance se proposait de l'aider à payer le loyer d'un petit studio ou d'une chambre dans un appartement qu'elle partagerait avec d'autres survivants. Aussi a-t-elle décidé de se rendre à Paris pour y chercher une position d'apprentie en boulangerie.

Elle semblait déterminée, alors je n'ai pas insisté. Dawsey a un autre avis sur la question. Il pense que nous avons une dette morale envers Elizabeth. Que nous avons le devoir de fournir un abri à Remy. Je ne sais s'il a raison ou s'il cherche juste à lutter contre notre sentiment d'impuissance. Quoi qu'il en soit, il y retourne demain pour emmener Remy se promener au bord du canal et visiter une pâtisserie qu'il a repérée à Louviers. Je me demande où est passée sa bonne vieille timidité.

Je me sens mieux, mais j'ai rarement été aussi fourbue – sans doute est-ce d'avoir revu ma douce Normandie dévastée. Je serai heureuse de retrouver la maison, ma chère.

Un baiser à vous et à Kit,
Amelia

# De Juliet à Sidney

Cher Sidney,

Comme tu as été bien inspiré d'envoyer un tel cadeau à Kit. Des chaussures de claquettes en satin rouge couvert de paillettes. Où les as-tu trouvées ? Tu n'en as pas une paire pour moi ?

Amelia est fatiguée depuis son retour de France, alors il vaut mieux que je garde Kit. D'autant que Remy va peut-être passer quelque temps chez Amelia dès qu'elle aura quitté l'hospice. Dieu merci, Kit semble ravie de cet arrangement. Dawsey lui a annoncé la mort de sa mère. Difficile de dire ce qu'elle ressent. Elle n'en parle pas. Et loin de moi l'idée de l'interroger. J'essaie de ne pas trop la couver ou la gâter. Après la mort de mes parents, la cuisinière de Mr. Simpless m'avait apporté d'énormes tranches de gâteau et m'avait regardée essayer d'en avaler un peu, l'air apitoyé. Je l'ai détestée d'avoir pu penser qu'un gâteau me conso-lerait de la perte de mes parents. Mais j'avais douze ans et j'étais désespérée. Kit n'a que quatre ans, elle apprécierait peut-être une ou deux tranches de gâteau. Enfin, tu vois ce que je veux dire.

Sidney, j'ai un problème avec mon livre. J'ai compulsé des tas d'archives des États et je dispose de nombreux témoignages directs, et, pourtant, je n'arrive toujours pas à les organiser en un tout qui me satisfasse. Adopter un plan chronologique me paraît trop fastidieux. Puis-je empaqueter mon dossier et te le poster ? J'ai besoin d'un regard plus aiguisé et moins affectif que le mien. Aurais-tu le temps d'y jeter un œil rapidement ou es-tu encore en train de rattraper le retard accumulé pendant ton séjour en Australie ?

Si tu es trop pris, ne t'inquiète pas, je continue à travailler, une idée brillante finira peut-être par germer.

Affectueusement,
Juliet

*P.S.* : Merci pour l'adorable coupure de magazine montrant Mark en train de danser avec Ursula Fent. Si tu espérais éveiller ma jalousie, tu as échoué : Mark m'a déjà téléphoné pour me prévenir qu'Ursula le suit comme un limier fou d'amour. Tu sais que vous avez un point commun lui et toi ? Vous cherchez tous les deux à me rendre malheureuse. Vous devriez créer un club.

# De Sidney à Juliet

*1er juillet 1946*

Chère Juliet,

Garde ton dossier, j'arrive. Ce week-end, si cela te convient.

Je veux vous voir, toi, Kit et Guernesey – dans cet ordre-là. Je n'ai nullement l'intention de lire tes notes te sachant en train de faire les cent pas dans mon dos. Je rapporterai tout ça à Londres avec moi.

Je pourrais arriver vendredi après-midi, par l'avion de cinq heures, et rester jusqu'à lundi soir. Tu voudras bien me réserver une chambre d'hôtel ? Et organiser un petit dîner, aussi ? J'aimerais rencontrer Eben, Isola, Dawsey et Amelia. J'apporterai le vin.

Je t'embrasse,
Sidney

# De Juliet à Sidney

Cher Sidney,

Merveilleux ! Isola refuse que je te réserve une chambre à l'auberge (à l'en croire, elle est pleine de punaises de lit). Elle tient à t'accueillir chez elle et veut juste savoir si tu ne risques pas d'être incommodé par quelques mouvements matinaux. Sa chèvre, Ariel, se lève à l'aube, et Zenobia, son perroquet, est une couche-tard.

Je viendrai te chercher avec Dawsey au champ d'aviation. Vivement vendredi !

Je t'embrasse,
Juliet

# D'Isola à Juliet
## (glissée sous la porte de Juliet)

*Vendredi, juste avant l'aube*

Chérie, je ne peux pas m'arrêter, je dois me rendre à mon étal. Je suis contente que ton ami ait accepté de loger chez moi. J'ai mis des brins de lavande dans ses draps. Aimerais-tu que je verse un de mes élixirs dans son café ? Un signe de la tête suffira. Je devine celui qu'il te faut.

Grosses bises,
Isola

# De Sidney à Sophie

Chère Sophie,

Je suis à Guernesey avec Juliet et je suis fin prêt à répondre aux douzaines de questions dont tu m'as chargé de découvrir les réponses.

En premier lieu : Kit paraît aussi attachée à Juliet que toi et moi. C'est un petit être vif, qui manifeste son affection avec une certaine retenue (ce qui n'est pas aussi contradictoire que ça en a l'air), mais dont le visage s'illumine d'un sourire chaque fois qu'apparaît l'un de ses parents adoptifs.

Elle est adorable avec ses joues rondes, ses boucles rondes et ses yeux ronds. La tentation de la câliner est presque irrésistible, cependant je ne suis pas assez brave pour risquer de porter atteinte à sa dignité. Il paraît que, quand elle prend quelqu'un en grippe, elle a un regard noir à ratatiner Médée sur place. Isola m'a dit qu'elle le réservait au cruel Mr. Smythe, qui bat son chien, et à l'affreuse Mrs. Guilbert, qui a déclaré que Juliet n'était qu'une fouineuse et qu'elle ferait mieux de retourner chez elle.

Je vais te décrire une scène qui en dit long sur la relation de Kit et de Juliet. Dawsey (sur lequel je reviendrai plus tard) était venu prendre la petite pour l'emmener voir le bateau d'Eben rentrer au port. Kit nous a dit au revoir et a filé dehors, pour réapparaître aussitôt, soulever la jupe de Juliet d'un centimètre, déposer un baiser sur son genou et repartir en courant. Juliet a paru sidérée, puis son visage s'est illuminé de bonheur. Je ne l'avais jamais vue aussi heureuse (et toi non plus).

Je sais que tu l'avais trouvée livide et éreintée, l'hiver dernier. Je crois que tu n'avais pas mesuré à quel point ces thés et ces interviews peuvent être épuisants. À présent, elle respire la santé et elle a retrouvé son peps d'antan. À tel point, Sophie, que je me demande si elle voudra jamais rentrer à Londres. Je ne pense pas qu'elle en soit encore consciente, mais l'air marin, le soleil, les champs verdoyants, les fleurs sauvages, le ciel changeant, la mer capricieuse et, surtout, les gens de Guernesey l'ont séduite au point de lui faire perdre le goût de la vie citadine.

Et je n'en suis pas étonné. L'endroit est si accueillant, si chaleureux. Isola est le genre d'hôtesse que l'on rêve d'avoir lorsqu'on séjourne à la campagne, mais qu'on ne rencontre jamais. Le lendemain de mon arrivée, elle m'a tiré du lit pour que je l'aide à faire sécher des pétales de roses, à baratter son beurre, à remuer une étrange mixture dans une grande marmite, à nourrir Ariel, puis elle m'a envoyé lui acheter une anguille au marché au poisson. Et j'ai fait tout cela avec son perroquet Zenobia sur l'épaule.

Venons-en à Dawsey Adams. Je l'ai bien observé, selon tes instructions, et il m'a plu. Il est calme, fiable, digne de confiance (Seigneur, on dirait que je parle d'un chien), et il a le sens de l'humour. En résumé, il n'a rien de commun avec les autres soupirants de Juliet – beau compliment, n'est-ce pas ? Il n'a pas beaucoup parlé lors de notre première rencontre, pas plus qu'à nos rencontres suivantes d'ailleurs, maintenant que j'y pense, mais quand il pénètre dans une pièce, tout le monde semble pousser un petit soupir de soulagement. Je n'ai jamais eu cet effet sur quiconque, j'ignore pourquoi. Juliet paraît nerveuse en sa présence. Il faut avouer que son silence est un brin intimidant. Elle a transformé la table du thé en carnage, hier, lorsqu'il est passé prendre Kit. Remarque, Juliet a toujours eu le chic pour casser des tasses de thé – tu te souviens de ce qu'elle a fait à la porcelaine de Spode de maman ? – alors ça ne veut pas dire grand-chose. Quant à lui, il l'observe souvent de son regard sombre et franc, mais détourne les yeux dès qu'elle se tourne vers lui (j'espère que tu apprécieras mon sens du détail).

Je peux t'affirmer une chose : Mark Reynolds ne lui arrive pas à la cheville. Je sais que tu penses que je me montre excessif en ce qui concerne Reynolds, mais tu ne l'as jamais rencontré. C'est un charmeur aux manières onctueuses qui obtient toujours ce qu'il veut. C'est l'un de ses rares principes. Il veut Juliet parce qu'elle est jolie *et* intelligente, et parce qu'il pense qu'ils formeront un couple époustouflant. Si elle l'épouse, elle passera le restant de ses jours à être exhibée de théâtre en club, et de club en week-end entre amis, et elle n'écrira plus une ligne. En tant qu'éditeur, cette perspective me navre, mais en tant qu'ami, elle m'horrifie. Ce sera la fin de notre Juliet.

Difficile de dire ce qu'elle pense de Reynolds, ni si elle en pense quoi que ce soit. Je lui ai demandé s'il lui manquait. Elle m'a répondu : « Mark ? Je suppose, oui », comme s'il s'agissait d'un oncle éloigné, pas très aimé. Je serais ravi qu'elle l'oublie totalement, mais je ne crois pas qu'il la laissera faire.

Pour en revenir à des sujets mineurs, tels que l'Occupation et le livre de Juliet, j'ai été invité à assister à ses entretiens avec des locaux, cet après-midi. Elle les interrogeait sur la libération de Guernesey, le 9 mai de l'année dernière.

Quel moment unique ça a dû être ! Tu imagines, les rues de St. Peter Port étaient noires de monde, des milliers de gens observaient les navires de la Royal Navy au mouillage dans le port, sans un mot, dans le silence complet. Puis les Tommies ont débarqué et une immense clameur s'est élevée. Tout le monde s'embrassait, pleurait, hurlait de joie.

Beaucoup de ces soldats étaient originaires de Guernesey. Des hommes qui n'avaient pas eu la moindre nouvelle de leur famille depuis cinq ans. Ils devaient avancer lentement, fouillant la foule du regard. Quel bonheur ils ont dû éprouver en revoyant les leurs !

Mr. LeBrun, un facteur à la retraite, nous a raconté une anecdote des plus singulières. Apparemment, une partie des navires britanniques a pris congé du reste de la flotte stationnée à St. Peter Port pour monter à Sampson Harbor, à quelques miles au nord. Là-bas aussi, la foule s'était rassemblée pour voir la péniche de débarquement foncer dans les barrières antichars des Allemands. Cette fois, quand l'accès à la baie a été rouvert, ce n'est pas un régiment de soldats qui a foulé le sable de la plage, mais un homme seul, habillé dans la plus pure tradition anglaise : pantalon rayé, jaquette et chapeau haut de forme, avec un parapluie roulé dans une main, et un exemplaire du *Times* de la veille serré dans l'autre. Il y a eu une seconde de silence perplexe, puis la foule a compris et a assailli le plaisantin de tapes dans le dos et d'accolades. Quatre hommes l'ont porté sur leurs épaules et quelqu'un lui a arraché son journal de la main en criant : « Des nouvelles de Londres ! Londres en personne ! » Je ne sais pas qui était ce soldat, mais il mérite une médaille.

Ses compagnons d'armes l'ont rejoint et ont jeté à la foule du chocolat, des oranges, des cigarettes et des sachets de thé. Le brigadier Snow a annoncé qu'on était en train de réparer le câble reliant Guernesey à l'Angleterre, et qu'ils pourraient bientôt communiquer avec les enfants évacués et leur famille. Les navires transportaient également des tonnes de vivres, ainsi que des médicaments, de la paraffine, des aliments pour animaux, des vêtements, des torchons, des graines et des chaussures !

Je crois qu'il y a là matière à écrire trois livres, il suffit de tendre la main. Et ne t'inquiète pas si Juliet te paraît nerveuse de temps en temps, c'est normal. Elle s'est lancée dans une entreprise ardue.

Je dois te laisser. Il faut que je m'habille pour le dîner de Juliet. Isola est drapée de trois châles et d'un chemin de table en dentelle. Je veux lui faire honneur.

Je vous embrasse tous,
Sidney

# De Juliet à Sophie

Chère Sophie,

Juste un petit mot pour te dire que Sidney est ici et que nous pouvons cesser de nous inquiéter pour sa jambe. Il a une mine splendide. Il est bronzé, en forme et il ne boite même pas. En fait, nous avons jeté sa canne à la mer. Elle doit se trouver à mi-chemin entre Guernesey et la France à l'heure qu'il est.

J'ai donné un petit dîner en son honneur – entièrement cuisiné maison, et comestible. Will Thisbee m'avait prêté son exemplaire de *Recettes pour les éclaireuses débutant en cuisine*. C'était exactement ce qu'il me fallait. L'auteur part du principe que son lecteur ne connaît rien à la cuisine et donne des conseils pratiques tels que : « Avant d'ajouter les œufs, cassez-les. »

Sidney passe un très bon moment chez Isola. Apparemment, ils sont restés assis à discuter toute la soirée, hier. Isola désapprouve les conversations futiles, elle pense que le meilleur moyen de briser la glace est d'y aller avec ses gros sabots.

Elle lui a demandé si nous étions fiancés et, sinon, pourquoi ? Il était évident pour tout le monde que nous nous adorions tous les deux.

Sidney lui a répondu qu'elle avait raison : il m'adorait et m'adorerait toujours, cependant nous savions tous deux qu'il n'y aurait jamais de mariage entre nous, puisqu'il était homosexuel.

Isola n'a ni sursauté ni cillé. Elle lui a juste adressé son regard en coin en demandant : « Juliet est au courant ? »

Il l'a assurée que oui, que je l'avais toujours su. Elle a bondi sur ses pieds et s'est penchée pour lui déposer un baiser sur le front. « Comme notre cher Booker. Magnifique. Je serai muette comme une tombe, vous pouvez compter sur moi. »

Puis elle s'est rassise et elle s'est mise à parler du théâtre d'Oscar Wilde. Tu ne trouves pas ça tordant, Sophie ? Tu n'aurais pas adoré être une mouche sur le mur du salon ? Moi, si.

Sidney et moi partons faire les magasins pour trouver un cadeau à Isola. Je lui ai dit qu'elle adorerait un châle bien chaud et très coloré, mais il préfère lui acheter une horloge à coucou. Je me demande bien pourquoi ?

Je t'embrasse,
Juliet

*P.S.* : Mark ne m'écrit pas, il téléphone. Il a appelé la semaine dernière. Une de ces liaisons affreuses qui t'obligent à beugler des « QUOI ? » en permanence, mais j'ai saisi l'essentiel de son propos : il faut que je rentre immédiatement et que je l'épouse. J'en ai poliment disconvenu. Tout cela me bouleverse bien moins qu'il y a un mois.

# De Isola à Sidney

Cher Sidney,

Vous êtes un hôte très agréable. Vous me plaisez. De même qu'à Zenobia, sinon elle ne se serait pas pelotonnée sur votre épaule si longtemps.

Je suis ravie que vous aimiez veiller tard et discuter. J'aime beaucoup passer une soirée ainsi. Je file au manoir chercher le livre dont vous m'avez parlé. Comment se fait-il que Juliet et Amelia n'aient jamais mentionné le nom de Miss Jane Austen devant moi ?

J'espère que vous reviendrez nous voir. Qu'avez-vous pensé de la soupe de Juliet ? N'était-elle pas savoureuse ? Elle sera bientôt prête pour les tourtes et les sauces – mais mieux vaut y aller en douceur dans ce domaine si on ne veut pas se retrouver avec de la bouillie insipide.

Je me suis sentie fort seule après votre départ, alors j'ai invité Dawsey et Amelia à prendre le thé, hier. Vous auriez apprécié mon silence au moment où Amelia a déclaré que Juliet et vous alliez sûrement finir par vous marier. Je me suis même permis de hocher la tête et de prendre un air énigmatique, pour brouiller les pistes.

J'aime beaucoup ma nouvelle horloge. Ce coucou est très plaisant. Je cours à la cuisine chaque heure pour le voir sortir. Malheureusement, Zenobia l'a décapité à coups de bec. Elle est d'une nature si jalouse. Eli m'a dit qu'il me taillerait une autre tête et qu'il serait bientôt comme neuf. Le reste de son corps émerge toujours à l'heure pile.

Avec toute mon affection, votre hôtesse,
Isola Pribby

# De Juliet à Sidney

Cher Sidney,

Je le savais ! J'étais certaine que tu adorerais Guernesey. C'était si bon de t'avoir ici. Presque aussi bon que d'y être moi-même. Je suis contente que tu connaisses enfin tous mes amis, et vice versa. Et, surtout, que tu aies tant apprécié la compagnie de Kit. Toutefois, j'ai le regret de t'informer que ton cadeau, *Elspeth le lapin qui zozotait*, tient un rôle certain dans l'amitié qu'elle te porte. Son admiration pour Elspeth est telle qu'elle n'arrête plus de zozoter, et, pour agaçant que ce soit, il faut reconnaître qu'elle est très bonne à ce jeu-là.

Dawsey vient de la ramener à la maison. Ils étaient allés voir son nouveau porcelet. Kit m'a demandé si j'écrivais à Chidney. Quand j'ai répondu oui, elle a lancé : « Dis-lui que che cherait bien qu'il revienne bientôt. » Tu vois che que che veux dire ?

Dawsey a souri. Ça m'a fait plaisir. Je crains que tu ne l'aies pas vu sous son meilleur jour, ce week-end. Il était plus silencieux qu'à son habitude pendant mon dîner. Peut-être à cause de ma soupe, mais je pense plutôt qu'il est préoccupé par Remy. Il semble croire qu'elle ne se remettra pas si elle ne vient pas passer sa convalescence à Guernesey.

Je suis contente que tu aies emporté mes notes. Je n'arrive pas à mettre le doigt sur ce qui ne va pas, mais une chose est certaine : il y a quelque chose qui cloche.

Qu'est-ce que tu as bien pu raconter à Isola ? Elle s'est arrêtée ici sur le chemin du manoir, où elle allait chercher *Orgueil et préjugés*, et m'a grondée de ne lui avoir pas parlé d'Elizabeth Bennet et de Mr. Darcy. Pourquoi ne lui avait-on pas dit qu'il existait des histoires d'amour sans hommes déséquilibrés, sans angoisse, sans mort et sans cimetières ! Que lui avions-nous caché d'autre ?

Je me suis excusée pour cet oubli et je lui ai confirmé qu'*Orgueil et préjugés* était l'une des plus belles histoires d'amour jamais écrites – et que le suspense la tiendrait en haleine jusqu'à la fin.

Isola me dit que Zenobia est triste depuis ton départ. Elle a arrêté de se nourrir. Je suis dans le même état, mais je te suis reconnaissante d'être venu.

Je t'embrasse,
Juliet

# De Sidney à Juliet

*12 juillet 1946*

Chère Juliet,

J'ai lu tous tes chapitres. Plusieurs fois. Et tu as raison. Cela ne va pas. Une suite d'anecdotes ne fait pas un livre.

Ton ouvrage a besoin d'un point de vue. Je ne suggère pas que tu devrais chercher des témoignages plus profonds. Je veux dire par là qu'il te faudrait un personnage central qui parlerait du monde qui évolue autour de lui. Tels quels, pour intéressants qu'ils sont, les faits paraissent jetés au hasard, sans unité.

J'aurais éprouvé beaucoup de peine à t'écrire cette lettre s'il n'y avait cette évidence : tu as déjà un centre. Tu l'ignores encore, voilà tout.

Je veux parler d'Elizabeth McKenna. N'as-tu pas remarqué que toutes les personnes que tu as interrogées ont mentionné son nom, tôt ou tard ? Bon sang, Juliet, qui a peint le portrait de Booker, puis lui a sauvé la vie en dansant dans la rue avec lui ? Qui a inventé ce cercle littéraire ? Qui l'a fait exister, ensuite ? Elle n'était pas de Guernesey, mais elle lui a sacrifié sa liberté. Ambrose et Londres devaient forcément lui manquer, pourtant, j'ai cru comprendre qu'elle ne s'en était jamais plainte. Elle a été envoyée à Ravensbrück pour avoir caché un travailleur esclave. Et tu sais de quelle manière elle est morte.

Juliet, dis-moi comment une jeune étudiante en

art qui n'avait jamais su garder un seul emploi de sa vie est devenue infirmière et s'est mise à travailler dans un hôpital, six jours par semaine ? Certes, elle avait des amis sincères, mais elle n'avait aucune famille. Elle est tombée amoureuse d'un officier allemand, et elle l'a perdu. Elle s'est retrouvée seule avec son bébé en temps de guerre. En dépit du réconfort que lui apportaient ses amis, elle devait être terrifiée. On ne peut se laisser aider que dans une certaine mesure.

Je te renvoie le manuscrit avec les lettres que tu m'as écrites. Relis-les et note le nombre de fois où tu évoques Elizabeth. Demande-toi pourquoi. Interroge Dawsey et Eben, Isola et Amelia. Parle avec Mr. Dilwyn et tous ceux qui l'ont connue.

Tu habites chez elle. Regarde ses livres, ses affaires.

Je pense que tu devrais bâtir ton livre autour d'Elizabeth. Je pense que cette biographie de sa mère sera très précieuse à Kit, un jour, qu'elle lui offrira quelque chose à quoi se raccrocher. Alors, soit tu laisses tout tomber, soit tu apprends à mieux la connaître.

Réfléchis bien, prends tout ton temps et dis-moi si Elizabeth pourrait être le cœur de ton livre.

Toute ma tendresse à toi et à Kit,
Sidney

# De Juliet à Sidney

Cher Sidney,

Je n'ai pas besoin de réfléchir : à la minute où j'ai lu ta lettre, j'ai su que tu avais raison. Je suis si lente ! Dire que j'étais là, à regretter de n'avoir pas connu Elizabeth, à me languir d'elle comme d'une amie. Pourquoi n'ai-je pas songé un seul instant à écrire sur elle ?

Je commence demain. Je veux parler à Dawsey, Amelia, Eben et Isola, avant. J'ai le sentiment qu'elle leur appartient davantage qu'à quiconque ici, et je veux leur bénédiction.

Remy a décidé de venir à Guernesey, en fin de compte. Dawsey lui a écrit. Je savais qu'il la persuaderait de changer d'avis. Il serait capable de convaincre un ange à renoncer au Paradis, quand il se donne la peine de parler – ce qui arrive trop rarement à mon goût. Remy séjournera chez Amelia. Donc, je garde Kit avec moi.

Avec ma tendresse et ma gratitude éternelles,
Juliet

*P.S.* : Tu crois qu'Elizabeth tenait un journal ?

# De Juliet à Sidney

Cher Sidney,

Pas de journal, mais de bonnes nouvelles néanmoins : elle a usé tous ses crayons et son papier à dessiner. J'ai trouvé des croquis fourrés dans une grande pochette à dessin, sur l'étagère du bas de la bibliothèque du salon. Des esquisses rapides que je trouve merveilleuses de vérité. Isola surprise en train de taper sur je ne sais quoi avec sa cuillère en bois, Dawsey creusant un trou dans le jardin, Eben et Amelia discutant penchés l'un vers l'autre.

Je les étudiais, assise par terre, quand Amelia est passée me rendre visite. Nous avons tiré plusieurs grandes feuilles de papier couvertes de croquis : Kit endormie, Kit en train de gigoter, Kit sur des genoux, Kit bercée par Amelia, Kit hypnotisée par ses orteils, Kit émerveillée par ses bulles de bave. J'imagine que toutes les mères observent leur bébé avec cette intensité, seulement Elizabeth l'a traduite sur le papier. Il y a un petit croquis tremblant où l'on voit une Kit minuscule et toute ratatinée. Elle l'a dessiné le lendemain de sa naissance, m'a dit Amelia.

Puis j'ai découvert le portrait d'un homme au visage doux et carré. Il paraît détendu et sourit à l'artiste par-dessus son épaule. Il ne peut s'agir que de Christian, lui et Kit ont le même épi sur la tête. Amelia a pris la feuille entre ses mains. Elle ne m'avait jamais parlé de lui, alors je lui ai demandé si elle l'appréciait.

« Le pauvre, m'a-t-elle répondu. J'étais tellement remontée contre lui. Je n'arrivais pas à croire qu'Elizabeth ait pu choisir cet homme, un ennemi, un Allemand. J'avais peur pour elle. J'avais peur pour nous tous. Je pensais qu'elle était trop prompte à accorder sa confiance. Je lui ai dit qu'il la trahirait, et nous avec. Je lui ai dit qu'elle devait rompre. Je me suis montrée très dure.

« Elle a levé le menton, mais n'a rien dit. Il est venu me voir le lendemain. Oh ! j'étais horrifiée. J'ai ouvert la porte et je me suis retrouvée nez à nez avec cet immense Allemand en uniforme. J'étais persuadée qu'il venait m'annoncer que ma maison était réquisitionnée. Je commençais à protester quand il a brandi un bouquet de fleurs, courbées d'avoir été trop serrées. Il avait l'air si anxieux que j'ai cessé de vitupérer pour m'enquérir de son nom. "Capitaine Christian Hellman", a-t-il répondu, rougissant comme un petit garçon. Toujours suspicieuse, je lui ai demandé l'objet de sa visite. Il a rougi davantage encore. "Je suis venu vous parler de mes intentions, a-t-il répondu, timidement.

— En ce qui concerne ma maison ? ai-je questionné, cassante.

— Non, en ce qui concerne Elizabeth."

« Et c'est ce qu'il a fait. Il s'est adressé à moi, tel un prétendant à un père victorien. Il s'est assis au bord d'un fauteuil de mon salon et m'a expliqué qu'il avait l'intention de revenir à Guernesey après la guerre pour épouser Elizabeth, faire pousser des freesias, lire et oublier. Quand il a eu fini de parler, j'étais presque séduite, moi aussi. »

Amelia avait les larmes aux yeux, alors nous avons rangé les dessins et je suis allée préparer du thé. Kit est arrivée avec un œuf de mouette cassé qu'elle nous a demandé de recoller. La distraction était bienvenue.

Hier, Will Thisbee est apparu à ma porte avec une assiette de muffins glacés à la mousse de prune et je l'ai invité à prendre le thé. Il voulait mon avis concernant deux femmes. Laquelle préférerais-je épouser si j'étais un homme ? (Ce que je n'étais évidemment pas.)

Miss X était indécise de nature. Elle l'avait été bébé et ne s'était pas améliorée de manière notable depuis. Quand elle avait appris que les Allemands arrivaient, elle avait couru enterrer la théière en argent de sa mère sous un orme. Elle avait oublié lequel, si bien que, depuis la fin de la guerre, elle creusait des trous dans toute l'île. Elle s'était juré de continuer jusqu'à ce qu'elle la retrouve. « Une telle détermination ne lui ressemble guère », a déclaré Will. (En dépit de sa discrétion, j'ai tout de suite deviné que ladite Miss X était Daphne Post. Elle a de gros yeux ronds inexpressifs et est célèbre pour son soprano qui fait vibrer le chœur de la paroisse.)

Miss Y, quant à elle, était couturière. Les Allemands ne disposaient que d'un seul drapeau nazi à leur arrivée. Et, comme il flottait sur leur quartier général, il leur en fallait un autre pour hisser leurs couleurs, afin de rappeler aux insulaires qu'ils étaient occupés.

Ils en avaient donc commandé un à Miss Y, qui leur avait cousu une vilaine croix gammée noire, sur un cercle de tissu délavé rouge brun. Le fond n'était pas en soie écarlate, mais en flanelle rose layette. « Si talentueuse dans la colère », a commenté Will, « si rebelle ». (Miss LeFroy a les joues creuses, les lèvres pincées et est aussi filiforme que son aiguille à coudre.)

Laquelle des deux ferait une bonne compagne pour un homme qui n'est plus dans la fleur de l'âge ? Miss X ou Miss Y ? Je lui ai répondu que lorsqu'on se posait ce genre de question, c'est qu'aucune des deux ne convenait vraiment.

« C'est ce que m'a répondu Dawsey, mot pour mot ! s'est-il exclamé. Isola a déclaré que je m'ennuierais à mourir avec Miss X, et que Miss Y m'empoisonnerait l'existence. Merci, merci beaucoup. Je vais continuer à la chercher. Elle se trouve forcément quelque part. »

Il a rajusté sa casquette, s'est incliné et est sorti. Il a dû sonder tous les habitants de l'île, mais ça m'a tellement flattée qu'il me demande mon avis, Sidney. J'ai l'impression d'avoir été adoptée, de ne plus être une étrangère pour les gens d'ici.

Je t'embrasse,
Juliet

*P.S.* : J'ai été intéressée d'apprendre que Dawsey avait une opinion tranchée sur le mariage. J'aimerais la connaître plus en détail.

# De Juliet à Sidney

Cher Sidney,

On ne parle que de la mort d'Elizabeth, ici. Pas seulement les membres du Cercle, tout le monde. Écoute ça : Kit et moi sommes montées au cimetière cet après-midi. La petite jouait un peu plus loin, au milieu des pierres tombales, et j'étais allongée sur la pierre tombale de Mr. Edwin Mulliss (on dirait une table avec quatre gros pieds) quand Sam Withers, l'ancien jardinier du cimetière, s'est posté à côté de moi et m'a dit que je lui rappelais Miss McKenna petite. Elle prenait souvent le soleil sur cette même pierre, jusqu'à ce qu'elle devienne café au lait.

Je me suis redressée d'un coup et je lui ai demandé s'il l'avait bien connue.

« Pas bien, non. Mais je la trouvais gentille. Elle et la fille d'Eben aimaient grimper sur cette tombe. Elles étalaient une nappe dessus et pique-niquaient tranquillement sur les restes de Mr. Mulliss. »

Sam m'a raconté des anecdotes sur ces deux coquines qui préparaient toujours un mauvais coup. Elles avaient tenté de réveiller un fantôme, une fois. Le pasteur et son épouse avaient failli mourir de peur. Kit se dirigeait vers les portes de l'église. Il l'a regardée. « Elle est bien mignonne cette petiote qu'elle a eue avec le capitaine Hellman. »

J'ai sauté sur l'occasion : avait-il connu le capitaine Hellman ? Le trouvait-il sympathique ?

Il a soutenu mon regard avant de répondre. « Allemand ou pas, c'était un bon gars. Vous n'allez pas rejeter ça sur la fillette de Miss McKenna, dites ?

— Jamais de la vie ! me suis-je exclamée. »

Il a secoué un doigt menaçant sous mon nez. « Vous avez intérêt, jeune demoiselle ! Il vaut mieux que vous appreniez quelques vérités si vous comptez écrire un livre sur l'Occupation. J'ai détesté les Allemands, moi aussi. J'imagine qu'ils s'étaient toujours sentis brimés et adoraient leur nouveau pouvoir sur nous. Ils entraient chez vous sans frapper et vous malmenaient. Ceux qui s'étaient toujours sentis brimés adoraient avoir le dessus sur vous. Mais ils n'étaient pas tous comme ça. Loin s'en faut. »

Christian était différent. Il l'aimait bien. Un jour, Elizabeth et lui étaient tombés sur Sam, gelé, qui creusait une tombe dans la terre dure comme de la pierre. Christian avait ramassé la pelle et mis tout son cœur à l'ouvrage. « Il était costaud, il a creusé cette fosse en un rien de temps. Je lui ai dit qu'ils l'embaucheraient sûrement au cimetière, s'il voulait. Il a ri. »

Le lendemain, Elizabeth est revenue avec une Thermos de café chaud. Du vrai café, fait avec de véritables grains moulus que Christian lui avait apportés. Elle lui a donné un vieux pull de Christian, aussi.

« En vérité, de toute l'Occupation, je n'ai pas connu un seul soldat allemand aussi gentil que cet homme. On en croisait tous les jours, à l'époque. Alors, forcément, on finissait par se saluer.

« Certains faisaient peine à voir. Ils étaient coincés ici, loin de chez eux, à attendre d'être mis en pièces par les bombardements. Alors, quelle importance qui avait commencé ?

« Tenez : les enfants suivaient toujours les camions de patates, en espérant qu'il en tomberait sur la route. Eh bien, quelques-uns des soldats qui se trouvaient à l'arrière de ces camions en poussaient un peu du haut de la pile, en regardant droit devant eux, l'air de rien.

« Pareil avec les oranges ou le charbon, si précieux quand on est tombés en panne de fuel. Ce genre de chose n'était pas rare. Vous n'avez qu'à demander à Mrs. Fouquet de vous parler de son garçon. Il avait la pneumonie et elle était folle d'angoisse parce qu'elle n'arrivait pas à chauffer sa maison et à le nourrir correctement. Un jour, on a frappé à sa porte. Elle a ouvert et elle s'est retrouvée devant un aide-soignant de l'hôpital allemand. Sans un mot, il lui a tendu un flacon de sulfamide, puis il a porté la main à sa casquette et il a disparu. Il l'avait volé à l'officine, pour elle. Plus tard, ils l'ont attrapé alors qu'il essayait de recommencer. Ils l'ont envoyé en prison en Allemagne, et peut-être pendu. Comment savoir ? »

Une fois encore, Sam m'a fusillée du regard. « Et voilà que des Britanniques snobinards se mettent à confondre humanité et collaboration. Ils n'ont qu'à venir nous dire ça, à Mrs. Fouquet et à moi ! »

J'ai voulu protester, mais il a tourné les talons et il est parti. J'ai récupéré Kit et nous sommes rentrées à la maison. Entre le bouquet de fleurs d'Amelia et le café de Sam Withers, je commence à me forger une image assez précise du père de Kit. Et je comprends pourquoi Elizabeth est tombée amoureuse de lui.

Remy arrive la semaine prochaine. Dawsey part la chercher mardi.

Je t'embrasse,
Juliet

# De Juliet à Sophie

Chère Sophie,

Brûle cette lettre, je ne veux pas qu'elle figure dans notre correspondance.

Je t'ai déjà parlé de Dawsey, évidemment. Tu sais qu'il a été le premier à m'écrire, qu'il adore Charles Lamb, qu'il élève Kit avec les autres, et que la petite est folle de lui.

Ce que tu ignores, c'est que le soir de mon arrivée ici, quand il m'a tendu les mains à ma descente du bateau, mon cœur a fait un drôle de bond dans ma poitrine. C'est un homme si discret et introverti que, ne sachant si cette réaction était réciproque, je me suis exhortée au calme et à la désinvolture, au cours des deux derniers mois. Et je m'en sortais très bien... jusqu'à ce soir.

Dawsey est passé m'emprunter une valise pour son voyage à Louviers – il va chercher Remy. Tu connais des hommes qui ne possèdent même pas une valise ? Kit dormait profondément, alors nous avons déposé la mienne dans son camion et nous sommes allés nous promener vers les falaises. La lune ressemblait à une perle dans un ciel de nacre. La mer était calme, pour une fois. Tout juste plissée de vaguelettes d'argent qui semblaient immobiles. Il n'y avait pas de vent. Le monde n'avait jamais été aussi silencieux. Je me suis rendu compte que Dawsey l'était tout autant. C'était la première fois que je l'approchais d'aussi près. J'en ai profité pour étudier ses poignets, ses mains, et je me suis sentie inondée de joie. Tu connais ce sentiment, n'est-ce pas ? Cette petite chose ténue qui te remue l'estomac.

Tout à coup, il s'est tourné vers moi. Son visage était dans l'ombre, mais je voyais ses yeux presque noirs. Ils étaient posés sur moi. Ils exprimaient une attente. Qui sait ce qui aurait suivi – un baiser, une petite tape sur la tête, rien du tout ? – si nous n'avions pas entendu le cheval tirant la charrette de Wally Beall (notre taxi local) s'arrêter devant le cottage, et son passager s'écrier : « Surprise, chérie ! »

C'était Markham V. Reynolds Jr., resplendissant dans son costume à la coupe exquise, un bouquet de roses rouges drapé sur le bras.

J'ai vraiment souhaité sa mort, Sophie.

Mais que pouvais-je faire ? Je suis allée l'accueillir. Quand il m'a embrassée, j'ai hurlé intérieurement : *Non ! Pas devant lui !* Il a déposé les roses dans mes bras et s'est tourné vers Dawsey, avec son sourire glacial. J'ai effectué les présentations, brûlant de me glisser dans un trou de souris, et je suis restée plantée là, bêtement, quand Dawsey lui a serré la main, s'est tourné vers moi, et m'a dit : « Merci pour la valise, Juliet. Bonne nuit. » Sans rien ajouter, sans un seul regard en arrière, il est monté dans sa camionnette.

Je me suis retenue de pleurer. À la place, j'ai invité Mark à entrer et j'ai essayé de me comporter comme une femme ravie de la surprise qu'on venait de lui faire. Tout ce remue-ménage avait réveillé Kit. Elle a observé Mark avec méfiance et a demandé où allait Dawsey et pourquoi il ne l'avait pas embrassée avant de partir. Moi non plus, il ne m'a pas embrassée, ai-je pensé.

J'ai recouché Kit et j'ai persuadé Mark de se rendre immédiatement à l'Hôtel Royal, pour sauver ma réputation. Il s'est exécuté de mauvaise grâce, après m'avoir menacée de réapparaître devant ma porte à l'aube.

Alors seulement, je me suis assise, et je me suis rongé les ongles pendant trois heures. Que faire ? Aller chez Dawsey pour tenter de reprendre les choses où nous les avons laissées ? Mais *où* les avons-nous laissées ? Je n'ai pas envie de me ridiculiser. Et si ce regard exprimait juste de la perplexité ? Ou pire, de la pitié ?

De toute façon, je m'égare : Mark est ici. Mark, cet homme riche et débonnaire qui veut m'épouser. Mark dont je me passais fort bien. Pourquoi suis-je obsédée par Dawsey, qui n'a sans doute que faire de moi ? À moins que je ne sois dans l'erreur. À moins que je ne vienne de manquer l'occasion de découvrir ce qui se cache derrière son silence ?

Zut, zut, et re-zut.

Il est deux heures du matin, je n'ai plus d'ongles à ronger, et j'ai l'air d'une vieillarde. Mark sera peut-être révulsé par ma mine hagarde ? Peut-être renoncera-t-il à moi. Je crois que je pourrais le supporter.

Je t'embrasse,
Juliet

# De Amelia à Juliet
## (glissée sous la porte de Juliet)

*23 juillet 1946*

Chère Juliet,

Mes framboisiers donnent à foison. Je récolte ce matin et je fais des tartes cet après-midi. Viendrez-vous prendre le thé (et tarte) avec Kit ?

Amitiés,
Amelia

## De Juliet à Amelia

Chère Amelia,
Je suis vraiment désolée, je ne peux pas venir.
J'ai un invité.

Amitiés,
Juliet

*P.S.* : Kit vous transmet ses espoirs de goûter à
votre tarte. Pourriez-vous la garder cet après-midi ?

# De Juliet à Sophie

*24 juillet 1946*

Chère Sophie,

Tu devrais sans doute brûler cette lettre avec la précédente. J'ai définitivement et irrévocablement rejeté la demande de Mark, ce qui a éveillé en moi une allégresse indécente. Si j'étais une dame comme il faut, je tirerais les rideaux et je broierais du noir. Mais je ne le suis pas. Je suis libre ! Je me suis levée fringante comme un jeune chiot, et j'ai passé la matinée à faire la course dans le pâturage avec Kit. Elle a gagné parce qu'elle triche.

Hier a été un jour noir. Je t'ai dit ce que j'avais ressenti en voyant Mark apparaître. Eh bien, ce n'était rien comparé à ce que j'ai enduré le lendemain. Il s'est présenté à ma porte à sept heures du matin, irradiant de son aplomb habituel, persuadé que nous aurions fixé la date du mariage avant midi. Il se moquait de Guernesey, de l'Occupation, d'Elizabeth et de ce que je faisais depuis mon arrivée ici. Il ne m'a posé aucune question sur ces sujets. Quand Kit est descendue pour le petit déjeuner, il a paru surpris – il n'avait pas vraiment prêté attention à elle, la veille au soir. Au début, il s'est très bien comporté (ils ont parlé chiens), mais, au bout de quelques minutes, il est devenu évident qu'il était impatient qu'elle disparaisse. Je suppose que, dans son monde, des nounous chassent les enfants des pattes des adultes avant qu'ils ne deviennent encombrants. J'ai tenté d'ignorer son irritation, et j'ai préparé son petit déjeuner à Kit, comme chaque matin ; néanmoins la tension alourdissait l'atmosphère.

Kit a fini par sortir jouer et, à la minute où la porte s'est refermée, Mark a déclaré : « Tes nouveaux amis doivent être sacrément malins. Ils se sont débrouillés pour se décharger de leurs responsabilités sur toi en moins de deux mois. » Et il a secoué la tête, affligé par ma crédulité.

Je l'ai dévisagé, muette.

« Elle est mignonne, cette petite, mais tu ne lui dois rien. Il faut que tu te montres plus ferme. Achète-lui une jolie poupée et dis-lui au revoir avant qu'elle ne s'imagine que tu vas la garder avec toi jusqu'à la fin de tes jours. »

Cette fois, j'étais muette de colère. Je me suis toujours demandé comment les gens en venaient à casser ou à jeter de la vaisselle dans des moments comme ceux-là. Je le sais, maintenant. Je n'ai rien jeté à Mark, j'ai réussi à me retenir. Quand j'ai retrouvé ma voix, j'ai soufflé : « Sors d'ici.

— Pardon ?

— Je ne veux plus jamais te revoir.

— Juliet ? »

Il ne comprenait visiblement pas. Alors je me suis expliquée. Me sentant de plus en plus légère de minute en minute, je lui ai dit que je ne l'épouserais jamais, et que je n'épouserais d'ailleurs aucun homme qui n'aimerait pas Kit, Guernesey et Charles Lamb.

« Charles Lamb ? Qu'est-ce qu'il vient faire là-dedans, bon sang ? » a-t-il glapi (du mieux qu'il pouvait).

J'ai refusé d'expliciter. Il a tenté de discuter, de me calmer, de m'embrasser et de discuter davantage, mais c'était terminé, et il le savait aussi bien que moi. Pour la première fois depuis une éternité – depuis notre rencontre, en février –, j'étais sûre de moi. Comment ai-je pu songer à l'épouser ? Une année de mariage et je me serais transformée en une de ces femmes abjectes qui sondent leur mari du regard, tremblantes, chaque fois qu'on leur pose une question. Je les ai toujours méprisées. Je sais comment on le devient, maintenant.

Deux heures plus tard, Mark quittait l'île (pour toujours, j'espère) et, le cœur honteusement léger, je me goinfrais de tarte aux framboises chez Amelia. La nuit dernière, j'ai dormi comme un bébé dix heures d'affilée et, ce matin, j'ai l'impression d'avoir retrouvé mes trente-deux ans.

Kit et moi allons chercher des agates sur la plage, cet après-midi. Quelle journée splendide !

Je t'embrasse,
Juliet

*P.S.* : Rien de tout cela n'a le moindre rapport avec Dawsey. Le nom de Charles Lamb est sorti tout seul, par hasard. Il n'est même pas venu me saluer avant de partir. Plus j'y pense, plus je suis convaincue que, lorsqu'il s'est tourné vers moi, au bord de la falaise, c'était pour me demander de lui prêter mon parapluie.

# De Juliet à Sidney

Cher Sidney,

Je savais qu'Elizabeth avait été arrêtée pour avoir hébergé un travailleur esclave, cependant j'ignorais qu'elle avait un complice avant qu'Eben ne mentionne le nom de Peter Sawyer, il y a quelques jours. « Pardon ? *Qui* a été arrêté avec Elizabeth ? » l'ai-je questionné, interloquée. Eben a proposé de demander à Peter de tout me raconter lui-même.

Peter vit dans une maison de retraite proche du Grand Havre, dans la paroisse de Vale, aussi lui ai-je téléphoné. Il a répondu qu'il serait très heureux de me rencontrer – surtout si j'avais une goutte de brandy avec moi.

« Toujours, ai-je répliqué.

— Magnifique. Venez donc demain, alors », a-t-il dit avant de raccrocher.

Peter se déplace en fauteuil roulant, mais quel chauffeur ! Il fonce partout comme un forcené, coupe ses virages et peut effectuer des tours complets sur place. Nous sommes allés nous asseoir sous une charmille, et il m'a raconté son histoire en sirotant du brandy. Cette fois, Sidney, j'ai pris des notes – je ne voulais pas perdre un seul mot de ce récit.

Peter était déjà en fauteuil roulant, mais il vivait encore chez lui, à St. Sampson, quand il a découvert Lud Jaruzski, un esclave polonais de seize ans.

De nombreux travailleurs de l'OT étaient autorisés à quitter leurs enclos la nuit venue, pour aller mendier de quoi se nourrir, tant qu'ils étaient de retour pour travailler, le lendemain matin. Quand ils manquaient à l'appel, on partait à leur recherche. Cette permission de sortie était le moyen qu'avaient trouvé les Allemands pour faire durer les travailleurs sans gâcher leurs propres vivres.

Presque tous les insulaires cultivaient un potager. Certains possédaient même des poulaillers ou des clapiers – très prisés par les voleurs. Car les travailleurs de l'OT en étaient souvent réduits à voler. Aussi, beaucoup de locaux surveillaient leurs jardins armés de bâtons ou de piquets pour défendre leurs légumes.

Peter passait ses soirées dehors, caché dans l'ombre de son poulailler. Pas de piquet pour lui, juste une grosse poêle en fonte et des cuillères en métal pour donner l'alerte et ameuter les voisins.

Une nuit, il a entendu un bruit, puis il a vu Lud ramper à travers un trou dans sa haie. Il a attendu que le garçon se relève, mais il est retombé aussitôt. Il a réessayé. Sans succès. Peter a roulé jusqu'à lui et l'a observé un instant.

« C'était juste un enfant, Juliet. Un jeune garçon, qui gisait, face contre terre. Dieu qu'il était maigre. Maigre, épuisé, crasseux, vêtu de guenilles et couvert de parasites. On les voyait cavaler dans ses cheveux, jusqu'à ses sourcils. Le pauvre petit ne ressentait plus rien, il ne cillait même pas. Tout ce qu'il voulait, c'était une foutue patate, et il n'avait même pas la force de creuser. Faire ça à des enfants !

« Je vais vous avouer une chose, à cet instant j'ai détesté ces Allemands de tout mon être. Je n'arrivais pas à me pencher pour voir s'il respirait, alors j'ai relevé mes repose-pieds et je l'ai poussé de la pointe de ma chaussure jusqu'à ce qu'il roule sur le côté. J'ai beaucoup de force dans les bras. Je n'ai pas eu de mal à le soulever pour le poser sur mes genoux. Ensuite, je ne sais pas comment j'ai fait, mais j'ai réussi à nous traîner tous les deux jusqu'à la rampe d'accès à ma cuisine, et je l'ai laissé tomber par terre. J'ai attisé le feu, je suis allé chercher une couverture, j'ai mis de l'eau à chauffer et j'ai essuyé son pauvre visage. Puis je lui ai lavé les mains et j'ai noyé toutes les puces et les vers que j'ai pu. »

Peter n'a pas demandé d'aide à ses voisins, de peur d'être dénoncé aux Allemands. Le commandant les avait prévenus : quiconque offrirait l'asile à un travailleur de l'OT serait envoyé dans un camp de concentration ou abattu sur place.

Elizabeth devait passer le voir le lendemain matin. C'était son aide-soignante, elle lui rendait visite une fois par semaine, parfois davantage. Il la connaissait assez bien pour se douter qu'elle l'aiderait à maintenir l'enfant en vie dans le plus grand secret.

« Elle est arrivée en milieu de matinée. Je suis allé l'accueillir à la porte et je lui ai expliqué qu'il valait mieux qu'elle n'entre pas si elle voulait éviter les ennuis. Elle m'a signifié qu'elle devinait de quoi il s'agissait d'un hochement de la tête, et elle est entrée. Sa mâchoire s'est durcie quand elle s'est agenouillée près de Lud. Il sentait très fort, mais elle s'est mise au travail. Elle a découpé ses vêtements et les a brûlés. Elle l'a baigné et lui a lavé les cheveux avec du savon au goudron – un joli foutoir, vous ne me croirez peut-être pas, mais on a même ri. L'eau froide l'a réveillé un peu, à moins que ce ne soit nos voix. Il a paru surpris, puis effrayé. Elizabeth n'arrêtait pas de lui parler d'une voix douce. Il ne devait pas comprendre un traître mot de ce qu'elle disait, mais ça l'a rassuré. Nous l'avons porté jusqu'à ma chambre. Nous ne pouvions pas le laisser dans la cuisine, les voisins risquaient de l'apercevoir en passant. Elizabeth l'a soigné. Elle ne pouvait pas se procurer de médicaments, mais elle rapportait des os à moelle pour lui préparer des bouillons et du vrai pain, achetés au marché noir. J'avais des œufs. Alors, petit à petit, il a repris des forces. Il dormait beaucoup. Parfois, Elizabeth passait entre la tombée de la nuit et le couvre-feu. Il n'aurait été bon pour personne qu'on la voie se rendre chez moi trop souvent. Certaines personnes dénonçaient leurs voisins, voyez-vous. Soit pour se faire bien voir des Allemands, soit en échange de nourriture.

« Finalement, quelqu'un a remarqué ce qu'il se passait et nous a dénoncés. J'ignore qui. La Feldpolizei est arrivée un mardi soir. Elizabeth avait apporté un peu de poulet. Elle l'avait fait bouillir et donnait à manger à Lud. J'étais assis à son chevet.

« Ils ont encerclé la maison en silence, puis ils sont entrés d'un coup. Nous étions faits comme des rats. Ils nous ont tous emmenés, cette nuit-là. Dieu sait ce qu'ils ont fait à ce petit. Il n'y a pas eu de procès. On nous a mis sur le bateau de Saint-Malo, le lendemain. La dernière fois que j'ai vu Elizabeth, un gardien de la prison l'escortait à bord du navire. Elle semblait si glacée. Quand nous sommes arrivés en France, ils m'ont conduit à la prison de Coutances. Ne sachant que faire d'un prisonnier en fauteuil roulant ils m'ont renvoyé chez moi au bout d'une semaine, en me disant que je pouvais leur être reconnaissant de leur clémence. »

Peter savait qu'Elizabeth laissait Kit à Amelia chaque fois qu'elle se rendait chez lui. Néanmoins, elle n'avait révélé à personne qu'elle l'aidait à soigner le jeune esclave. Elle avait laissé croire à tout le monde qu'elle faisait des heures supplémentaires à l'hôpital.

Ce sont les grandes lignes, Sidney, mais Peter m'a proposé de revenir et j'ai accepté avec joie. Il m'a dit que je pourrais m'abstenir d'apporter du brandy, la prochaine fois. Toutefois, il serait heureux de voir des magazines de photos si j'en ai sous la main. Il aimerait savoir qui est Rita Hayworth.

Affectueusement,
Juliet

# De Dawsey à Juliet

*28 juillet 1946*

Chère Juliet,

Le temps sera bientôt venu pour moi d'aller chercher Remy à l'hospice, mais il me reste quelques minutes dont je profite pour vous écrire.

Remy semble plus forte que le mois dernier, mais elle est encore très fragile. Sœur Touvier m'a pris à part pour me mettre en garde : je dois veiller à ce qu'elle mange bien, à ce qu'elle reste au chaud et à ce qu'elle ne soit pas contrariée. Elle doit être entourée. De personnes joyeuses, de préférence.

Je ne crains pas qu'elle soit mal nourrie, et je sais qu'Amelia veillera à ce qu'elle ait bien chaud, cependant comment lui procurer de la joie ? Je ne suis pas très porté à plaisanter. Aussi, je me suis contenté d'acquiescer en tentant de paraître joyeux. À en juger par son regard perplexe, je n'ai pas convaincu sœur Touvier.

Ma foi, je ferai de mon mieux, mais je suis certain qu'avec la nature solaire et le cœur léger dont vous êtes dotée, vous serez de bien meilleure compagnie à Remy que moi. Je ne doute pas qu'elle vous adoptera comme nous l'avons tous fait au cours des derniers mois et qu'elle profitera de votre contact.

Embrassez Kit pour moi. Je vous verrai toutes les deux mardi.

Dawsey

# De Juliet à Sophie

Chère Sophie,

Fais-moi plaisir : oublie tout ce que j'ai pu te dire sur Dawsey.

Je suis une idiote.

Je viens de recevoir une lettre où il rend hommage aux vertus thérapeutiques de « ma nature solaire et de mon cœur léger ».

Une nature solaire, moi ? Un cœur léger ? Je ne me suis jamais sentie aussi insultée. Un clown ricaneur, voilà ce que je suis à ses yeux.

Je me sens humiliée, aussi. Dire qu'au moment où nous marchions au clair de lune et où je m'imaginais qu'un lien ténu s'était noué entre nous, il pensait juste que mes babillages allaient beaucoup amuser Remy.

Il est clair que je me suis bercée d'illusions. Dawsey se moque éperdument de moi.

Je suis trop irritée pour continuer à écrire.

Ton amie de toujours,
Juliet

# De Juliet à Sidney

Cher Sidney,

Remy est enfin là. Elle est petite et terriblement mince. Ses cheveux sont bruns et coupés court, et ses yeux presque noirs. Je pensais qu'elle aurait des blessures apparentes, mais non. En dehors d'un léger boitillement, qui peut passer pour de l'hésitation, et d'une raideur dans le cou, on ne remarque rien.

Je me rends compte que je la décris comme un être pathétique, or elle ne l'est pas du tout. Elle peut donner cette impression de loin, jamais de près. Il se dégage d'elle une telle gravité que c'en est presque énervant. Elle n'est pas froide, et certainement pas inamicale, mais elle semble se défier de la spontanéité. Je suppose que si j'avais traversé cet enfer, je serais comme elle. Un peu en dehors du monde.

Tout ce que je viens d'écrire sur elle est faux lorsqu'elle est avec Kit. Au début, elle semblait plus encline à la suivre des yeux qu'à lui parler, puis Kit lui a proposé de lui apprendre à zozoter, et tout a changé. Passé un moment de surprise, Remy a accepté sa proposition et elles sont allées ensemble dans la serre d'Amelia. Son zozotement est entravé par son accent français, mais Kit ne lui en tient pas rigueur et se montre assez généreuse pour lui offrir des instructions complémentaires.

Amelia a donné un petit dîner le soir de l'arrivée de Remy. Tout le monde s'est comporté aussi bien que possible. Isola est arrivée avec une grande bouteille d'un de ses toniques sous le bras, a jeté un coup d'œil à Remy et l'a aussitôt fourrée dans la poche de son manteau. « Ça risquerait de la tuer », m'a-t-elle murmuré dans la cuisine. Eli lui a serré la main et s'est retiré, gêné. Je crois qu'il a eu peur de lui avoir fait mal sans le vouloir. J'ai été contente de constater que Remy semble à son aise avec Amelia – elles s'apprécient l'une l'autre. Toutefois, il est évident qu'elle a une préférence pour Dawsey. Quand il est arrivé (un peu plus tard que les autres) elle s'est détendue instantanément et a même souri.

Hier, en dépit du froid et de la brume, Remy, Kit et moi avons construit un château de sable sur la minuscule plage d'Elizabeth. Nous avons consacré un long moment à cet ouvrage et avons réalisé un magnifique spécimen du genre. J'avais emporté une Thermos de chocolat chaud, que nous avons bu en attendant que la marée monte et détruise le château, avec impatience.

Kit ne cessait de courir de l'eau à nous, comme pour inciter les vagues à avancer. Remy a posé la main sur mon épaule et m'a dit en souriant : « Elizabeth a dû être comme ça un jour. Une impératrice des mers. » J'avais l'impression de recevoir un cadeau. Même un geste aussi anodin témoignait d'une grande confiance de sa part. J'étais heureuse qu'elle se sente en sécurité avec moi.

Pendant que Kit dansait avec les vagues, elle s'est mise à me parler d'Elizabeth. Elle avait décidé de garder profil bas, afin de conserver le peu de forces qu'il lui restait pour attendre la fin de la guerre et rentrer chez elle le plus vite possible. « Nous y croyions vraiment. Nous étions au courant de l'invasion. Nous avions vu des tas de bombardiers alliés survoler le camp. Nous savions ce qu'il se passait à Berlin. Les kapos n'arrivaient pas à dissimuler leur peur. La nuit, nous restions allongées sans pouvoir dormir, espérant entendre le bruit des chars alliés défoncer les grilles. Nous chuchotions dans le noir. Nous nous disions qu'il était possible que nous soyons libres le lendemain. Nous pensions que nous allions en réchapper vivantes. »

Que dire ? J'ai juste pensé : si seulement Elizabeth avait attendu quelques semaines de plus, elle aurait pu rentrer à la maison et retrouver Kit. Pourquoi, pourquoi a-t-elle attaqué cette kapo, alors que la fin du calvaire était si proche ?

Remy a observé le flux et le reflux de la mer. « Il aurait mieux valu pour elle qu'elle ait un cœur moins grand », a-t-elle conclu.

Pour elle oui, mais pas pour nous.

La marée est enfin montée. Joie, cris, et plus de château.


Affectueusement,
Juliet

# D'Isola à Sidney

Cher Sidney,

Je suis la nouvelle secrétaire du Cercle des amateurs de littérature et de tourte aux épluchures de patates de Guernesey. Je pensais que vous aimeriez jeter un œil à mes premières minutes, sachant combien vous vous intéressez à tout ce qui intéresse Juliet.

*30 juillet 1946, 19 h 30*

Nuit froide. Océan déchaîné. Will Thisbee était notre hôte. La poussière a été faite mais les rideaux auraient besoin d'être lavés.

Mrs. Winslow Daubbs a lu un chapitre de son autobiographie, *La Vie et les amours de Delilah Daubbs*. Public attentif, puis silence. Seul Winslow a parlé. Il veut divorcer.

Nous étions tous embarrassés, alors Juliet et Amelia ont servi le dessert qu'elles avaient préparé – un adorable gâteau en forme de ruban, servi dans des assiettes en porcelaine véritable, ce qui est inhabituel.

Miss Minor s'est levée et a déclaré que, dans la mesure où nous devenions nos propres auteurs, elle aimerait nous lire un ouvrage consacré à ses pensées intimes. Il s'intitule *Le Roman ordinaire de Mary Margaret Minor*.

Tout le monde sait déjà ce que Mary Margaret

pense de chaque chose, néanmoins nous avons répondu « d'accord » parce que nous aimons bien Mary Margaret. Will Thisbee a suggéré que, si elle était moins bavarde à l'écrit qu'à l'oral, sa lecture serait peut-être plus supportable qu'elle.

J'ai proposé que nous organisions une réunion exceptionnelle la semaine prochaine, pour ne pas avoir à attendre quinze jours avant de parler de Jane Austen. Dawsey m'a soutenue ! Accord général. Réunion ajournée.

Miss Isola Pribby, secrétaire officielle du Cercle des amateurs de littérature et de tourte aux épluchures de patates de Guernesey.

Maintenant que je suis secrétaire officielle, je peux vous faire prêter serment pour que vous deveniez membre du Cercle, si vous le désirez. C'est contraire au règlement, dans la mesure où vous n'êtes pas de Guernesey, mais cela restera secret.

Votre amie,
Isola

# De Juliet à Sidney

Cher Sidney,

Quelqu'un (je me demande bien qui) a envoyé un livre à Isola depuis les bureaux de Stephens & Stark. Il a été publié au milieu des années 1800 et s'intitule *Nouveau guide illustré de phrénologie et de psychiatrie à l'usage de l'autodidacte, incluant un index des mesures et des formes et plus de cent illustrations*. Et comme si cela ne suffisait pas, il y a un sous-titre : *Phrénologie, ou la science de l'interprétation des bosses du crâne*.

Kit, Dawsey, Will, Amelia, Remy et moi avons dîné chez Eben, hier soir. Isola est arrivée avec des tableaux, des croquis, du papier millimétré, un ruban à mesurer, un compas d'épaisseur et un nouveau cahier. Elle s'est éclairci la voix et elle a lu l'avertissement en première page : « Vous aussi, vous pouvez apprendre à lire les bosses de la tête ! Étonnez vos amis et confondez vos ennemis par votre perception indiscutable de leurs qualités humaines, ou de leur manque de qualités humaines. »

Elle a lâché le livre sur la table. « Je vais devenir une experte en la matière, a-t-elle déclaré. Juste à temps pour la fête des moissons. »

Elle a dit au pasteur Maurent qu'elle ne s'enveredopperait plus de châles et ne lirait plus les lignes de la main. Qu'à partir de maintenant elle devinerait l'avenir de manière scientifique. Elle récolterait bien plus d'argent pour l'église en lisant les bosses de la tête que Miss Sybil Beddoes avec son stand GAGNEZ UN BAISER DE SYBIL BEDDOES.

Will lui a donné raison : Miss Sybil Beddoes embrassait mal et, pour sa part, il était fatigué de passer par son stand, même au nom de la charité chrétienne.

Sidney, as-tu conscience de ce que tu as déchaîné sur Guernesey ? Isola a déjà lu les bosses de Mr. Singleton (qui tient l'étal voisin du sien, au marché) et lui a dit que sa « bosse de la compassion envers les animaux » était scindée en deux par une profonde encoche, ce qui était sans doute la raison pour laquelle il ne nourrissait pas assez son chien.

Tu devines où cela peut la mener ? Un jour, elle trouvera quelqu'un avec une grosse bosse de la « tendance au meurtre », et il la tuera – si Miss Beddoes lui en laisse le temps.

Ton cadeau a néanmoins provoqué une chose merveilleuse et inattendue. Après le dessert, Isola s'est mise à lire les bosses d'Eben. Je devais noter les mesures qu'elle me dictait. J'ai jeté un coup d'œil à Remy, me demandant comment elle réagirait à la vue d'Isola fourrageant dans les cheveux d'Eben. Elle a tenté de dissimuler un sourire. Puis, soudain, son rire a retenti dans la pièce. Dawsey et moi l'avons dévisagée, figés !

Elle est si réservée que nous ne la croyions pas capable d'un tel rire. Un rire qui clapotait comme un ruisseau. J'espère avoir la chance de l'entendre à nouveau.

Dawsey et moi ne sommes plus aussi cordiaux qu'avant l'un envers l'autre, cependant il me rend toujours fréquemment visite, pour voir Kit ou nous amener Remy. Le soir où Remy a ri, nos regards se croisaient pour la première fois en quinze jours. J'imagine qu'il songeait juste à rendre hommage à ma nature solaire. Car, vois-tu Sidney, d'aucuns pensent que telle est ma nature. Étais-tu au courant ?

Billee Bee a envoyé un exemplaire des *Joyaux de l'écran* à Peter. Il contient une série de photos de Rita Hayworth. Peter a été ravi, quoique surpris, de voir Miss Hayworth posant en chemise de nuit ! Agenouillée sur un lit ! Où va le monde ?

Billee Bee n'est-elle pas fatiguée que tu l'envoies faire tes courses pour moi ?

Affectueusement,
Juliet

# De Susan Scott à Juliet

*5 août 1946*

Chère Juliet,

Tu sais que Sidney ne conserve pas tes lettres dans une poche près de son cœur. Il les abandonne sur son bureau, afin que tout le monde puisse les lire. Ce que je fais, évidemment.

Je t'écris pour te rassurer au sujet de Billee Bee. Sidney ne lui demande jamais de faire ses courses. C'est elle qui le supplie de lui rendre ces petits services pour toi ou pour « cette chère enfant ». Elle est tellement onctueuse en sa présence que j'en ai la chique coupée. Elle porte une petite toque en angora nouée sous le menton – du genre de celle de la patineuse Sonja Henie. Est-il besoin d'en dire davantage ?

J'ajoute que, au contraire de ce que pense Sidney, ce n'est pas un ange tombé du Ciel. Elle nous a été envoyée par une agence de placement à titre *temporaire*, mais a tôt fait de se rendre indispensable et *permanente*. Kit n'aurait-elle pas envie d'une créature quelconque vivant aux îles Galapagos ? Billee Bee sauterait dans un bateau dès la prochaine marée et, avec un peu de chance y resterait plusieurs mois. Peut-être pour toujours, si un animal de là-bas daignait la dévorer.

Avec toute mon affection à toi et à Kit,
Susan

# D'Isola à Sidney

Cher Sidney,

Je sais que c'est vous qui m'avez envoyé le *Nouveau guide illustré de phrénologie et de psychiatrie à l'usage de l'autodidacte, incluant un index des mesures et des formes et plus de cent illustrations.* Ce livre m'est très utile et je vous en remercie. Je l'ai beaucoup étudié, de sorte que je suis capable de palper toutes les bosses d'un crâne sans avoir à consulter l'ouvrage plus de deux ou trois fois. J'espère rapporter une fortune à l'église lors de la fête des moissons. Qui ne voudrait pas découvrir ses mécanismes secrets (bons ou pourris), grâce à la science de la phrénologie ? Personne !

J'ai vraiment eu le coup de foudre pour la phrénologie. J'en ai appris davantage en trois jours qu'au cours de toute mon existence. Prenez Mrs. Guilbert, par exemple. Elle a toujours été malveillante, mais désormais je sais qu'elle ne peut pas s'en empêcher : elle a un gros trou dans la zone de la bonté. Elle est tombée dans la carrière quand elle était petite. À mon avis, c'est à ce moment-là qu'elle s'est fissuré la bonté et qu'elle a changé à jamais.

Même mes amis me réservent des surprises. Eben a le sens du langage et de la parole ! Je ne l'aurais jamais cru, s'il n'avait également des poches sous les yeux. Il n'y a donc pas d'erreur possible. Je lui ai annoncé la nouvelle en douceur, bien sûr. Au début, Juliet a refusé de me laisser lire ses bosses. Elle a cédé lorsque j'ai argué qu'elle se dressait sur le chemin de la science. Notre Juliet a de l'affectionnivité à revendre. Ainsi que de l'habitativité (l'amour du foyer conjugal). Je lui ai dit qu'avec ces deux belles bosses c'était un miracle qu'elle ne soit pas encore mariée.

Will a ricané : « Votre Mr. Stark sera un homme comblé, Juliet ! » Elle est devenue écarlate. J'ai failli lui dire qu'il ne savait rien à rien, que Mr. Stark était homosexuel, mais je me suis retenue à temps pour demeurer fidèle à ma promesse.

Dawsey est parti aussitôt, si bien que je n'ai pas pu palper ses bosses, mais ce n'est que partie remise. Cet homme est incompréhensible, parfois. À une époque, il participait activement à nos conversations. Dernièrement, il n'est pas capable de mettre deux mots bout à bout.

Merci encore pour ce beau livre.

Votre amie,
Isola

# Télégramme de Sidney à Juliet

*6 août 1946*

J'AI ACHETÉ UNE PETITE CORNEMUSE POUR DOMINIC CHEZ GUNTHERS HIER. KIT SERAIT-ELLE INTÉRESSÉE ? RÉPONDS VITE. ILS N'EN ONT PLUS QU'UNE. COMMENT VA L'ÉCRITURE ? VOUS EMBRASSE TOI ET KIT. SIDNEY

# De Juliet à Sidney

Cher Sidney,

Kit adorerait avoir une cornemuse. Moi non.

Je crois que le livre progresse merveilleusement, néanmoins j'aimerais t'envoyer mes deux premiers chapitres – je ne me sentirai en bon chemin que lorsque tu les auras lus. As-tu un peu de temps ?

On ne devrait pas pouvoir écrire de biographie à plus d'une génération de distance de son sujet, afin qu'il soit encore présent dans la mémoire des vivants. Tu imagines ce que j'aurais pu écrire sur Anne Brontë si j'avais pu interroger ses voisins ? Peut-être qu'elle n'était pas douce et mélancolique du tout. Peut-être qu'elle hurlait et envoyait voler la vaisselle régulièrement.

Chaque jour, j'en apprends un peu plus sur Elizabeth. Comme je regrette de ne pas l'avoir connue ! Plus j'avance, plus je me prends à songer à elle comme à une amie et à évoquer des moments de son existence comme si j'étais présente. Elle était si pleine de vie que j'ai tendance à oublier qu'elle est morte, et, quand cela me revient, la tristesse m'assaille à nouveau.

Aujourd'hui, on m'a raconté une histoire qui m'a donné envie de me recroqueviller et de sangloter. Nous avons soupé chez Eben, ce soir. Après dîner, Eli et Kit sont sortis chasser des vers de terre (une tâche simplifiée par le clair de lune). Eben et moi avons emporté nos cafés dehors, et, pour la première fois depuis que je le connais, il m'a parlé d'Elizabeth.

C'est arrivé à l'école où Eli et les autres enfants attendaient les navires d'évacuation. Eben était déjà reparti avec les autres parents. C'est Isola qui lui a raconté ce qui suit.

La salle de l'école était pleine d'enfants. Elizabeth boutonnait le manteau d'Eli quand il lui a avoué qu'il avait peur de partir loin de sa maman et de sa maison. Et si le navire était bombardé ? À qui pourrait-il dire au revoir ? Elizabeth a réfléchi un instant, puis elle a soulevé son pull et détaché une broche de son chemisier. Il s'agissait d'une médaille décernée à son père lors de la Première Guerre mondiale. Elle ne s'en séparait jamais.

Elle l'a déposée au creux de sa main et elle lui a expliqué que c'était une broche magique : rien de mal ne pourrait lui arriver tant qu'il la porterait. Ensuite, elle lui a demandé de cracher dessus deux fois de suite, afin que le charme agisse. Isola a aperçu le visage d'Eli par-dessus l'épaule d'Elizabeth, elle a dit à Eben qu'il irradiait de cette aura sublime qu'ont les enfants quand ils n'ont pas encore atteint l'âge de raison.

De toutes les épreuves qu'ils ont traversées durant la guerre, celle-ci a dû être la plus terrible. Devoir envoyer ses enfants loin de soi pour les protéger, cela défie l'instinct de préservation. Je deviens de plus en plus louve avec Kit. J'ai toujours un œil sur elle. Si je la sens un tant soit peu en danger (ce qui est souvent le cas, vu son goût pour l'escalade), les poils de ma nuque se hérissent (j'ignorais en avoir à cet endroit) et je vole à son secours. Quand le fils du pasteur (son ennemi) lui jette des prunes, je me mets à aboyer. Et, par la grâce d'une sorte de sixième sens, je sais toujours où elle se trouve – comme si elle était une partie de mon propre corps. Si ce n'était pas le cas, je serais morte d'angoisse. Je suppose que les mères sont ainsi pour assurer la survie de l'espèce. Mais la guerre a tout bouleversé. Comment les mamans de Guernesey ont-elles pu continuer à vivre alors qu'elles ignoraient où se trouvaient leurs enfants ? C'est inconcevable.

Je t'embrasse,
Juliet

*P.S.* : Et pourquoi pas une flûte ?

# De Juliet à Sophie

Sophie chérie,

Quelle magnifique nouvelle ! Un bébé ! Splendide ! J'espère que tu ne seras pas obligée de grignoter des biscuits secs et de sucer des citrons, cette fois. Je sais que tu te moques de ce que tu auras, mais j'adorerais que ce soit une fille. À cette fin, je suis en train de tricoter un petit gilet et un bonnet en laine rose. Je devine la joie d'Alexander, mais qu'en est-il de Dominic ?

J'ai appris la nouvelle à Isola, et je crains qu'elle ne t'envoie une bouteille de son tonique prénatal. Je t'en prie, n'en bois pas et ne le jette pas dans un endroit où les chiens risqueraient de le retrouver. Ses toniques sont sans doute inoffensifs, mais mieux vaut éviter de prendre des risques.

Tu adresses tes questions sur Dawsey à la mauvaise personne. Envoie-les plutôt à Kit... ou à Remy. Je le vois à peine, et, quand nous nous croisons, il se drape dans son silence – pas d'une manière sombrement romantique, tel Mr. Rochester dans *Jane Eyre*, mais d'une manière grave et austère qui suggère la désapprobation. J'ignore sincèrement pourquoi. À mon arrivée à Guernesey, Dawsey était mon ami. Nous parlions de Charles Lamb et parcourions l'île ensemble. J'appréciais tellement sa compagnie. Mais, depuis ce fameux soir, au bord de la falaise, il ne m'adresse plus la parole. Quelle déception ! Notre complicité me manque. Je commence à me demander si je ne l'ai pas rêvée.

N'étant pas silencieuse par nature, j'éprouve une grande curiosité à l'égard des êtres peu loquaces. Et, dans la mesure où Dawsey ne veut plus me parler de lui (ne veut plus me parler du tout), j'en ai été réduite à interroger Isola sur les bosses de son crâne. Elle m'a avoué qu'elle commençait à douter de la science des bosses. Elle m'a offert pour preuve que la bosse de la violence de Dawsey n'était pas aussi grosse qu'elle le devrait. Il a tout de même failli tuer Eddie Meares !!!

Les points d'exclamation sont de moi. Isola a prononcé ces mots d'un ton tout à fait anodin.

Eddie Meares est un grand type peu recommandable qui donnait-échangeait-vendait des informations aux autorités allemandes, pendant l'Occupation. Personne ne l'ignorait, et cela ne semblait pas le déranger, puisqu'il avait coutume de se rendre au bar local pour exhiber sa nouvelle richesse (une miche de pain blanc, des cigarettes, des bas de soie « qui lui vaudraient la reconnaissance de n'importe quelle fille de l'île »).

Une semaine après l'arrestation d'Elizabeth et de Peter, il a sorti de sa poche un étui à cigarettes en argent ; une récompense pour avoir dénoncé certaines affaires louches qui se déroulaient dans la maison de Peter Sawyer, a-t-il déclaré.

Dawsey en a eu vent et s'est rendu à la Folle Ida le lendemain soir. Apparemment, il s'est dirigé droit sur Eddie Meares, l'a décollé de son tabouret et s'est mis à lui cogner la tête contre le bar, le traitant de sale petite ordure à chaque coup. Puis il l'a jeté par terre et ils ont continué à se battre au corps à corps.

D'après Isola, Dawsey est revenu avec une lèvre fendue, un œil fermé et une côte fêlée ; mais il a laissé Eddie Meares avec deux yeux au beurre noir, deux côtes cassées et une blessure à recoudre. Le tribunal l'a condamné à trois mois de prison, mais on l'a laissé sortir au bout d'un mois. Les Allemands avaient besoin de place pour des criminels plus sérieux – comme les trafiquants du marché noir ou les voleurs d'essence qui vidaient les réservoirs des camions militaires.

« Depuis, chaque fois que Dawsey franchit le seuil de la Folle Ida, Eddie Meares regarde autour de lui, manque de renverser son verre et ne tarde pas à filer par la porte de derrière », a conclu Isola.

Il va de soi que j'étais sidérée. Je l'ai suppliée de m'en dire davantage. Déçue par la science des bosses, elle s'en est tenue aux faits.

Dawsey a eu une enfance plutôt triste. Son père est mort quand il avait onze ans, et Mrs. Adams, qui avait toujours été souffreteuse, est devenue étrange. Elle a commencé par avoir peur de se rendre en ville, puis de sortir dans son propre jardin, et enfin, de quitter sa maison. Elle passait son temps dans sa cuisine, à se balancer en fixant le vide. Elle est morte peu avant la guerre.

Entre sa mère, la ferme à tenir et son fort bégaiement, Dawsey s'est refermé sur lui-même et ne s'est jamais fait d'amis, à part Eben. Isola et Amelia le connaissaient à peine.

Et puis, Elizabeth est arrivée et a forcé son amitié. Elle l'a littéralement obligé à entrer dans le cercle littéraire. « Et, Dieu qu'il s'est épanoui ! » a déclaré Isola. Il s'est mis à parler de livres au lieu de s'en tenir à la fièvre des cochons, s'est fait des amis qui aimaient l'écouter et a, peu à peu, perdu son bégaiement.

C'est un être bien mystérieux, tu ne trouves pas ? Peut-être qu'il n'est pas si différent de Mr. Rochester, après tout. Il cache peut-être un secret. Une blessure ? Une femme démente, enfermée dans sa cave ? Tout est possible, quoiqu'il lui aurait été difficile de nourrir une épouse avec des tickets de rationnement pour une seule personne. Oh, j'aimerais tant que nous redevenions amis (Dawsey et moi, sans la folle).

Je comptais ne lui accorder qu'une phrase ou deux, et voilà qu'il occupe plusieurs pages de cette lettre. Bon, il faut que je me dépêche de me rendre présentable pour la réunion du Cercle de ce soir. Je ne possède qu'une seule jupe décente, et je me sens vieillotte en ce moment. Malgré sa fragilité et sa maigreur, Remy parvient à être élégante en toute circonstance. Comment font ces Françaises ?

À suivre...

Affectueusement,
Juliet

# De Juliet à Sidney

*11 août 1946*

Cher Sidney,

Je suis contente que tu sois satisfait du début de ma biographie d'Elizabeth. Mais laissons cela de côté pour l'instant, car ce que j'ai à te dire ne peut pas attendre. J'arrive à peine à y croire moi-même. Et pourtant, c'est vrai. Je les ai vues de mes propres yeux !

Sauf erreur de ma part, Stephens & Stark devrait bientôt publier le texte du siècle. On écrira dessus, on offrira des bourses pour l'étudier, et Isola sera poursuivie par tous les universitaires, les libraires et les riches collectionneurs de l'hémisphère Ouest.

Voici les faits. Isola devait nous parler d'*Orgueil et préjugés*, seulement Ariel avait mangé ses notes juste avant le souper. Paniquée, elle a ressorti des lettres conservées par sa chère Mamie Phine (diminutif de Joséphine), pensant qu'elles pourraient remplacer Jane, dans la mesure où elles racontaient une histoire.

Quand elle a tiré de sa poche un paquet de soie rose attaché par un ruban en satin, Will Thisbee s'est exclamé : « Des lettres d'amour, ben mince ! Allons-nous découvrir des secrets ? Des choses intimes ? Les gentlemen doivent-ils quitter la pièce ? »

Isola lui a demandé de se taire et de se rasseoir. Elle a expliqué qu'il s'agissait de lettres qu'un inconnu d'une grande gentillesse avait adressées à sa Mamie Phine, quand elle était petite. Elle les conservait dans une boîte à biscuits et les lui lisait souvent pour l'endormir.

Le paquet contenait huit lettres, Sidney. Je ne vais pas essayer de t'en détailler le contenu, j'échouerais lamentablement.

Isola nous a raconté que, lorsque sa Mamie Phine avait neuf ans, son père a noyé son chat. Apparemment, Muffin est montée sur la table et a léché le beurre. Il n'en a pas fallu davantage à ce type infect pour fourrer la bête dans un sac en toile, le lester de quelques pierres et jeter le tout à la mer. Puis il a rencontré Phine qui rentrait de l'école et lui a raconté ce qu'il venait de faire, en ajoutant : « Bon débarras. »

Il s'est rendu à la taverne en titubant, abandonnant l'enfant, assise au milieu de la route, pleurant toutes les larmes de son corps.

Un attelage est alors arrivé à vive allure et s'est arrêté à un cheveu d'elle. Le cocher s'est levé de son siège pour l'incendier mais son passager, un homme de grande taille vêtu d'un manteau sombre au col de fourrure, est descendu. Il a demandé au cocher de se taire et s'est penché sur Phine pour lui proposer son aide.

Phine lui a dit que personne ne pouvait l'aider. Muffin était partie pour toujours ! Son papa avait noyé sa chatte. Elle était morte. Elle ne la reverrait plus jamais.

L'homme a répondu : « Bien sûr que non, Muffin n'est pas morte. Tu ne sais pas que les chats ont neuf vies ? » Phine en avait entendu parler, oui. « Eh bien, il se trouve que je sais que ta Muffin n'en était qu'à sa troisième vie, si bien qu'il lui en reste six. »

Phine lui a demandé comment il le savait. L'homme a dit qu'il le savait, un point c'est tout. Il possédait ce don depuis sa naissance. Il ne savait pas pourquoi ni comment, mais des chats lui apparaissaient en pensée et il arrivait à discuter avec eux. Pas avec des mots, avec des images.

Il s'est assis sur la route à côté d'elle et lui a demandé de ne pas bouger : il allait voir si Muffin voulait bien lui rendre visite. Ils ont gardé le silence plusieurs minutes puis, soudain, l'homme a saisi la main de Phine.

« Oui ! La voilà ! Elle va naître dans une minute ! Dans un manoir... non, un château. Je crois qu'elle est en France... Oui, elle est bien en France. Il y a un petit garçon. Il la caresse. Il l'aime déjà. Il va lui donner un nom... comme c'est étrange... il l'appelle Solange. C'est un nom bizarre pour un chat, mais bon. Elle va vivre vieille et mener une vie pleine d'aventures. Cette Solange a beaucoup d'esprit. Quelle verve ! »

Mamie Phine était tellement émerveillée par le nouveau destin de sa chatte qu'elle a arrêté de pleurer. Mais Muffin lui manquerait tout de même énormément, a-t-elle dit à l'homme. Il l'a remise sur ses pieds et lui a expliqué que c'était normal de pleurer un si bon chat, que c'était même obligatoire et qu'elle serait triste encore un moment.

En attendant, il convoquerait Solange régulièrement pour prendre de ses nouvelles. Savoir si elle mangeait à sa faim et s'amusait bien. Il a demandé son nom à Phine, ainsi que celui de la ferme de ses

355

parents. Il a noté tout cela sur un petit carnet avec un crayon en argent, et lui a promis qu'elle recevrait bientôt de ses nouvelles. Il lui a baisé la main, il est remonté dans son attelage, et il a disparu.

Aussi absurde que cela puisse paraître, Sidney, Phine a effectivement reçu des lettres de lui. Huit longues lettres espacées sur une année, l'informant de l'existence que menait Muffin depuis qu'elle était devenue Solange. À l'en croire, c'était une sorte de mousquetaire féline. Elle n'avait rien de ces chats paresseux qui se prélassent sur des coussins et lapent de la crème. Elle bondissait d'aventure en aventure. C'est le seul chat à avoir jamais été distingué de la Légion d'honneur.

Tu n'imagines pas quelle histoire pétillante, brillante, pleine de rebondissements et de suspense, cet homme est allé inventer pour Phine. Je peux au moins te parler de l'effet qu'elle a eu sur l'assistance : nous étions tous ravis. Même Will était sans voix.

J'en viens à la raison pour laquelle j'ai besoin d'un conseil éclairé et posé. Une fois la lecture terminée (et copieusement applaudie), j'ai demandé à jeter un œil sur les lettres et Isola me les a tendues.

Sidney, l'auteur avait signé ses lettres d'un théâtral :

Très sincèrement vôtre,
O.F.O'F.W.W.

Tu penses à ce que je pense ? Est-il possible qu'Isola ait hérité de huit lettres écrites de la main d'Oscar Wilde ? Mon Dieu, je suis dans tous mes états.

Je le crois parce que j'ai envie d'y croire, mais est-il noté quelque part qu'Oscar Wilde serait venu à Guernesey ? Oh, bénie soit Speranza d'avoir affublé son fils d'un nom aussi grotesque qu'Oscar Fingal O'Flahertie Wills Wilde !

Réponds-moi vite, j'éprouve des difficultés à respirer.

Affectueusement,

Juliet

# Lettre nocturne de Sidney à Juliet

*13 août 1946*

Croyons-y ! Billee a mené quelques recherches. Elle a découvert qu'Oscar Wilde avait séjourné une semaine à Jersey en 1893. Il est donc possible qu'il se soit rendu à Guernesey à cette occasion. Je t'envoie sir William Otis vendredi. C'est un graphologue réputé, spécialiste d'Oscar Wilde. Il viendra avec des lettres empruntées à la collection de son université. Je lui ai réservé une suite au Royal Hotel. Zenobia risquerait de porter atteinte à sa dignité en allant se percher sur son épaule.

Si Will Thisbee trouve le Saint Graal dans sa cour des miracles, je ne veux pas le savoir. Mon cœur ne supporterait pas le choc.

Embrasse Kit et Isola de ma part,
Affectueusement,
Sidney

# D'Isola à Sidney

*14 août 1946*

Cher Sidney,

Juliet me dit que vous allez nous envoyer un spécialiste de l'écriture pour qu'il décide si les lettres de Mamie Phine ont été écrites par Mr. Oscar Wilde. Je parierais que oui. Mais, même si elles ne sont pas de lui, vous ne pourrez pas manquer d'admirer les aventures de Solange. Je les ai adorées petite, tout comme Mamie Phine avant moi et Kit aujourd'hui. Ma grand-mère se retournerait de joie dans sa tombe si elle apprenait que tant d'autres personnes ont aimé les histoires de ce gentil monsieur.

Juliet m'a expliqué que si nous prouvons que Mr. Wilde est bien l'auteur de ces lettres, des tas d'universitaires et de librairies vont vouloir me les acheter. Ils les conserveront dans un endroit sûr, sec et à l'abri de l'humidité, cela va de soi.

Mais il n'en est pas question ! Elles sont déjà dans un endroit sûr, sec et à l'abri de l'humidité. Mamie les rangeait dans sa boîte à biscuits, et c'est là qu'elles resteront. Évidemment, tous ceux qui voudront les voir seront les bienvenus chez moi. Vous le premier. Juliet pense que de voir défiler ces érudits devrait nous amuser, Zenobia et moi – nous qui aimons tant la compagnie.

Si vous désirez les publier, je n'y vois pas d'inconvénient. J'espère seulement que vous me laisserez écrire ce que Juliet appelle une préface. J'aimerais y parler de Mamie Phine et y glisser une

359

photo où elle pose avec Muffin près de la pompe.
Juliet m'a parlé des droits d'auteur. Elle dit que je
pourrai m'acheter une motocyclette avec un side-
car. Mr. Lenoux en a un rouge d'occasion dans son
garage.

Votre amie,
Isola Pribby

# De Juliet à Sidney

Cher Sidney,

Sir William est venu et reparti. Isola m'avait invitée à assister à l'expertise des lettres et je n'aurais manqué cela pour rien au monde. Sir William est apparu à neuf heures précises, à la porte de la cuisine. J'ai paniqué à la vue de cet homme sévère en costume noir. Et si les lettres de Mamie Phine étaient l'œuvre d'un fermier fantaisiste ? Que ferait-il de nous (et de toi) pour lui avoir fait perdre son temps ?

Il s'est installé au milieu des étagères couvertes de ciguë et d'hysope, s'est déposé de la poudre sur les doigts à l'aide d'un mouchoir, a coincé une petite loupe dans son œil et a tiré la première lettre de la boîte à biscuits, délicatement.

Un long silence a suivi. Isola et moi avons échangé un regard. Sir William a tiré une deuxième lettre de la boîte. Isola et moi avons retenu notre souffle. Il a soupiré. Il a tiqué. Il a murmuré : « Hummmm. » Nous avons hoché la tête pour l'encourager. Une erreur qu'il a punie par un nouveau silence qui a paru durer des semaines.

Enfin, il nous a regardées et il a hoché la tête.

« Oui ? ai-je soufflé.

— Je suis heureux de vous confirmer que vous êtes en possession de huit lettres écrites de la main d'Oscar Wilde, madame, a-t-il déclaré en s'inclinant devant Isola.

— DIEU SOIT LOUÉ ! »

Elle a contourné la table et serré sir William dans ses bras. Passé une seconde de surprise, il a souri et lui a tapoté le dos gentiment.

Il a emporté une page avec lui pour consulter un autre spécialiste d'Oscar Wilde, mais il m'a avoué que c'était juste pour la forme. Il était certain de ne pas se tromper.

Il se peut qu'il omette de te raconter qu'Isola l'a emmené faire un tour sur la motocyclette de Mr. Lenoux – elle au guidon, lui dans le side-car, Zenobia sur son épaule. Ils ont eu une contravention pour conduite imprudente, que sir William a voulu avoir le « privilège » de payer. Pour un graphologue réputé, c'est un joyeux bougre, a dit Isola.

Néanmoins, il ne t'a pas éclipsé dans son cœur. Quand viens-tu voir les lettres – et moi incidemment ? Kit préparera un numéro de claquettes en ton honneur et je ferai le poirier (j'y arrive encore tu sais).

Juste pour te tourmenter, je ne te donnerai aucune autre nouvelle d'ici. Viens les chercher toi-même.

Affectueusement,
Juliet

# Télégramme de Billee Bee à Juliet

*20 août 1946*

NOTRE CHER MR. STARK SOUDAINEMENT
APPELÉ À ROME. ME DEMANDE DE VENIR
CHERCHER LES LETTRES CE VENDREDI.
MERCI DE TÉLÉGRAPHIER VOTRE ACCORD ;
IMPATIENTE DE PRENDRE DES PETITES
VACANCES SUR VOTRE CHÈRE ÎLE. BILLEE
BEE JONES

# Télégramme de Juliet à Billee Bee

RAVIE. MERCI DE ME FAIRE CONNAÎTRE L'HEURE DE VOTRE ARRIVÉE, VIENDRAI VOUS CHERCHER. JULIET

# De Juliet à Sophie

Chère Sophie,

Ton frère devient trop auguste à mon goût. Il m'a envoyé une émissaire pour récupérer les lettres d'Oscar Wilde à sa place ! Billee Bee est arrivée par la navette postale de ce matin. Son voyage a été très mouvementé. Elle avait les jambes flageolantes et le teint verdâtre à sa descente du bateau – mais était pleine d'entrain. Elle n'a pas réussi à avaler quoi que ce soit au déjeuner, cependant elle s'est jointe à nous au dîner et s'est révélée une invitée enjouée à la réunion du Cercle qui a suivi.

Un moment malaisé toutefois : il semble que Kit ne l'aime guère. Quand Billee Bee s'est approchée pour lui dire bonjour, elle s'est écartée en déclarant : « J'embrasse pas. » Que fais-tu quand Dominic se montre grossier ? Le punis-tu sur-le-champ, au risque d'être embarrassée devant les témoins, ou attends-tu que vous soyez seuls ? Billee Bee a joliment étouffé l'affaire, ce qui est tout à son honneur, et non à celui de Kit. J'ai préféré attendre, mais ton opinion m'intéresse.

Depuis que j'ai appris la mort d'Elizabeth, l'avenir de Kit me préoccupe. Ainsi que le mien sans elle. Je ne supporte pas cette idée. Je vais prendre rendez-vous avec Mr. Dilwyn, sitôt que lui et son épouse seront rentrés de vacances. Il est son tuteur légal. Je veux discuter de la possibilité d'obtenir sa garde/de l'adopter/d'être foyer d'accueil. Je préférerai une adoption pure et simple, bien sûr, cependant, je ne suis pas certaine que Mr. Dilwyn considérera qu'une vieille fille aux revenus irréguliers et sans domicile fixe puisse faire un bon parent.

Je n'en ai encore touché mot à personne. Pas même à Sidney. J'ai tant de choses à envisager, avant. Qu'en pensera Amelia ? Et Kit ? Est-elle assez grande pour prendre ce genre de décision ? Où habiterons-nous ? Ai-je le droit de l'enlever à cette île qu'elle aime tant pour lui faire mener une vie londonienne étriquée sans bateaux, ni cimetière où s'amuser ? Elle aurait beau nous avoir, moi, Sidney et toi, comment espérer remplacer la famille qu'elle a ici ? Tu crois qu'elle aurait une chance d'avoir une maîtresse d'école aussi époustouflante qu'Isola ? Jamais de la vie.

Je n'arrête pas de retourner ces questions dans ma tête. Une chose est sûre : j'aimerais prendre soin de Kit pour toujours.

Je t'embrasse,
Juliet

*P.S.* : Si Mr. Dilwyn rejette toutes les possibilités en bloc, il se peut que je l'enlève et que nous montions en Écosse nous cacher dans ta grange.

# De Juliet à Sidney

*23 août 1946*

Cher Sidney,

Soudainement appelé à Rome ? As-tu été élu pape ? Il faudra que tu aies une raison au moins aussi valable que celle-là pour que je te pardonne d'avoir envoyé Billee Bee récupérer les lettres à ta place. Et puis, je ne comprends pas pourquoi des copies ne feraient pas l'affaire. Billee dit que tu insistes pour voir les originales. Isola ne tolérerait une telle exigence de personne d'autre sur terre. Je t'en prie, Sidney, prends-en le plus grand soin – elle y tient comme à la prunelle de ses yeux. Et débrouille-toi pour les lui rapporter *en personne*.

Ce n'est pas que Billee Bee nous déplaise. C'est une invitée très enthousiaste – elle est dehors, en train de dessiner des fleurs sauvages en ce moment même. J'aperçois son petit bonnet au milieu des herbes hautes. Elle a sincèrement apprécié la réunion du Cercle d'hier soir. Elle nous a gratifiés d'un petit discours à la fin de la séance et a même demandé à Will Thisbee la recette de son délicieux feuilleté aux grenades. (C'était peut-être pousser les bonnes manières un peu loin : ce n'était qu'un tas de pâte recouvert d'une substance rougeâtre pointillée de graines noires.)

Dommage que tu n'aies pas été là, l'orateur du jour, Augustus Sarre, a parlé de ton livre préféré, *Les Contes de Canterbury*. Il a choisi de lire « Le conte du frère » en premier, parce qu'il savait ce que faisait un prêtre pour gagner sa vie – pas comme ces autres gars du livre : le Régisseur, le Franklin ou le Semonneur. « Le conte du frère » l'a tellement révulsé qu'il n'a pas poursuivi sa lecture.

Heureusement pour toi, j'ai pris des notes mentales minutieuses qui me permettent de te restituer l'essentiel de son propos. Tout d'abord, Augustus ne laissera jamais un de ses enfants lire Chaucer, de crainte de le dégoûter de la vie en général et de Dieu en particulier. À en croire le prêtre, l'existence ne serait qu'une *fosse d'aisance* (ou presque) que l'homme doit traverser à la nage en faisant de son mieux pour ne pas s'y noyer, se sachant poursuivi par le mal, qui ne manque jamais de le rattraper. (Ne penses-tu pas qu'Augustus est un brin poète ? Moi oui.)

Le pauvre vieillard est condamné à une vie de pénitence, d'expiation, de jeûne et d'autoflagellation avec des cordes à nœuds. Et tout cela parce qu'il est Né avec le Péché. Il vivra ainsi jusqu'à la dernière minute de son existence, où il recevra enfin la grâce de Dieu.

« Qu'en dites-vous, les amis ? a lancé Augustus. Vous menez une existence misérable durant laquelle Dieu ne vous laisse pas souffler une seconde, et, au moment où vous poussez votre dernier soupir, BING ! il vous offre sa Grâce. Eh bien moi je dis : Merci pour rien.

« Et ce n'est pas tout, mes amis : l'homme se doit de ne jamais penser du bien de sa propre personne – ça s'appelle le péché d'orgueil. Eh bien, montrez-moi un homme qui se déteste, et je vous montrerai un homme qui déteste encore plus ses voisins !

C'est inévitable : comment accorder à autrui ce que l'on se refuse à soi-même – l'amour, la gentillesse, le respect ! Alors je dis : honte à toi le prêtre ! honte à toi Chaucer ! » Et Augustus est retombé sur sa chaise comme une masse.

Deux heures de discussion sur le Péché originel et la Prédestination ont suivi. À la fin, Remy s'est levée pour parler – c'était la première fois. Le silence s'est fait. « Si nous sommes prédestinés, a-t-elle commencé d'une voix douce, alors Dieu est un démon. » Qui pouvait la contredire ? Quelle sorte de Dieu aurait voulu Ravensbrück ?

Isola nous a conviées à un dîner en petit comité. Billee Bee sera l'invitée d'honneur. Elle compte lui tâter les bosses du crâne, même si elle n'aime pas trop fourrager dans les cheveux des inconnus. Elle a dit qu'elle le ferait par amitié pour son cher Sidney.

Affectueusement,
Juliet

# Télégramme de Susan Scott à Juliet

*24 août 1946*

CHÈRE JULIET : SUIS HORRIFIÉE. BILLEE BEE À GUERNESEY POUR RÉCUPÉRER LETTRES. NON ! NE PAS (JE RÉPÈTE) *PAS* LUI FAIRE CONFIANCE. NE RIEN LUI DONNER. IVOR, NOTRE NOUVEAU CORRECTEUR, A VU BILLEE BEE ET GILLY GILBERT (DU *LONDON HUE AND CRY*, VICTIME DERNIÈREMENT DE TON LANCER DE THÉIÈRE) ÉCHANGER DE LONGS BAISERS FOUGUEUX DANS LE PARC. SE SONT FAIT PORTER MALADES TOUS LES DEUX. QU'ELLE FASSE SES BAGAGES SANS LES LETTRES. AMITIÉS. SUSAN

# De Juliet à Susan

Chère Susan,

Tu es une héroïne ! Isola ici présente te nomme membre honoraire du Cercle des amateurs de littérature et de tourte aux épluchures de patates de Guernesey, et Kit te confectionne un cadeau unique à l'aide de sable et de colle (tu feras bien d'ouvrir son paquet dehors).

Le télégramme est arrivé juste à temps. Isola et Kit étaient sorties de bonne heure pour récolter des herbes, et Billee Bee et moi étions seules dans la maison (pensais-je) quand j'ai lu ton télégramme. J'ai bondi dans l'escalier et je me suis ruée dans sa chambre : elle, sa valise, son sac à main, et les lettres avaient disparu !

Prise de panique, je suis redescendue en courant et j'ai téléphoné à Dawsey pour qu'il accoure et nous aide à la rattraper. Ce qu'il a fait, juste après avoir appelé Booker pour lui demander d'aller jeter un œil au port et d'empêcher à tout prix Billee Bee de quitter Guernesey.

Il n'a pas tardé à arriver et nous avons pris le chemin de l'aérodrome.

Je trottais presque derrière lui, fouillant les haies et les buissons du regard. Nous arrivions au niveau de la ferme d'Isola quand il s'est arrêté net et a éclaté de rire.

Kit était debout devant le fumoir à viande de

notre amie, serrant contre elle son furet en tissu (cadeau de Billee Bee) et une grosse enveloppe marron, et Isola était assise sur la valise de Billee Bee. Elles avaient toutes deux des mines innocentes, et faisaient semblant d'ignorer la voix hystérique qui s'élevait de l'intérieur du fumoir.

J'ai couru prendre Kit dans mes bras, pendant que Dawsey retirait la pince à linge du moraillon du fumoir. Recroquevillée dans un coin, Billee Bee éructait, luttant contre Zenobia qui battait furieusement des ailes autour d'elle et avait déjà déchiqueté son bonnet. Des tas de petits bouts de laine angora volaient partout.

Dawsey l'a relevée et l'a tirée dehors, indifférent à ses hurlements. Elle beuglait qu'elle avait été attaquée par une sorcière démente et agressée par l'enfant du diable en personne. Qu'elle se vengerait ! Qu'elle nous poursuivrait, que nous serions tous arrêtés et envoyés en prison ! Que nous ne reverrions plus jamais la lumière du jour !

« C'est vous qui ne reverrez plus la lumière du jour, traîtresse ! voleuse ! ingrate ! a crié Isola.

— Vous avez osé voler ces lettres ! me suis-je indignée. Vous avez osé les prendre dans la boîte à biscuits d'Isola, et vous tentiez de vous enfuir avec ! Que comptiez-vous en faire, vous et Gilly Gilbert ?

— Ce ne sont pas vos affaires ! a rétorqué Billee Bee, hors d'elle. Attendez que je lui raconte comment vous m'avez traitée !

— Faites donc ça ! Parlez-en au monde entier. Je vois les gros titres d'ici : "Gilly Gilbert entraîne sa maîtresse dans le crime !" "Du nid d'amour à la cellule ! Voir page 3." »

Ça lui a fermé le clapet un moment. C'est alors qu'avec le sens dramatique et la présence caractéristiques d'un grand acteur, Booker est entré en scène. Il avait l'air immense et vaguement officiel dans son vieux manteau de gradé. Remy l'accompagnait, armée d'une houe ! Booker a englobé la scène du regard, puis toisé Billee Bee de tellement haut que j'ai failli la prendre en pitié.

Il l'a prise par le bras et lui a dit : « Maintenant vous ramassez ce qui vous appartient, et vous prenez congé. Je ne vous arrête pas – pas cette fois du moins ! Je vais vous escorter au port et vous mettre personnellement sur le prochain bateau pour l'Angleterre. »

Billee Bee a trébuché, ramassé sa valise et son sac à main, et s'est élancée vers Kit pour lui arracher le furet des mains. « Tu ne le mérites pas, sale môme. »

J'ai été prise d'une folle envie de la gifler ! Alors, je l'ai fait, et je suis presque certaine de lui avoir descellé une molaire. Je crois que l'air marin a un drôle d'effet sur moi.

Mes yeux se ferment tout seuls, mais il faut encore que je te dise pourquoi Kit et Isola étaient sorties cueillir des herbes au petit matin. Quand Isola avait palpé les bosses de Billee Bee, hier soir, elle n'avait pas du tout aimé ce qu'elle avait senti. Sa bosse de la duplicité était grosse comme un œuf. Kit lui avait alors dit qu'elle avait surpris B.B. dans sa cuisine en train d'inspecter les étagères. Il n'en a pas fallu davantage à Isola pour mettre un plan sur pied. Elle et Kit ne lâcheraient plus Billee Bee d'une semelle, et elles découvriraient ce qu'il y avait à découvrir.

Elles se sont levées à l'aube et elles ont attendu, cachées derrière des buissons. Quand elles ont vu Billee Bee sortir par ma porte de derrière avec une grande enveloppe, elles l'ont suivie jusqu'à ce qu'elle approche de la ferme d'Isola. Cette dernière s'est alors précipitée sur la voleuse et l'a poussée violemment jusqu'au fumoir où elle l'a enfermée. Kit a réuni toutes les affaires de Billee Bee et Isola est allée chercher son perroquet claustrophobe, qu'elle a jeté dans le fumoir pour tenir compagnie à B.B.

Tout de même, Susan, je me demande bien ce qu'ils comptaient faire de ces lettres ? Ne craignaient-ils pas d'être arrêtés pour vol ?

Je te suis infiniment reconnaissante. Ainsi qu'à Ivor. Remercie-le, s'il te plaît, et félicite-le pour sa bonne vue, sa méfiance avisée et son bon sens. Mieux, embrasse-le pour moi. Il est merveilleux ! Sidney ne pourrait-il pas le promouvoir éditeur ?

Affectueusement,
Juliet

# De Susan à Juliet

Chère Juliet,

Oui, Ivor est merveilleux et je l'en ai informé. Je l'ai embrassé pour toi, puis une deuxième fois pour moi ! Sidney l'a promu – il n'est pas encore éditeur, mais il est en bon chemin de le devenir.

Que comptaient faire Billee Bee et Gilly ? Nous étions absentes de Londres quand « l'incident de la théière » a battu son plein, Juliet. Nous avons manqué le plus gros du raffut. Tous les journalistes et les éditeurs qui détestent Gilly Gilbert et le *London Hue and Cry* – et ils sont légion – se sont régalés.

Ils ont trouvé l'anecdote hilarante et la déclaration de Sidney, loin d'apaiser les esprits, a provoqué une autre crise de rire. Il se trouve que ni Gilly ni le *LH & C* ne sont enclins à pardonner. Leur devise : Tout vient à point pour qui sait attendre sa vengeance.

Billee Bee est folle de Gilly. Elle a encore plus durement ressenti sa honte. Alors nos tourtereaux ont fomenté leur revanche. Billee Bee devait s'infiltrer chez Stephens & Stark et tenter de découvrir un moyen de vous nuire, à Sidney et à toi ; ou encore mieux, de vous tourner en ridicule.

Tu sais que les rumeurs se répandent comme de la poudre dans le monde de l'édition. Personne n'ignore que tu écris un livre sur l'Occupation à Guernesey, et, au cours des deux dernières semaines, on murmurait que tu aurais découvert sur place une nouvelle œuvre d'Oscar Wilde. (Sir William est plus distingué que discret.)

Gilly a sauté sur l'occasion. Il a chargé Billee Bee de voler les lettres, et comptait les donner à publier au *London Hue & Cry*, pour vous couper l'herbe sous le pied. La belle plaisanterie ! Ils se seraient souciés des poursuites judiciaires plus tard. Et, évidemment, ils se moquaient de causer de la peine à Isola.

Quand je pense qu'ils ont failli réussir... Enfin, bénis soient Ivor, Isola et la bosse de la duplicité de Billee Bee.

Ivor arrivera mardi à Guernesey pour *copier* les lettres. Il a dégoté un furet en velours jaune, avec des yeux vert émeraude effrayants et des crocs en ivoire. Je pense que Kit voudra l'embrasser, elle aussi. Tu pourras également le faire, mais très brièvement. Ce n'est pas une menace, Juliet, mais *Ivor est à moi !*

Amitiés,
Susan

# Télégramme de Sidney à Juliet

*26 août 1946*

NE QUITTERAI PLUS JAMAIS LA VILLE.
ISOLA ET KIT MÉRITENT UNE MÉDAILLE,
TOI DE MÊME.
AFFECTUEUSEMENT, SIDNEY

# De Juliet à Sophie

*29 août 1946*

Chère Sophie,

Ivor est reparti et les lettres d'Oscar Wilde ont retrouvé leur boîte à biscuits. Je me contiens du mieux que je peux en attendant que Sidney les lise ; je brûle d'impatience d'avoir son avis.

J'étais très calme le jour de notre aventure. Mais après coup j'ai ressenti toute cette tension dans mon corps et je me suis mise à faire les cent pas dans la maison.

On a frappé à ma porte. J'ai aperçu Dawsey par la fenêtre. À la fois étonnée et agitée, j'ai ouvert la porte en grand... et j'ai remarqué qu'il était accompagné de Remy. Ils étaient venus prendre de mes nouvelles. Comme c'était gentil de leur part. Comme j'étais déçue.

Je me demande si Remy n'a pas le mal du pays. Peut-être qu'elle aimerait rentrer chez elle, à présent ? J'ai lu un article d'une certaine Giselle Pelletier, ancienne prisonnière politique, détenue à Ravensbrück pendant cinq ans. Elle explique combien il est dur de reprendre le cours de son existence quand on a survécu aux camps. Personne en France ne peut comprendre, ni ne veut savoir, ce que vous avez enduré là-bas. Ni vos amis ni votre famille. Ils pensent tous que, plus vite vous aurez oublié, mieux ce sera pour vous, et pour eux (ils n'auront plus besoin de vous écouter en parler).

D'après Miss Pelletier, l'important n'est pas tant d'en parler dans les détails que de dire que c'est arrivé, et qu'on ne peut l'ignorer. La France semble crier : « Mettons tout cela derrière nous. La guerre, Vichy, la Milice, Drancy, les juifs. C'est du passé maintenant. Après tout, chacun de nous a souffert, vous n'êtes pas les seuls. » Face à l'amnésie institutionnalisée, écrit-elle, parler avec d'autres survivants est l'unique moyen de s'en sortir. Ils savent. Ils peuvent entendre et vous pouvez les écouter. Ils se révoltent, ils pleurent, ils racontent des moments tragiques, d'autres absurdes. Il leur arrive même de rire. Le soulagement est immense, dit-elle.

Peut-être que communiquer avec d'autres survivants aiderait Remy à sortir de sa dépression mieux que de mener une existence bucolique sur une île. Elle a repris des forces. Elle n'est plus aussi terriblement maigre qu'à son arrivée. Néanmoins, elle semble toujours hantée.

Mr. Dilwyn est de retour de vacances. Il faut que je prenne rendez-vous avec lui très bientôt. Je n'arrête pas de repousser le moment, j'ai si peur qu'il ne refuse d'entendre mes arguments. Je regrette de ne pas avoir l'air plus maternel. Peut-être devrais-je m'acheter un fichu ? S'il me demande des témoignages de bonnes mœurs, pourras-tu lui en fournir ? Est-ce que Dominic connaît déjà l'alphabet ? Si oui, pourrait-il recopier ceci :

« Cher Mr. Dilwyn,

Juliet Dryhurst Ashton est une dame très gentille, sobre, propre et responsable. Vous devriez laisser Kit McKenna l'avoir pour mère.

Très sincèrement,

James Dominic Strachan. »


Je ne t'ai pas parlé des projets de Mr. Dilwyn pour l'héritage de Kit, je crois ? Il a engagé Dawsey pour choisir une équipe et restaurer la Grande Maison – remplacer les rampes, effacer les graffitis des murs, refaire la plomberie, nettoyer les cheminées et les conduits, vérifier l'installation électrique et rejointoyer les pierres de la terrasse, ou faire ce que l'on fait avec les vieilles pierres. Mr. Dilwyn ne sait que décider pour les boiseries de la bibliothèque, elles sont relevées d'une magnifique frise de fruits et de rubans que les Allemands utilisaient comme cible de tir.

Dans la mesure où l'Europe ne sera pas un lieu de villégiature attirant avant plusieurs années, Mr. Dilwyn espère que les îles Anglo-Normandes redeviendront vite un paradis touristique. La maison de Kit fera une magnifique demeure de vacances.

Mais venons-en à des événements plus étranges : les sœurs Benoît nous ont invitées, Kit et moi, à prendre le thé cet après-midi. Je ne les avais jamais rencontrées, et j'ai trouvé surprenant qu'elles me demandent si Kit visait bien et si elle appréciait les rituels.

J'ai questionné Eben. Connaissait-il ces sœurs ? Avaient-elles toute leur tête ? Pouvais-je leur amener Kit sans danger ? Il a hurlé de rire et m'a répondu que oui. Qu'elles étaient saines de corps et d'esprit et tout à fait inoffensives. Jane et Elizabeth leur rendaient visite chaque été, petites. Elles mettaient leurs tabliers amidonnés, leurs chaussures vernies et leurs petits gants en dentelle, et ils passaient tous un très bon moment. Eben était content d'apprendre que ces vieilles traditions étaient de retour. Il m'a informée que les sœurs nous régaleraient d'un goûter somptueux suivi d'attractions à ne pas manquer.

Personne ne m'avait prévenue qu'il s'agissait de jumelles de quatre-vingts ans. Elles paraissaient si distinguées et apprêtées dans leurs longues robes de crêpe noir brodé de perles de jais à la poitrine et à l'ourlet, avec leurs cheveux blancs enroulés au sommet du crâne évoquant une montagne de crème chantilly. Elles sont absolument charmantes, Sophie. Nous avons, en effet, dégusté un goûter indécent, et je venais à peine de reposer ma tasse de thé qu'Yvonne (la plus âgée de dix minutes) a déclaré : « Ma sœur, je crois que la petite d'Elizabeth est encore trop petite.

— Je crois que tu as raison, ma sœur. Peut-être Miss Ashton nous accordera-t-elle cette faveur ? a suggéré Yvette.

— Avec le plus grand plaisir, ai-je répondu bravement, n'ayant aucune idée de ce qu'elles attendaient de moi.

— Ce serait si aimable de votre part, Miss Ashton. Cette guerre nous a fait manquer à tous nos devoirs envers la Couronne. Sans compter que notre arthrite s'est aggravée et que nous ne pourrons même pas exécuter le rite avec vous. Mais quel plaisir nous prendrons à vous regarder ! »

Yvette est allée ouvrir un tiroir du buffet, et Yvonne a fait coulisser l'une des portes qui séparaient le salon de la salle à manger. Une rotogravure de journal représentant la duchesse de Windsor est apparue. *Mrs. Wallis Simpson égale à elle-même.* Elles avaient dû la découper dans les pages société d'un *Baltimore Sun* des années trente.

Yvette m'a tendu quatre fléchettes à pointes d'argent parfaitement équilibrées.

« Visez les yeux, petite, m'a-t-elle recommandé. »

Je me suis exécutée.

« Splendide ! Trois sur quatre, ma sœur. Presque aussi bien que notre chère Jane ! Elizabeth déviait toujours au dernier moment ! Seriez-vous tentée de réessayer l'année prochaine ? »

C'est une histoire tristement banale. Yvette et Yvonne vénéraient le prince de Galles. « Il était si adorable dans ses petites culottes de golf.

— Et quand il valsait !

— Si débonnaire en tenue de soirée !

— Si distingué, si royal, jusqu'à ce que cette dévergondée lui mette le grappin dessus.

— Elle l'a arraché à son trône !

— Plus de couronne ! »

Elles en avaient eu le cœur brisé. Kit était surexcitée, bien sûr. Je vais m'entraîner à viser. Ma nouvelle ambition dans la vie : faire quatre sur quatre.

Tu ne regrettes pas que nous n'ayons pas connu ces sœurs Benoît, petites ?


Baisers affectueux,
Juliet

# De Juliet à Sidney

*2 septembre 1946*

Cher Sidney,

Il s'est produit une chose étrange, cet après-midi. Tout s'est bien terminé, mais cela m'a bouleversée au point que j'éprouve des difficultés à m'endormir. Je t'écris à toi plutôt qu'à Sophie parce qu'elle est enceinte et que toi non. Je peux donc prendre le risque de te perturber, alors qu'elle non (je m'y perds).

Kit confectionnait des petits bonshommes en pain d'épice avec Isola. Remy et moi avions besoin d'encre, et Dawsey d'un certain type de mastic pour la Grande Maison. Aussi avons-nous décidé de nous rendre ensemble à St. Peter Port.

Nous avons pris le chemin de la falaise. Celui qui longe Fermain Bay. C'est une promenade magnifique sur un sentier sinueux qui suit la côte. Je marchais devant, et Remy et Dawsey suivaient, le chemin étant trop étroit pour trois personnes, par endroits.

Une grande femme rousse est apparue au détour d'un gros rocher, juste devant moi. Elle se promenait avec son chien, un grand berger allemand, courant librement, sans laisse. Quand il m'a vue, il s'est mis à japper et à me faire la fête. J'ai ri devant un tel enthousiasme. « N'ayez pas peur. Il ne mord jamais », m'a assuré la femme. Il a posé les pattes sur mes épaules et a tenté une grosse léchouille baveuse.

Soudain, j'ai entendu un cri étranglé, dans mon dos. Un bruit de haut-le-cœur irrépressible. Je me suis retournée et j'ai vu Remy, pliée en deux, qui vomissait. Elle était secouée de spasmes si violents que Dawsey la tenait. C'était affreux à voir et à entendre.

« Faites partir ce chien, Juliet ! a-t-il hurlé. Tout de suite ! »

J'ai repoussé le chien avec frénésie. La femme s'excusait en sanglotant, presque hystérique elle-même. J'ai tenu le chien par le collier en répétant, « Tout va bien ! Tout va bien ! Ce n'est pas votre faute. Partez, s'il vous plaît ! Partez ! » Elle a fini par s'éloigner, traînant son pauvre chien désorienté par la peau du cou.

Remy cherchait désespérément à reprendre son souffle. Dawsey m'a lancé : « Amenons-la chez vous, Juliet. C'est le plus près. » Il l'a soulevée dans ses bras et je les ai suivis, impuissante et angoissée.

Remy était glacée et tremblait de tous ses membres. Je lui ai fait prendre un bain chaud, puis je l'ai mise au lit. Elle s'est endormie immédiatement. J'ai fait un ballot de ses vêtements et je suis redescendue. Dawsey était devant la fenêtre.

Sans se tourner, il m'a dit : « Elle m'a raconté que leurs gardiennes utilisaient de gros chiens pour les effrayer. Elles les énervaient délibérément et les lâchaient sur les femmes alignées pour l'appel, juste pour s'amuser. Dieu du ciel, Juliet. Comme c'était ignorant de ma part de croire qu'être ici l'aiderait à oublier.

— La bonne volonté ne suffit pas. Loin s'en faut.

— Non, la bonne volonté ne suffit pas. »

Il a hoché la tête et il est parti. J'ai téléphoné à Amelia pour la prévenir que Remy était chez moi, et pour lui raconter ce qu'il s'était passé, puis je me suis mise à faire la lessive. Isola a ramené Kit, nous avons soupé, puis joué à la bataille jusqu'au moment de se coucher.

Mais je n'arrive pas à dormir.

J'ai honte de moi quand je pense que je jugeais Remy suffisamment remise pour rentrer chez elle. Ne voulais-je pas plutôt qu'elle s'en aille ? Ne pensais-je pas plutôt qu'il était plus que temps pour elle de retourner en France et de reprendre le cours de sa vie, quel qu'il soit ? Je crois que si, et j'en ai la nausée.

Affectueusement,
Juliet

*P.S.* : Puisque j'en suis aux confessions, autant en finir : j'avais beau me sentir affreusement mal alors que je lavais les vêtements souillés de Remy, je n'arrivais pas à m'enlever de la tête les dernières paroles de Dawsey. *La bonne volonté ne suffit pas, n'est-ce pas ?* Est-ce donc le sentiment qui l'a poussé vers Remy ? J'ai ruminé cette folle pensée toute la soirée.

# Lettre nocturne de Sidney à Juliet

*4 septembre 1946*

Chère Juliet,

Tes réflexions désordonnées suggèrent seulement que tu es amoureuse de Dawsey. Surprise ? Moi non. J'ignore pourquoi tu as mis si longtemps à t'en apercevoir, l'air marin est supposé éclaircir les idées. J'aimerais voir les lettres d'Oscar en personne, mais je ne pourrai pas venir avant le 13. Cela te convient-il ?

Affectueusement,
Sidney

# Télégramme de Juliet à Sidney

*5 septembre 1946*

CHER SIDNEY – TU ES INSUPPORTABLE, SURTOUT QUAND TU AS RAISON. SERAI NÉANMOINS RAVIE DE TE VOIR LE 13. AFFECTUEUSEMENT, JULIET

# D'Isola à Sidney

*6 septembre 1946*

Cher Sidney,

Juliet me dit que vous vous êtes décidé à venir voir les lettres de Mamie Phine de vos propres yeux. Il était temps ! Non que je trouve quoi que ce soit à redire d'Ivor. C'est un charmant garçon, même s'il devrait s'abstenir de porter ces nœuds papillons ridicules. Je lui ai avoué qu'ils ne l'avantageaient nullement, cependant, il s'intéressait davantage à ma traque de Billee Bee Jones et à la manière dont je l'avais emprisonnée dans mon fumoir qu'à mes conseils. Il m'a dit que c'était du beau travail d'investigation et que Miss Marple n'aurait pas fait mieux !

Miss Marple n'est pas une de ses amies, mais une détective de la littérature, qui utilise toutes ses connaissances sur le GENRE HUMAIN pour résoudre des mystères et identifier des meurtriers qui ont échappé à la police.

J'ai répondu que j'aimerais beaucoup résoudre des mystères, moi aussi, s'il y en avait à Guernesey.

Ivor pense qu'il y a des magouilles partout et que, avec un instinct comme le mien, je devrais m'entraîner à devenir une seconde Miss Marple. « Vous avez un excellent sens de l'observation, c'est évident. Tout ce qu'il vous faut, c'est de l'entraînement. Observez tout ce que vous pouvez et prenez des notes », m'a-t-il conseillé.

Alors je me suis rendue chez Amelia et je lui ai

388

emprunté plusieurs aventures de Miss Marple. Quel numéro ! Elle reste sagement assise à tricoter et voit des tas de choses que tout le monde manque. Comme elle, j'aimerais rester à l'affût de tout ce qui pourrait paraître louche et jeter des œillades discrètes çà et là. Nous n'avons aucun mystère à résoudre à Guernesey, mais cela ne signifie pas que nous n'en aurons jamais. Et quand cela arrivera, je serai prête.

J'apprécie toujours votre livre sur la phrénologie. J'espère que vous ne m'en voudrez pas d'envisager une autre vocation. Je crois encore en la science des bosses, c'est juste que j'ai lu tous les crânes des personnes qui m'importent – hormis le vôtre – et que je suis lassée de l'exercice.

Juliet m'a dit que vous arriveriez vendredi prochain. Je pourrais vous retrouver à l'aérodrome et vous conduire chez elle en motocyclette, si vous le désirez. Eben organise une soirée sur la plage, le lendemain. Vous y êtes convié. Eben reçoit rarement, mais il souhaite nous annoncer une heureuse nouvelle. Il y a de la célébration dans l'air. Un mariage, peut-être ? Je ne vois pas qui pourrait se marier. Pas lui, j'espère ? Les épouses laissent rarement leur mari sortir seul le soir, et la compagnie d'Eben me manquerait.

Votre amie,
Isola

# De Juliet à Sophie

Chère Sophie,

J'ai enfin pris mon courage à deux mains et annoncé à Amelia que je désirerais adopter Kit. Son avis compte beaucoup pour moi. Elle aimait tendrement Elizabeth et elle connaît si bien Kit. (Elle ne me connaît pas mal non plus.) J'étais anxieuse d'avoir son approbation. Je me suis un peu étranglée avec mon thé, mais j'ai réussi à formuler ma pensée. Elle a semblé tellement soulagée que j'étais interloquée. Je ne m'étais pas rendu compte qu'elle s'inquiétait aussi pour l'avenir de la petite.

Elle a commencé par dire : « Si j'avais pu avoir un... », puis elle s'est tue et a repris : « Je pense que ce serait merveilleux. Le meilleur arrangement possible pour toutes les deux... » Sa voix s'est brisée et elle a sorti un mouchoir. J'ai fait de même.

Une fois nos larmes séchées, nous avons commencé à comploter. Amelia s'est proposée d'aller voir Mr. Dilwyn. « Je l'ai connu en culottes courtes. Il n'oserait pas me refuser quoi que ce soit. » Avoir Amelia dans mon camp revient à avoir la cavalerie derrière moi.

Mais il s'est produit une chose plus merveilleuse encore, qui a balayé mes derniers doutes.

Tu te souviens de la petite boîte attachée avec de la ficelle que Kit trimbale partout ? Celle dont je pensais qu'elle contenait peut-être un furet mort ? Eh bien, ce matin, elle est entrée dans ma chambre, et elle m'a tapoté le visage jusqu'à ce que je me réveille. Elle avait sa boîte avec elle.

Sans un mot, elle a dénoué la ficelle, elle a soulevé le couvercle, elle a écarté le papier de soie qui se trouvait à l'intérieur et elle me l'a tendue. Elle a reculé un peu et m'a observée pendant que je sortais un à un les objets pour les poser sur le couvre-lit. Il y avait un minuscule coussin de bébé en broderie anglaise, une photo d'Elizabeth creusant la terre de son jardin, son visage rieur levé vers Dawsey, un joli mouchoir en lin exhalant un léger parfum de jasmin, une chevalière et un petit recueil de poèmes de Rilke à la reliure en cuir. La première page portait l'inscription : *Pour Elizabeth, qui transforme les ténèbres en lumière, Christian.*

Le livre contenait également un bout de papier plié plusieurs fois. Kit a hoché la tête, alors je l'ai ouvert avec précaution, et j'ai lu : « Amelia, embrasse-la pour moi quand elle se réveillera. Je serai de retour à six heures. Elizabeth.

*P.S.* : N'a-t-elle pas les plus jolis petits pieds du monde ? »

Tout au fond de la boîte se trouvait la médaille remise au grand-père de Kit lors de la Première Guerre mondiale. La broche magique qu'Elizabeth avait épinglée sur Eli, quand il avait été évacué vers l'Angleterre. Dieu bénisse son grand cœur, il l'avait rapportée à Kit.

Elle me révélait tous ses trésors, Sophie. Elle était si solennelle. Elle ne me quittait pas des yeux. Cette fois, j'ai réussi à me retenir de pleurer. Je me suis contentée de lui tendre les bras. Elle est venue s'y nicher et elle s'est endormie contre moi. Pour ma part, j'étais incapable de dormir. J'étais si folle de joie que je planifiais déjà notre vie ensemble.

Tant pis pour Londres. J'adore Guernesey et je veux rester y vivre, même quand j'aurai terminé mon livre. Je ne peux pas m'imaginer Kit dans une grande ville, obligée de porter des chaussures en permanence et de marcher au lieu de courir. Sans aucun cochon à qui rendre visite. Sans parties de pêche avec Eben et Eli. Sans visites à Amelia. Sans marmites remplies de potion à remuer. Et pire encore, sans Dawsey pour venir la voir, la promener, ou la prendre pour la journée.

Je pense que, si j'obtiens la garde de Kit, nous continuerons à vivre dans le cottage d'Elizabeth et nous laisserons la Grande Maison aux riches vacanciers désœuvrés. Je pourrais utiliser une partie des droits d'auteur substantiels que m'a rapportés *Izzy* pour nous trouver un pied-à-terre pour nos séjours à Londres.

C'est ici chez elle, et je pense que cela peut devenir chez moi. Guernesey est propice aux écrivains – regarde Victor Hugo. Tout ce qui va me manquer, c'est Sidney et Susan, la proximité de l'Écosse, les nouvelles pièces de théâtre et l'épicerie de Harrods.

Prions pour que Mr. Dilwyn fasse preuve de bon sens. Il n'en manque pas et je pense qu'il m'apprécie. Il sait que Kit est heureuse de vivre avec moi et que je suis suffisamment solvable pour le moment – qui peut prétendre à mieux en ces temps décadents ? Amelia pense qu'il se peut qu'il me refuse l'adoption parce que je ne suis pas mariée, mais qu'il sera heureux de m'accorder sa garde.

Sidney revient à Guernesey la semaine prochaine. J'aimerais tant que tu puisses l'accompagner. Tu me manques.

Affectueusement,
Juliet

# De Juliet à Sidney

Cher Sidney,

Kit et moi avons pique-niqué dans la prairie afin de regarder Dawsey reconstruire le muret en pierre d'Elizabeth. C'était un merveilleux prétexte pour observer sa manière de travailler. Il étudiait chaque pierre, la soupesait, la jaugeait et la plaçait sur le mur, souriant quand elle répondait à ses attentes, la retirant pour en chercher une autre, quand elle ne convenait pas. C'est un être très apaisant.

Il s'est tant habitué à nos regards admiratifs qu'il a osé me convier à souper. J'ai accepté avec une hâte éhontée, puis me suis lancée dans un discours maladroit pour lui expliquer que nous serions seuls, car Kit avait pris un autre engagement envers Amelia. Nous étions tous deux un peu empruntés quand je suis arrivée, cependant lui avait au moins de quoi s'occuper à la cuisine, où il s'est retiré, déclinant mon offre de l'aider. J'ai profité de ce moment de solitude pour fouiner dans sa bibliothèque. Il ne possède pas beaucoup de livres, mais ses goûts en matière de littérature sont supérieurs : Dickens, Mark Twain, Balzac, Boswell, ce cher vieux Leigh Hunt, *Sir Roger de Coverley*, les romans d'Anne Brontë (étonnant, non ?) et ma biographie d'elle. J'ignorais qu'il l'avait lue. Il n'en a jamais soufflé mot. Peut-être l'a-t-il détestée ?

Pendant le souper, nous avons parlé de Jonathan Swift, des cochons et du procès de Nuremberg.

Notre éclectisme n'est-il pas sidérant ? Nous avons conversé avec aisance, sans toutefois beaucoup toucher à nos assiettes – il nous avait pourtant préparé une délicieuse soupe à l'oseille (il est bien meilleur cuisinier que moi). Après le café, nous nous sommes promenés jusqu'à sa grange pour admirer ses cochons. Les bêtes adultes ne gagnent guère à être connues, mais ses porcelets tachetés sont très joueurs et très rusés. Chaque jour, ils s'amusent à creuser un trou sous une des barrières de l'enclos à seule fin de voir Dawsey le reboucher. Tu aurais dû voir leur mine réjouie lorsqu'il s'est approché de ladite barrière.

Sa grange est d'une propreté remarquable, et sa haie magnifiquement entretenue.

Je crois que je deviens pathétique.

Mais pourquoi m'arrêter en si bon chemin ? Je crois (non, je *sais*) que je suis amoureuse d'un fermier, charpentier, carrier, jardinier. Je serai peut-être malheureuse comme les pierres, demain, quand je découvrirai que le sentiment n'est pas partagé, ou même, qu'il s'est attaché à Remy ; mais pour l'heure, je nage dans l'euphorie. J'ai la tête qui tourne et mon estomac fait de drôles de bruits.

À vendredi. Tu pourras prendre de grands airs, faire la roue et te vanter d'avoir percé mes sentiments à jour encore une fois, mais une seule.

Tendres baisers,
Juliet

# Télégramme de Juliet à Sidney

*11 septembre 1946*

SUIS ANÉANTIE. AI VU DAWSEY À ST. PETER PORT CET APRÈS-MIDI, ACHETAIT UNE VALISE, REMY À SON BRAS, SOURIANT RADIEUSEMENT TOUS LES DEUX. EST-CE POUR LEUR LUNE DE MIEL ? QUELLE IDIOTE JE SUIS. PITEUSEMENT, JULIET

*PRIVÉ :*
*À ne lire sous aucun prétexte,*
*pas même après mon décès*

**Dimanche**

Ce cahier avec des lignes est un cadeau de mon ami Sidney Stark. Il est arrivé par le courrier d'hier. Il y avait le mot *PENSÉES* écrit en lettres d'or sur sa couverture, mais je l'ai gratté jusqu'à ce qu'il disparaisse, car je compte ne noter ici que des FAITS. Des faits glanés çà et là par un œil attentif et une ouïe fine. Je n'en attends pas grand-chose pour l'instant, je veux juste m'entraîner à devenir plus observatrice.

Voici donc quelques observations que j'ai faites ce jour. Kit adore Juliet. Elle a l'air plus paisible quand Juliet entre dans la pièce où elle se trouve, et s'arrête net de faire des grimaces dans le dos des gens. En outre, elle arrive à remuer ses oreilles, maintenant – ce qu'elle ne savait pas faire avant l'arrivée de Juliet.

Mon ami Sidney revient bientôt pour voir les lettres d'Oscar. Il séjournera chez Juliet, cette fois. Elle a transformé le débarras d'Elizabeth en chambre d'amis.

J'ai surpris Daphne Post en train de creuser un grand trou sous l'orme de Mr. Ferre. Elle s'arrange toujours pour ne pas se trouver dans le rayon du clair de lune. Nous devrions tous nous réunir pour lui acheter une nouvelle théière en argent, afin qu'elle puisse passer ses nuits chez elle.

**Lundi**

Mrs. Taylor a des rougeurs aux bras. De quoi, ou de qui, les tient-elle ? Des tomates ou de son mari ? À creuser.

**Mardi**

Rien qui mérite d'être noté, ce jour.

**Mercredi**

Toujours rien.

**Jeudi**

Remy m'a rendu visite. Elle m'a donné les timbres de ses lettres envoyées de France. Ils sont plus colorés que les timbres anglais, alors je les ai collés sur mes murs. Elle a reçu une enveloppe blanche à fenêtre avec GOUVERNEMENT FRANÇAIS écrit dessus. C'est la troisième. Je me demande ce qu'ils lui veulent. Mener enquête.

J'ai surpris quelque chose aujourd'hui, derrière l'étal de Mr. Salle, mais j'ai été repérée et ils se sont arrêtés. Peu importe, Eben donne un pique-nique sur la plage samedi soir, alors je suis certaine que j'aurai d'autres choses à observer en douce.

J'ai parcouru un livre sur les artistes et le regard qu'ils posent sur un objet avant de le peindre. Mettons qu'ils veuillent se concentrer sur une orange. Vous pensez qu'ils observent sa forme en premier lieu ? Eh bien, non, pas du tout. Ils plissent les yeux et fixent la banane qui se trouve juste à côté. Ou ils mettent la tête entre leurs jambes, et regardent l'orange de dos et à l'envers. Ainsi, ils la découvrent sous un tout autre jour. On appelle cela

« prendre de la perspective ». Je vais essayer cette méthode. Je ne vais pas regarder les gens la tête entre mes jambes, mais je vais essayer de regarder droit devant moi, et de leur glisser des œillades obliques. Si j'abaisse un peu mes paupières, personne ne remarquera rien. M'entraîner !!!

### Vendredi

Ça marche. Plus besoin de dévisager les gens à tout bout de champ. Dawsey nous a toutes emmenées dans sa camionnette chercher Sidney à l'aérodrome, Juliet, Remy, Kit et moi.

Voici ce que j'ai observé : Juliet l'a serré contre elle, et Sidney l'a fait tourbillonner comme un grand frère heureux de revoir sa petite sœur. Il s'est montré ravi de faire la connaissance de Remy, mais j'ai remarqué qu'il la regardait à la dérobée, comme moi. Dawsey lui a serré la main, mais il ne nous a pas accompagnés chez Juliet pour déguster son gâteau aux pommes, lequel était un peu retombé au milieu, mais très bon.

J'ai dû me mettre des gouttes dans les yeux avant d'aller me coucher. C'est vraiment fatigant de devoir sans cesse regarder de côté. J'ai mal aux paupières à force de les avoir gardées à moitié fermées toute la journée, aussi.

### Samedi

Remy, Kit et Juliet sont descendues avec moi à la plage afin de ramasser du bois pour le feu de camp de ce soir. Amelia était sortie prendre le soleil, elle aussi. Elle paraît plus reposée, cela fait plaisir à voir. Dawsey, Sidney et Eli portaient le gros chaudron d'Eben. Dawsey se montre toujours aimable envers Sidney, et ce dernier est aussi agréable qu'on peut l'être en sa présence, mais il ne cesse de le dévisager, l'air perplexe. Pourquoi donc ?

Remy nous a abandonnées pour aller parler à Eben. Je l'ai vu lui tapoter l'épaule. Pourquoi ? Eben n'a jamais été du genre tapoteur. Malheureusement, ils étaient trop loin pour que je puisse entendre leur conversation.

Quand l'heure du déjeuner est arrivée, Eli a cessé d'aplanir la plage, et Juliet et Sidney ont entraîné Kit dans le sentier de la falaise et sont montés en jouant à « Un pas. Deux pas. Trois pas. Et hop ! »

Dawsey les a regardés un instant, puis il a marché jusqu'à la mer et il est resté là, à observer les vagues. Soudain j'ai songé qu'il avait toujours été un être solitaire et que, jusqu'ici, ça n'avait jamais eu l'air de le déranger. Jusqu'ici. Car à présent, sa solitude semble lui peser. Pourquoi ?

### Samedi soir

Comme je m'y attendais, j'ai surpris quelque chose au pique-nique. Une chose importante. Et, comme cette chère Miss Marple, j'ai le devoir d'agir. La soirée était frisquette et le ciel capricieux, mais qu'importe, nous étions tous emmitouflés dans des pulls et des vestes et dégustions du homard en riant de Booker. Monté sur un rocher, il nous donnait une harangue à la manière de ses chers Romains. Je suis un peu inquiète pour lui. Il faudrait qu'il lise un autre livre. Je vais lui proposer de lui prêter Jane Austen.

J'étais assise près du feu, les sens en alerte, en compagnie de Sidney, Kit, Juliet et Amelia. Nous jouions avec les cendres à l'aide de bouts de bois, quand Dawsey et Remy se sont dirigés vers Eben, posté devant la marmite de homards. Remy a murmuré à son oreille. Il a souri et frappé la marmite de sa grosse cuillère.

« Votre attention à tous, a-t-il hurlé. J'ai une annonce à vous faire. »

Tout le monde s'est tu, et j'ai entendu Juliet retenir sa respiration. Je l'ai regardée : elle était toute raide et avait la mâchoire crispée. Avait-elle un malaise ? J'étais si inquiète pour elle, ayant jadis moi-même été foudroyée par une crise d'appendicite, que j'ai manqué le début du discours d'Eben.

« ... aussi sommes-nous réunis ce soir pour faire nos adieux à Remy. Elle nous quitte mardi prochain pour gagner sa nouvelle maison, à Paris. Elle partagera un appartement avec des amis et travaillera comme apprentie chez le célèbre pâtissier confiseur Raoul Guillemaux. Elle a promis de revenir à Guernesey et de considérer notre maison, à Eli et à moi, comme son deuxième foyer. Alors réjouissons-nous de sa chance. »

Une explosion de joie générale a suivi. Tout le monde s'est rué sur Remy pour la féliciter. Sauf Juliet, qui a expiré d'un coup et est retombée à plat sur le sable, tel un poisson harponné.

J'ai jeté un œil autour de moi, désireuse d'observer Dawsey. Il n'était pas près de Remy, mais il avait l'air si triste que TOUT S'EST SOUDAIN ÉCLAIRÉ ! Il ne veut pas que Remy s'en aille ! Il craint qu'elle ne revienne jamais. Il est amoureux d'elle, mais trop timide pour se déclarer.

Ma foi, je ne le suis pas, moi. Je pourrais parler de son attachement à Remy. Étant française, elle saurait lui faire comprendre qu'elle apprécierait d'être courtisée par lui, ils se marieraient et elle n'aurait pas besoin d'aller toute seule à Paris. Quelle bénédiction de n'avoir aucune imagination et d'être capable d'observer les faits nus.

Sidney est allé secouer Juliet du bout du pied. Il lui a demandé : « Tu te sens mieux ? », et elle a répondu oui. J'ai donc cessé de m'inquiéter pour elle. Puis Sidney l'a entraînée vers Remy, afin qu'elle la félicite, comme il se devait. Kit dormait sur mes genoux, alors je suis restée près du feu et j'ai réfléchi.

Comme la plupart des Françaises, Remy est une femme pratique. Elle voudra un gage de l'attachement de Dawsey avant de renoncer à ses projets. Il faut que je lui apporte la preuve dont elle a besoin.

Un peu plus tard, une fois que nous avons vidé toutes les bouteilles de vin à force de trinquer, je suis allée voir Dawsey et je lui ai dit : « Daws, j'ai remarqué que le sol de ta cuisine était sale. J'aimerais venir le récurer. Ça t'irait lundi ? »

Il a paru surpris, mais a répondu « oui ». « C'est un cadeau de Noël un peu en avance, ai-je précisé. Alors ne songe pas à me payer. Laisse la porte ouverte pour moi. »

Et voilà, le tour était joué. J'ai souhaité bonne nuit à tout le monde, et je suis rentrée.

**Dimanche**

Je me suis bien organisée pour demain. Je me sens nerveuse.

Je balayerai et je récurerai la maison de Dawsey, tout en cherchant une preuve de son attachement à Remy. Peut-être une « ode à Remy » froissée dans sa corbeille à papier ? ou son nom gribouillé partout sur une liste de provisions ? Il y a (aura) forcément (ou sûrement) une preuve de son amour pour Remy bien en vue. Miss Marple ne va jamais jusqu'à fouiner, alors je ne le ferai pas non plus – je ne crochèterai aucune serrure.

Une fois que j'aurai donné cette preuve irréfutable à Remy, elle renoncera à se rendre à l'aérodrome. Elle saura quoi dire et Dawsey sera heureux.

**Toute la journée de lundi : Une erreur sérieuse, Une nuit joyeuse**

Je me suis réveillée trop tôt. J'ai fait passer le temps en m'occupant de mes poules jusqu'à l'heure où je savais Dawsey en route pour la Grande Maison. Je me suis alors dépêchée d'aller à sa ferme, inspectant en chemin chaque tronc d'arbre à la recherche d'un cœur gravé. Je n'en ai pas vu.

Je suis entrée par la porte de derrière avec mes balais, mes serpillières et mes chiffons, et, deux heures durant, j'ai balayé, frotté, épousseté et ciré. En vain. Je commençais à désespérer de trouver quoi que ce soit, puis j'ai eu l'idée d'épousseter les livres en espérant qu'un papier en glisserait. Rien. J'avais presque terminé quand je suis tombée sur son petit livre rouge sur Charles Lamb. Que faisait-il ici ? Je l'avais vu le ranger dans la boîte à trésors qu'Eli lui avait sculptée pour son anniversaire. Puis-qu'il n'y était plus, c'est qu'autre chose avait dû le remplacer dans la boîte. Où avait-il bien pu la cacher ? J'ai cogné aux murs. Aucun bruit creux. J'ai plongé mon bras dans son casier à farine. Rien d'autre que de la farine. Dans sa grange ? Non, elle risquerait d'être grignotée par les rats. Que restait-il ? Sous son lit !

J'ai couru à sa chambre, j'ai plongé sous son lit et j'en ai tiré la boîte à trésors. J'ai soulevé le couvercle pour jeter un coup d'œil à l'intérieur, mais je n'ai vu que du noir. Aussi ai-je été obligée de tout renverser sur le lit. Toujours rien. Aucun mot à Remy, aucune photo d'elle, aucun ticket de cinéma – alors que je savais qu'il l'avait emmenée voir *Autant en emporte le vent*. Aucun mouchoir brodé d'un *R*. Enfin, si, il y avait un mouchoir, mais c'était un de ceux de Juliet, légèrement parfumé et brodé d'un *J*. Il avait sûrement oublié de le lui rendre. Il y avait d'autres objets, mais aucun qui lui vienne de Remy.

J'ai tout remis à sa place et j'ai lissé le couvre-lit. Ma mission était un échec ! Remy prendrait son aéroplane, demain, et Dawsey demeurerait un homme solitaire. Le cœur gros, j'ai rassemblé mes serpillières et mon seau.

Je me traînais en direction de ma ferme quand j'ai aperçu Amelia et Kit. Elles allaient observer les oiseaux. Elles m'ont proposé de les accompagner, mais je savais que même le chant des volatiles ne pourrait me réconforter.

J'ai songé que Juliet, elle, pourrait y arriver. Elle était douée pour cela. Je ne resterais pas longtemps, pour ne pas l'empêcher d'écrire. Néanmoins, peut-être qu'elle m'offrirait une tasse de café. Sidney étant parti au petit matin, elle se sentait sans doute esseulée. Je me suis rendue chez elle d'un pas vif.

Je l'ai trouvée à son bureau, devant des piles de papier, fixant le paysage par la fenêtre.

« Isola ! s'est-elle exclamée. Juste au moment où j'avais besoin de compagnie ! » Elle allait se lever quand elle a remarqué mes balais et mon seau. « Vous êtes venue faire le ménage ? Oubliez ça et venez boire un café avec moi. »

C'est alors qu'elle m'a dévisagée. « Qu'est-ce qu'il y a ? Vous êtes malade ? Venez vous asseoir. »

Sa gentillesse a été la goutte d'eau qui a fait déborder le vase de mon âme en détresse. Je l'avoue, je me suis mise à pleurnicher. « Non, non, je ne suis pas malade. Ma mission est un échec total et, à cause de cela, Dawsey ne trouvera jamais le bonheur. »

Juliet m'a entraînée vers son canapé en me tapotant la main. J'ai toujours le hoquet quand je pleure, alors elle est allée me chercher un verre d'eau pour m'appliquer son remède – vous vous pincez le nez avec les deux pouces, vous bouchez vos oreilles avec vos index, et un ami vous verse un verre d'eau dans la gorge jusqu'à ce que vous tapiez du pied pour lui indiquer que vous êtes au bord de la noyade. Cela marche à tous les coups. Un miracle. Plus de hoquet.

« Maintenant, parlez-moi de cette mission et dites-moi pourquoi vous pensez avoir échoué. »

Alors je lui ai tout raconté : que Dawsey était amoureux de Remy, que j'avais lavé sa maison en cherchant une preuve que je pourrais utiliser pour convaincre Remy de rester et de lui confesser son amour.

« Il est tellement timide, Juliet. Il l'est depuis toujours. Je ne pense pas qu'il ait jamais été amoureux avant, alors il ne sait pas comment procéder. Ce serait tout lui de cacher des objets qui lui rappellent celle qui l'aime, sans jamais lui avouer son amour. C'est désespérant.

— Il y a des tas d'hommes qui préfèrent ne pas garder d'objets en vain. Cela ne signifie rien pour autant. Que cherchiez-vous, au nom du ciel ?

— Une preuve, comme Miss Marple. Mais je n'ai rien trouvé. Pas même une photo d'elle. Je n'ai vu que des photos de vous et de Kit, ou de vous toute seule avec ce rideau en dentelle, en train de jouer à la mariée morte. Il y avait vos lettres attachées avec ce ruban à cheveux bleu que vous pensiez avoir perdu. Je sais pourtant qu'il écrivait à Remy à l'hospice, et elle doit certainement lui avoir répondu. Mais je n'ai rien trouvé d'elle, ni lettre ni mouchoir... oh ! je suis tombée sur l'un des vôtres. Il a dû le trouver quelque part, vous devriez lui demander de vous le rendre, il est très joli. »

Juliet s'est levée et est allée jusqu'à son bureau. Elle a semblé réfléchir un moment, puis elle a ramassé cette petite chose en cristal avec des mots en latin gravés dessus. *Carpe diem*, je crois.

« Cueille le jour présent, a-t-elle dit. N'est-ce pas une perspective exaltante, Isola ?

— Si, je suppose. Pour ceux qui aiment les boules en verre gravé. »

À ma grande surprise, elle s'est alors retournée

pour m'adresser ce sourire dont elle a le secret – celui qui m'a poussée à l'aimer d'emblée –, et elle m'a demandé : « Où est Dawsey ? Monté à la Grande Maison, n'est-ce pas ? »

J'ai acquiescé. Elle est sortie en courant et a pris l'allée de la Grande Maison.

Oh, merveilleuse Juliet ! Elle allait dire ses quatre vérités à Dawsey et l'obliger à avouer ses sentiments à Remy.

Miss Marple ne court jamais nulle part, elle suit lentement, comme il sied à une vieille dame. Alors c'est ce que j'ai fait. Juliet était déjà entrée dans la maison quand je suis arrivée.

J'ai marché sur la pointe des pieds jusqu'à la terrasse, et je me suis plaquée contre le mur, près de la bibliothèque. Les portes-fenêtres étaient ouvertes.

J'ai entendu la porte de la bibliothèque s'ouvrir. « Bonjour, messieurs », a lancé Juliet. Teddy Hexkwith (le plâtrier) et Chester (le menuisier) lui ont répondu : « Bonjour, Miss Ashton. »

Dawsey a dit : « Bonjour, Juliet. » Il était monté sur un grand escabeau – je l'ai découvert plus tard, quand il a fait tant de bruit en descendant.

Juliet a déclaré qu'elle aimerait dire un mot à Dawsey, si ces messieurs voulaient bien les laisser une minute.

Ils ont répondu : « Certainement », et ils ont quitté la pièce. Dawsey a dit : « Quelque chose ne va pas, Juliet ? Kit va bien ? »

— Kit n'a rien. C'est moi, je voudrais vous demander quelque chose. »

Oh ! ai-je pensé, elle va lui dire d'arrêter de jouer

les poules mouillées, de prendre son courage à deux mains et d'aller de ce pas demander Remy en mariage.

Mais non. Elle a dit : « Voulez-vous m'épouser ? »

J'ai failli avoir une attaque.

Il y a eu un silence. Un silence absolu, qui a duré, duré.

Alors Juliet a repris la parole sans se démonter. Dire qu'elle avait une voix si claire, alors que j'arrivais à peine à respirer.

« Je vous aime. Je me suis dit que je ferais aussi bien de venir vous demander en mariage. »

Ce cher Dawsey a poussé un juron. Parfaitement, il a juré. « Mon Dieu, oui ! » s'est-il écrié. Puis il est descendu de cet escabeau avec fracas, et c'est comme ça qu'il s'est foulé la cheville.

J'ai obéi à mes scrupules. J'ai résisté à la tentation de jeter un œil dans la pièce. J'ai attendu. Et comme je n'ai rien entendu, je suis rentrée à la maison pour réfléchir.

À quoi bon m'entraîner à regarder de travers, si je suis incapable de voir ce que j'ai sous les yeux ? Je me suis trompée sur toute la ligne. Tout se termine merveilleusement, oh ! si merveilleusement, mais ce n'est pas grâce à moi. Je n'ai pas l'intuition de Miss Marple pour comprendre les méandres du cerveau humain. C'est triste, mais autant s'en rendre compte maintenant.

Sir William m'a dit qu'il existait des courses de motocyclettes en Angleterre – on y décerne des coupes en argent pour la vitesse, la conduite imprudente et l'art de rester en selle. Peut-être je devrais m'entraîner à cela – je possède déjà une motocyclette, après tout. Il faudra juste que je me procure un casque... et des lunettes, peut-être.

Pour l'heure, je vais proposer à Juliet de garder Kit à dormir, afin qu'elle et Dawsey puissent jouir du bosquet en toute tranquillité – comme Mr. Darcy et Elizabeth Bennet.

# De Juliet à Sidney

Cher Sidney,

Je suis affreusement désolée de t'obliger à retraverser la Manche immédiatement, mais j'ai besoin de ta présence... à mon mariage. J'ai cueilli le jour, et la nuit aussi. Peux-tu venir me conduire à l'autel, dans le jardin d'Amelia, samedi ? Eben sera le témoin du marié et Isola ma demoiselle d'honneur (elle se confectionne une robe pour l'occasion). Kit jettera des pétales de roses.

Dawsey sera le marié.

Tu es surpris ? Probablement pas. Moi, oui. Je vais de surprise en surprise ces derniers jours. En fait, à bien y réfléchir, je n'ai été fiancée qu'un seul jour, mais j'ai l'impression que toute ma vie s'est mise en mouvement au cours des dernières vingt-quatre heures. Tu imagines ! Nous aurions pu nous aimer en silence éternellement. Cette obsession de la dignité peut ruiner ta vie si tu n'y prends pas garde.

Cela paraît-il inconvenant de se marier si vite ? C'est juste que je ne peux pas attendre, je veux commencer tout de suite. Toute ma vie, j'ai cru que l'histoire se terminait quand le héros et l'héroïne annonçaient leur mariage. Et, après tout, ce qui est bien pour Jane Austen devrait suffire à tout le monde. Mais c'est faux. L'histoire est sur le point de commencer, et chaque jour sera un nouvel élément de l'intrigue. Peut-être mon prochain livre traitera-t-il d'un couple marié fascinant et de tout ce qu'ils apprennent l'un de l'autre au fil des années ? N'es-tu pas impressionné par les vertus de mes fiançailles sur ma plume ?

Dawsey rentre tout juste de la Grande Maison et réclame mon attention immédiate. Sa timidité légendaire a fondu comme neige au soleil – je crois qu'il s'agissait juste d'une ruse pour m'attirer dans ses bras.

Affectueusement,
Juliet

*P.S.* : J'ai croisé Adelaide Addison à St. Peter Port, aujourd'hui. En guise de félicitations, elle m'a lancé : « J'ai entendu dire que vous et cet éleveur de porcs alliez régulariser votre situation. Le Seigneur soit loué ! »

*Cet ouvrage a été composé et mis en pages
par ÉTIANNE COMPOSITION
à Montrouge.*

*Impression réalisée par*

La Flèche (Sarthe), 61552
N° d'édition : 4334
Dépôt légal : janvier 2011

X05351/01

*Imprimé en France*